中公文庫

剣神　竜を斬る

神夢想流林崎甚助５

岩室　忍

中央公論新社

目次

主要登場人物

林崎甚助重信　素戔嗚尊に神夢想流居合を授かり、父数馬の仇討を果たした後、廻国修行を続ける。
志我井　重信の母。願掛けの薬断ちにより死去。
深雪　妙穐尼。重信の妻。
森薫　重信との間に元信と幸信を産んで死去。
お咲　法隆寺そばの百姓家の娘。
五助　お咲の夫。
お道　お咲と五助の長女。重信に引き取られ、柳生兵庫助に見初められる。
次郎　お咲と五助の次男。重信に引き取られ、次郎右衛門重任と名乗る。
吉岡直綱　四代憲法で吉岡道場の主。
疋田景兼　新陰流を開いた剣聖上泉信綱の甥で高弟。

柳生石舟斎宗厳　柳生新陰流を開いた剣豪。
柳生兵庫助利厳　石舟斎の孫。
宝蔵院覚禅坊胤栄　宝蔵院院主。十文字鎌槍を考案した。
禅栄坊胤舜　宝蔵院の若き天才。
阿修羅坊胤鹿　宝蔵院で修行する大坊主。
奥山休賀斎　徳川家康の剣術師範を務めた剣客だったが病没。
丸目蔵人佐長恵　上泉伊勢守の高弟。肥後の剣客。
浅野蜻蛉之介　丸目蔵人佐に預けた重信の養子。
田宮平兵衛重正　重信の弟子。後の神夢想流二代目。
長野十郎左衛門業真　重信の弟子。後の神夢想流三代目。
一宮左太夫照信　重信の弟子。後の神夢想流四代目。

風魔幻海　北条家に仕えた忍び・風魔の一人。鎖分銅を使う。
竜太郎　箱根の馬子の親方。
大西大吾　将監鞍馬流三代目。
富田五郎左衛門勢源　一乗谷城下に道場を開く盲目の剣豪。
富田重政　勢源の甥。後の名人越後。
鐘捲自斎　富田勢源の弟子。戸田一刀斎。
伊藤一刀斎　鐘捲自斎の弟子で一刀流の開祖。
小野次郎右衛門　伊藤一刀斎の弟子。小野派一刀流の開祖。前名神子上典膳。
古藤田勘解由左衛門俊直　伊藤一刀斎の弟子。
津田小次郎　富田道場の門弟。巌流。
新免無二斎　黒田官兵衛の家臣で当理流の開祖。
新免武蔵　無二斎の子。力が強く粗野で横暴。
土子土呂助　師岡一羽の弟子。重信の廻国修行に同道する。
片山久安　神夢想流を伝授した岩国の片山松庵の甥。
梅木弥右衛門　将監鞍馬道場に通う重信の弟子。
高松良庵　重信の叔父。武蔵一ノ宮の社家。
阿国　出雲の巫女神楽を舞う巫女。
中村三右衛門　阿国の父で、出雲大社の鍛冶方。
三河屋七兵衛　家康に信頼され、江戸移転を命じられた岡崎城下の土倉と酒屋の主。
本阿弥光悦　刀剣の研磨、鑑定も行う当代随一の文化人、知識人。
勧修寺尹豊　紹可入道。天皇の信任厚い「化け物公家」。九十二歳で大往生を遂げた。
勧修寺光豊　尹豊の曽孫。武家伝奏を担う。

剣神　竜を斬る

神夢想流林崎甚助5

一章　若き者たち

因果応報

慶長八年（一六〇三）二月十二日に、朝廷は勧修寺光豊を勅使として伏見城に派遣。徳川家康を朝廷の宣旨によって征夷大将軍、右大臣、源氏長者に任じた。

ここに江戸幕府が開かれることになった。

この頃、まだ幕府という言葉は使っていない。源頼朝は鎌倉殿、足利尊氏は室町殿、徳川家康は江戸殿という。

政権のあった場所の名で呼ばれた。信長と秀吉は将軍ではない。

江戸幕府、徳川幕府と呼ぶようになるのは、江戸の中期以降のことである。便宜上使う。

「老師、徳川さまが遂に将軍さまだそうです」

大西大吾が出かけた先で将軍宣下の話を聞いて戻ってきた。

「そうか。これで江戸に幕府ができるか？」

「やはり江戸でございますか？」

「江戸では不満かな……」

重信が梅木弥右衛門に聞いた。

「いいえ、不満ということではないのですが、江戸はずいぶんな田舎で川と山ばかりだとか、そう聞きましたが？」

「確かに、だが、その山や川を切り開けば、京の十倍の城下ができる。その上、京と違い海が城のすぐ近くまで広がっている」

「京の十倍……」

「おそらくそれぐらいは広いところだ。それに江戸の近くには山というほどのものはない。山までは何里も歩かねばならぬところだ」

「伏見ではどうしていけないのですか、京や大坂に近いのに？」

「いかんということはないが、京には天子さま、大坂城には秀頼さまがおられる。その京と大坂に近すぎると具合がよくないのではないか。鎌倉のように京から少し離れている方が良いという場合もある」

これまで府を開いたのは源頼朝の鎌倉幕府と、足利尊氏の京の室町幕府の二度だけだ。

　だが、室町幕府は大混乱でほとんど乱世だった。

　その室町幕府の足元で応仁の大乱が勃発、細川勝元と山名宗全が対立、大名たちまでが京に集まり、二十万を超える大軍による十年もの戦いの末に京が丸焼けになった。

　大吾と弥右衛門は江戸の幕府には納得いかないようだ。

　だが、土呂助は納得したようにうなずいた。その土呂助の九州行きが延びのびになっている。

「何んと言いましても徳川さまは関八州二百五十万石ですから……」

　土呂助は五畿内より関八州の方が大きいと言いたいようだ。土呂助は数日後に京を発って西国に向かった。

　この頃になると阿国の懐妊がはっきりした。

　だが、阿国はそのことを誰にも言わず仕事を務めている。

　出雲の阿国は巫女舞より歌舞伎踊りに人気が出て、小屋はいつも押すな押すなの大人気だった。

「父上、今年は少し早く出雲に戻りましょう」

　三右衛門に阿国が願い、四月に入ると三右衛門は小屋をたたんで、早々と出雲に帰ることにした。

いち早く阿国の異変に気づいたのは妹の阿菊(おきく)だった。

「姉上、まさか？」

「うん、そのまさかみたいなの……」

阿国はまだ実感がないから呑気な口ぶりだ。

「まあ、父上に言って早く出雲に帰りましょう」

「もういってあるのよ……」

「そうか、それで小屋をたたむんだ？」

阿菊はニコニコと嬉しそうだ。

「何がおかしいの？」

「だって、できたんでしょ？」

「誰にも言っちゃ駄目だからね……」

「どうして？」

「誰の子だと思っているの？」

「あれ、ほら、あれでしょ鷹ケ峰(たかがみね)の神さま……」

「そう、喋ったら嚙みつくから、秘密にしてお願いだから……」

泣きそうな顔で阿国はお喋りな阿菊に懇願する。阿国は重信に心配させたくない一心なのだ。出雲に戻って秘かに産むつもりでいる。

「わかった……」

阿国一行はいつもより一ヶ月近く早く京を去った。

その頃、朝廷では家康に将軍を宣下し、同時に家康を右大臣にしたことで内大臣が空席になり、大坂城の豊臣（とよとみ）秀頼を内大臣にする話が始まっている。

それならばと家康が秀頼との会見を望んだ。それは秀頼が家康に臣従することに等しい。会見すれば秀頼は右大臣の下座、そういうことになる。

家康が秀吉に会見して臣従したときの逆ということだ。

だが、秀頼が家康の下になることに、母親の茶々姫（ちゃちゃひめ）が耐えられず、猛反対してこの対面は実現しなかった。

茶々姫は気位の高い人で豊臣家が徳川家の下になることを嫌う。

三月十三日に家康が伏見城から京の二条城に来て、月末（つきずえ）、衣装を整えると御所に参内（さんだい）し後陽成（ごようぜい）天皇と対面する。

四月二十二日に秀頼は内大臣に上階した。

朝廷は関白秀吉の子秀頼誕生の頃から、豊臣家を五摂家と同格の摂家とし、秀頼を関白になる有資格者と考えてきた。

だが、家康は慶長五年十二月十九日、空席だった関白に九条兼孝（くじょうかねたか）を早々に就任させてしまう。

その意味するところは、関白職は豊臣家の世襲ではないと天下に示したのだ。

大坂城の豊臣家が関白を世襲したのでは、江戸城の徳川家が将軍を世襲しても、東西の二重政権になり厄介なことになりかねない。

それを家康は嫌っていた。

豊臣家は家康にとって無用の長物になってきた。

家康が征夷大将軍と右大臣に就任したことで、事実上、豊臣政権は家康に乗っ取られたということである。

関ヶ原の戦いの後、家康の二百五十万石は四百万石になり、秀頼の二百二十万石は摂津、河内、和泉の三ヶ国六十五万石に激減。

その上、秀頼は大坂城から出るように再三いわれている。

秀吉が織田宗家の信長の孫三法師（さんぼうし）を三万石に落とし、焼けた安土（あづち）城に住まわせて織田家を乗っ取ったことに似ていた。権力者のやることはほぼ似ている。

因果応報ということだ。

征夷大将軍になった家康が幸運だったのは、それまで、備後鞆（びんごとも）の浦（うら）で鞆（とも）幕府を樹立していた足利義昭（よしあき）が上洛。天正十六年（一五八八）一月に禁裏（きんり）に参内して将軍職を辞任、その義昭が慶長二年八月二十八日に死去したことである。

将軍職が空席になっていた。

信長も秀吉も、足利義昭が将軍であるために、朝廷から将軍職を宣下してもらえなかった。

征夷大将軍は令外官（りょうげのかん）だが定員一名と決まっていて、二人に宣下された前例がないことから信長は宣下を何度も拒否され続けた。

事実上の天下人だったが信長は将軍になれずに亡くなった。

将軍義昭を殺さず追放したことが信長の最大の失敗である。実力があれば将軍にすぐなれると勘違いした。ところが、官位官職というのはそういうものではない。叙位こそ朝廷の権威そのものなのだ。

朝廷は、力があればという仕組みにはなっていない。

秀吉は義昭の養子になって将軍になろうとしたが義昭に断られ、近衛前久（このえさきひさ）の猶子になって藤原（ふじわら）秀吉を名乗って関白に就任する。

関白の方が官位官職ははるかに上で、将軍を義昭が辞任してからも、征夷大将軍にはならずに亡くなった。

その空席の将軍職が家康に転がり込んできた。

家康が将軍になったことで、江戸城の築城は天下普請ということになり、大名も商人も浪人も百姓も江戸へ江戸へと動き始める。

外様大名には天下普請の場所が割り当てられた。

莫大な量の石が伊豆半島から切り出され、船を連ねて江戸へ運ばれる。海に近い江戸城に巨石が続々と運び込まれた。

そんな混乱が始まった八月に、出雲で阿国が秘かに子を産んだ。女の子で可奈と名づけられた。その頃、重信は京にいて阿国の異変を知る由もなかった。

九月になって九州肥後で事件が起きた。キリシタンの一揆が発生し、加藤清正は家臣の伊藤長門守光兼を派遣して鎮圧しようとする。

だが、戦いは長引き埒が明かない。

そこで九州に下ってきた柳生兵庫助に、一揆鎮圧のため清正が出陣を命じる。戦場に出た兵庫助は一揆軍を殲滅するため、総攻撃するべきだと主張する。

「これ以上長引いては一揆軍に勢いがつく、ここは総攻撃で一気に叩き潰すのが良策と考える！」

「しばらく、柳生殿の総攻撃には賛同しかねる！」

前任者としてはそう言いたくなる。

長門守光兼は清正の古くからの家臣で、剣客柳生兵庫助といえどもまだ若いと思っている。

双方が考えを譲らず言い合いになり喧嘩になった。

遂に、短気な兵庫助が太刀を抜いた。

「黙れッ、うぬは邪魔だッ！」

いきなり一刀のもとに長門守を斬り捨てると、全軍に総攻撃を命じキリシタン一揆軍を殲滅した。

短気もここまで来ると始末が悪い。

熊本城に戻ると兵庫助は清正に戦いの詳細を復命、石舟斎との約束通り清正は兵庫助を咎めず話だけを聞いた。

だが、その日のうちに兵庫助はお道と家臣を連れて加藤家から退転する。

この時、兵庫助は当初の五百石から加増され、特別待遇で客分大将として三千石だったともいう。あっさりと俸禄を捨てた。

「お道、行くぞ。大丈夫か？」

「はい、大丈夫でございます……」

この時、お道は大丈夫ではなかった。兵庫助に言っていなかったが懐妊の兆しがあったのだ。

兵庫助一行は速やかに肥後を出た。

ここから十年に及ぶ兵庫助の修行の旅が続く。お道は旅の途中で流産し日に日に衰えて行った。

兵庫助は痩せたお道を背負い柳生の荘に戻ろうとする。

お道は播磨（はりま）姫路まで戻って来たが、ついに力尽きてまったく動けなくなった。女に武者修行の長旅はつらい。

「すぐ京の老師にお知らせしろ！」

兵庫助の命令で家臣が馬を求めて飛び乗ると京に向かった。

お道の死

鷹ヶ峰の将監（しょうげん）道場でお道の異変を聞いた重信は、大急ぎで兵庫助の家臣と二騎で播磨に向かった。

その頃、姫路城の城主は池田輝政（いけだてるまさ）で城の大改修中だった。

城下に逗留した柳生兵庫助が奥方の病で足止めになっていると聞き、輝政は医師を派遣してきた。

輝政は信長の家臣の池田恒興（つねおき）の次男で、清正ら武断派の七将の一人だった。

その人柄を家康に気に入られ、関ヶ原の戦い後、三河吉田城十五万石から播磨姫路城五十二万石に加増されている。

北条氏直の死後に寡婦となった家康の次女督姫を継室に迎えていた。

この時、輝政は四十歳だった。

重信が姫路に到着した時、お道は瀕死の状態に陥っていた。兵庫助が後悔しても手遅れだ。

「お道ッ！」

「父上……」

うっすらと目を開いたが医師は首を横に振るだけだ。お道の枕元に座っている兵庫助が重信に頭を下げた。

「それがしの油断でござる。旅の途中に流産させてしまった」

「流産……」

「旅は無理だったのでござる……」

兵庫助が小さなお道の手を握っている。

「父上、兵庫助さまに何も申し上げなかったのですから、お道がいけなかったのでございます……」

「うむ、分かった。少し眠れ……」

その夜遅く「法隆寺へ戻りたい……」と言い残しお道が亡くなった。米沢で愛する薫を失って以来の痛恨である。

重信と兵庫助は姫路城に登城して、輝政の配慮に感謝し礼を言上した。

「この度はまことに残念なことであった。老師と柳生殿にはまたの機会にじっくり会いたいものだ」

「お言葉有り難く存じます」

こんな縁があって輝政の嫡男池田利隆に、神夢想流二代目田宮平兵衛の子田宮長勝が剣術師範として仕えることになる。

この年二月に利隆の弟池田忠継が隣国備前岡山藩主に任じられたが、あまりに幼く、若くして亡くなった小早川秀秋の後任は難しかったため、二十歳の利隆が弟の代わりに岡山城に赴いていた。

姫路城を辞した重信は兵庫助に修行の旅を続けるようという。

「剣客の妻は旅の途中で死ぬことは覚悟しているもの、お道はそれがしが斑鳩の法隆寺に連れていきます」

「老師……」

「兵庫助殿、柳生新陰流を大切に、石舟斎さまにはよしなにお伝えくださるよう。修行を中断してはなりません」

「老師、必ず……」

「うむ、お道も喜ぶだろう」

二人は姫路城下で別れ、兵庫助は京へ向かい、重信はお道の遺骨を抱いて大和法隆寺に向かった。

父親らしいことは何一つしてやれなかった娘を、重信はその遺骨を抱きしめてお道の生まれ故郷に向かう。

苦労するためだけに生まれてきたような娘だった。

この後、柳生兵庫助はお道の継室として、石田三成の側近だった島左近の娘お珠を迎える。

兵庫助はその後十年の廻国修行を続け、家康の家臣成瀬正成の推挙によって、家康の九男尾張徳川義直の剣術師範となり、天下一の剣豪として尾張柳生を育て上げることになる。

重信はわが子お道の遺骨と遺髪を抱いて、斑鳩法起寺のお咲の家に着いた。虫の知らせがあったのかお咲が百姓家から飛び出してきた。

「お道ッ？」

「うむ……」

この時、五助は亡くなり長男の五平がお咲と百姓をしていた。

「ああ、やっぱり……」

お咲がお道の遺髪を握りしめて膝から崩れ落ちる。

「五日ぐらい前だった。畑にいるとお道が会いに来たの、呼んだんだけど法隆寺の方に行ってしまった……」

「そうか、お道が法隆寺に帰りたいといって、息を引き取ったのはその頃だ」

「お道が……」

重信は百姓家に入るとお咲にお道と次郎（じろう）のことを話した。

「旅先で流産？」

「九州から京に帰ってくる途中のことだ」

重信はお道が柳生兵庫助と結婚したことなどを詳しく話した。

母親のお咲はお道が兵庫助に見初められ、幸せだったのだと自分を納得させるしかない。

お道の弔いが済むと重信は奈良興福寺宝蔵院（ほうぞういん）に向かった。

院主胤栄（いんえい）は八十三歳になり健在だった。二人は久しぶりの対面になる。

宝蔵院胤栄は十文字鎌槍（じゅうもんじかまやり）を考案した槍術の名人だが、僧が武術とはいえ殺生を教えることに矛盾を感じ、道具をすべて高弟の中村尚政（なかむらなおまさ）に譲り渡して槍術から離れた。

「僧は僧らしくしております」

屈託なくニッと子どものように笑う。

胤栄には中村尚政の他にも下石三正（おろしみつまさ）、礒野信元（いそののぶもと）などの高弟や僧兵の弟子も多い。そんな中で胤栄が気になっている少年がいた。

京の近くの郷士の子で十五歳だが槍の使い方が群を抜いて上手だ。林崎殿に指南をお願いできますかな？」

「その子は禅栄坊胤舜というのだが、見ればすぐ分かる子でな。林崎殿に指南をお願いできますかな？」


「承知いたしました」

胤栄は覚禅坊という。

重信が道場に出て行くと禅栄坊胤舜はすぐ分かった。

十五歳と思える門弟は一人だけだったが、眼光鋭く剣客の雰囲気を持っている少年だった。

阿修羅坊のような大男ではなく、槍も短めで阿修羅坊の丸太のような槍ではない。

「胤舜、神夢想流の林崎殿じゃ、指南をお願いしたゆえ、手を見てもらうがよいぞ……」

「はい、院主さま！」

胤舜が重信にぺこりと頭を下げた。

「よしなに……」

胤栄は稽古を見ることなく奥に引っ込んでしまった。

「お願いいたします」

「では……」

重信は刀架から木刀を握って道場の中央で中段に構えた。稽古中の門弟がみな羽目板の傍に座って二人の稽古を見ている。

「まいります」

「どうぞ……」

槍を中段に置いて遠間にした。

無闇に槍を振り回して威嚇しようとしない冷静さがよい。

重信がツッと間合いを詰めた。

その途端、胤舜が右に回った。だが、重信の剣先からは逃げられない。追って重信が胤舜を追い詰めた。

斬られると思った瞬間、胤舜は重信の剣に吸い込まれた。

突いてきた胤舜の槍を擦り上げると、ザッと重信の木刀が胤舜の首に止まった。首に入ってきた木刀が見えなかった。

神伝居合抜刀表一本陽炎（かげろう）、首に剣を感じて胤舜がヨロヨロと、年寄りのようによろけて崩れ落ちた。恐ろしい剣だ。

「まいりました！」

「もう一本まいりましょう」

「はいッ！」

胤舜は立ち上がると再び槍を構えた。

この若き槍術家は胤栄の後継者となり、宝蔵院流十文字鎌槍の二代目となる。その力量は胤栄を超えるもので宝蔵院槍術裏十一本を定め、江戸期において槍術が繁栄する基を築いた。

重信は一ヶ月宝蔵院に滞在して胤舜と稽古をした。

宝蔵院を辞した重信の足はお道の眠る斑鳩に向かう。

宝蔵院で稽古に熱中し、お道の悲劇を忘れようとしたが、さすがの剣豪にも不可能だった。

「父上、助けて……」

お道の訴える顔が浮かんで、とても忘れることはできなかった。

「お咲……」

「あら、戻ってきたの？」

「お道が呼んでいる……」

「うん、お寺さんに行く？」

「お道は法隆寺にいる……」

「うん、お道は太子さまを信じていて、法隆寺さんが好きだったから……」

お咲もお道は法隆寺にいると思っている。

「五平、ちょっと行ってくるから……」

声をかけて重信とお咲が法隆寺に向かった。

法隆寺は古い寺で聖徳太子の創建と伝わっている。お道は祖母から太子の話を聞き信仰するようになった。

秋も深まって斑鳩の山々は錦に染まっていた。

お咲の家に泊まって、重信は毎日、法隆寺へお道に会いに行った。

父親としてお道に何一つしてやれなかったことが、重信の心にずしりと重い後悔になっている。

修行を続ける剣客として何もしてやれないのは当然だ。

お道に「許せ……」と詫びることしかできない。剣客である前に子の父親である。さりながら父親である前に戦う剣士でもあった。

重信はお道と別れ柳生の荘に向かった。

その頃、柳生兵庫助と同じように廻国修行をしている男がいた。兵庫助の父厳勝の弟柳生五郎右衛門宗章だ。

宗章は旅の途中で伯耆米子城にいた。

客将として滞在していたのだがそれには事情があった。

宗章は弟の宗矩（むねのり）と一緒に家康に召されたが、仕官したのは宗矩だけで宗章は辞退して修行の旅に出た。

その廻国修行の旅の途中に、関ヶ原で武功を挙げ備前岡山五十五万石に加増された小早川秀秋に招かれて仕官した。ところが、秀秋は帰国の二年後に鷹狩りに出て、体調を崩すとアッという間に三日後には急死した。二十一歳だった。

この死は関ヶ原の大谷吉継（おおたによしつぐ）の祟りとか、酒色が死因とか、暗殺されたなどとの噂がささやかれていた。

後継ぎがいなかったため小早川家は改易になる。

その頃、秀吉の三中老の一人と言われた中村一氏（なかむらかずうじ）の息子一忠（かずただ）が、家康の命令で伯耆米子城十七万五千石に入ることになった。十一歳と若かった。

そこで家康は横田村詮（よこたむらあき）という優秀な男を家老としてつけた。

その横田村詮に乞われて、宗章は伯耆米子城の客将として剣術師範になる。

ところが横田村詮があまりに優秀なため妬む者が出た。男の嫉妬はしつこくよくあることだ。

若い一忠の家臣安井清一郎（やすいせいいちろう）や天野宗杷（あまのそうは）らが陰謀を巡らす。

こともあろうに、家康の養女と一忠が結婚する慶事の最中に、横田村詮が殺害される事件が起きた。

この時、村詮は五十二歳だった。

この暴挙に横田村詮の子主馬助（しゅめのすけ）が激怒。主馬助たちと伯耆米子飯山に籠って戦いに入った。宗章は村詮に恩義を感じていて主馬助を助けることにする。

あまりにひどい仕打ちに宗章も怒って、主馬助たちと伯耆米子飯山に籠って戦いに

若い一忠は宗章の強さを恐れ出雲富田城の堀尾忠氏（ほりおただうじ）に援軍を求めた。

猛攻を加えられながら主馬助たちは果敢に戦った。時は十一月十四日で山は大吹雪だった。

宗章は腰に四本の刀を差すと敵中に飛び込んだ。

右を斬り、左を斬り前と後ろを斬り、脂がついて斬れなくなった刀を敵兵に刺したまま捨てる。

次の太刀を抜いて敵に向かって行った。まさに鬼神の働きだ。

「逃げろッ、柳生だッ！」

「馬鹿野郎ッ、引くなッ、引くなッ！」

宗章の死の舞は凄まじかった。

五人、十人、十五人と斬り、次々と太刀を捨てながら、新たな太刀を抜いて敵に襲いかかる。十八人目を斬ったところで兜に当たった太刀がキーンッと折れた。

すでに腰に刀は残っていない。

刀折れ矢尽きて無腰のまま敵中に突進、敵の槍を奪おうとしたが、四方八方から槍に突かれ壮絶な討死をする。この時、柳生宗章は三十八歳だった。

今出川兵法所

米子城の騒動を聞いた家康は、自分が派遣した横田村詮が殺害されただけでなく、柳生宗矩の兄が殺されたことにも激怒。

首謀者の安井清一郎と天野宗杷は吟味もせず即刻切腹。一忠の側近道上長右衛門(みちがみちょうえもん)も事件を阻止できなかった責任で切腹。

若い一忠は家康の養女を妻に迎えたばかりで、江戸に呼び出されたが品川宿に足止め、暫く留め置かれたが謹慎だけでお構いなしになった。

この宗章の死を重信は柳生の荘で聞いた。

お道のことで重信が石舟斎と会っている時に、伯耆からの知らせの早馬が飛び込んできた。

宗章討死の知らせを石舟斎は眼を瞑って聞いた。

「十八人まで斬ったのだな?」

「はッ、刀が折れ、力尽きましてございます!」

「未熟……」

そう言った石舟斎の瞑った眼から涙が滲んだ。

「石舟斎さま……」

「甚助殿、人の親になるということはこういうことなのだ。お道も宗章も逝ってしまったな。下がってよいぞ……」

石舟斎が使いの若者を下がらせた。

「宗章殿が討死とは……」

「剣客の宿命というものだ。どこで倒れるかわからぬのが……」

この時、石舟斎は七十七歳だった。

重信は数日、柳生の荘の地蔵や磨崖仏を回って歩いた。どこかでお道と会えるような気がする。

だが、お道はおろかその影に触れることすらできなかった。

京に戻ってきたのは間もなく十二月という頃だ。

毎年のように阿国たちも京に出てきていた。重信は鷹ケ峰に帰る前に阿国の小屋に顔を出した。

「三右衛門殿、米子では大丈夫でしたか？」

「はい、お陰さまで通った後の騒動でした」

「そうですか……」

「あら、お師匠さま、どちらからですか？」

「奈良に行っておった」

「そう……」

阿国はその視線も言葉もどこかよそよそしい。

三右衛門は阿国が冷たいと思う。どうしたのだと思ったが怒っているふうでもない。

それでいて可奈のことを話す気配もない。娘の気持ちを三右衛門もわからないのだ。

「鷹ヶ峰へ……」

「うむ、勧修寺さまにご挨拶してから鷹ヶ峰に戻るつもりだ」

「うん……」

いつもなら泊まっていってと、あまえるところだがそれも誘わない。阿菊も三右衛門もどうして冷たいのかと思っている。

重信は小屋を出ると京の大路を北に向かい、勧修寺家に立ち寄ってから鷹ヶ峰に戻った。

道場に戻って数日後、江戸の三河屋七兵衛（みかわやしちべえ）の使いが鷹ヶ峰に現れた。

「林崎さま、主人からの書状にございます」

三河屋の家人は重信に書状を渡すと、「これから京と大坂を回って、年明けに江戸へ戻ります」といって道場から出て行った。

重信が手にした書状は七兵衛と一ノ宮の勘兵衛信勝のものだ。七兵衛の書状は後回しにして信勝の書状を先に開いた。

そこには父良庵が病に倒れ、具合がよくないと記されていた。

七兵衛の書状にも良庵の様子が詳細に書かれている。三河屋七兵衛が信勝から知らせを受けて一ノ宮まで見舞いに行ったとある。

「大吾、一ノ宮の叔父の具合がよくないようだ」

「すぐお見舞いに？」

「うむ、弥右衛門を連れて行って良いか？」

「どうぞ……」

重信はすぐ支度をすると、翌朝、まだ暗いうちに梅木弥右衛門を連れて道場を出た。

鷹ヶ峰の坂を下りて重信は東に歩いた。

一つ気になっていることがあった。

それは吉岡直綱と武蔵のことだ。

挑戦状以来一年も音沙汰なしの武蔵が不気味だった。再び、武蔵が京に現れるような気がしていた。

名門吉岡道場は無名の武蔵を相手にしないできた。

だが、あの暴れ者の武蔵が黙ってそれを受け入れるとは思えない。何か画策してきそうだと思う。

何んとしても吉岡直綱を倒して世に出たいのが見え見えだ。

武蔵のような考えの浪人剣客は溢れている。

そんな一人ひとりを相手にしていては、吉岡道場のような名門はたまったものではない。

そういう試合を禁じている道場さえあるくらいだ。

誰かの紹介状でもあり、素性がわかるのであれば相手にする。一発勝負で戦いを挑んで来るのには困る。

厄介な武芸者というしかない。

名門にとっては何の益にもならないのだから。

重信と弥右衛門は今出川通りを東に歩いて、吉岡道場の今出川兵法所に入った。うっすらと夜が明けて稽古が始まろうとしている。

道場の奥に案内されて重信は直綱と面会した。

「早朝から、相すまぬことでござる」

「老師は旅支度でどちらへまいられます?」

「武蔵(むさし)一ノ宮までまいります」

重信はまだ武蔵が現れていないと思った。

「お訪ねしたのはほかでもござらぬ。例の新免武蔵のことでござるが？」

「あれ以来、音沙汰なしにてあきらめたのではないかと……」

「そうであればよろしいのですが……」

武蔵を知る重信はあきらめてはいないと思っている。

何んとしても名門吉岡を倒して世に出たいはずなのだ。

どんな剣を使うようになったか分からないが、おそらく、重信が九州で会った時の野生の剣法だろうと思われる。

「もし、再び果し合いを望んでくるようであれば、所司代に申し出てはどうかとお訪ねしました」

「所司代？」

「そうです。所司代板倉伊賀守さまに仲裁をお願いしてはどうかと。名門吉岡道場の直綱さまが野試合では、いかがなものかと思いまして老婆心でござる」

「武蔵はまいりましょうか？」

「易々とあきらめる男ではないと思います」

「老師は武蔵をご存じですか？」

「はい、九州で会っております。新免無二斎殿をお訪ねした折です」

無二斎と吉岡道場の古い因縁には触れない。

「老師のお言葉に従い、挑戦状が来ましたら所司代にお届けいたします」

「それがよろしい。くれぐれも野試合での決着はよくない」

「ご心配いただきかたじけなく存じます」

重信は父の仇討(かたきうち)の時に吉岡憲法直元(けんぽうなおもと)から受けた恩を忘れていない。大男の武蔵の野生の気迫は尋常ではない。

それを知っている重信は双方に正々堂々と戦ってほしいと思っている。

武蔵にも直綱にも卑怯な振る舞いはしてもらいたくない。

それだけを伝えて重信は吉岡道場を後にした。

東海道に出て武蔵一ノ宮に急ぐ旅だ。

父数馬(かずま)の弟の良庵にもう一度会いたい。父亡き後、廻国修行の中で何度も世話になった叔父だ。

「弥右衛門、急ぐぞ」

「はい！」

二人の強行軍の旅だ。

その旅の途中で年が明けた。急ぎに急ぐ旅で、箱根の竜太郎(りゅうたろう)の家には顔を出しただけで通過した。

江戸に着いた時、正月四日だった。

三河屋に顔を出したが七兵衛は留守だった。

「旦那さまは一ノ宮に行っております」

番頭が重信に頭を下げた。

「叔父が？」

「はい、一ノ宮の高松さまが、年が明けてすぐお亡くなりで……」

「そうですか。亡くなりましたか……」

重信は叔父良庵の死に間に合わなかった。一ノ宮と京ではあまりに遠い。

「お師匠さま……」

「おう、お登喜、元気か？」

「はい、お陰さまで……」

箱根の竜太郎の娘お登喜が顔を出して大人のような挨拶をする。

「そうか、帰りにまた寄るから……」

「はい……」

二人はお登喜と番頭に見送られ三河屋を出て一ノ宮に向かった。

板橋宿に向かうため本郷台の坂を登って行くと、道端に立っていた二人の浪人が道を塞いできた。

「何者だ！」

弥右衛門が誰何（すいか）した。

「名乗るほどの者じゃねえ。若いの、少々銭を置いて行け……」

「何んだと！」

「酒代をくれといっておる……」

盗賊のように端（はな）から乱暴するわけではないが、銭を持っていそうな旅人に酒代を置いて行けという浪人だ。

こういう輩（やから）が江戸の周辺に増えている。

江戸城下には役人がいて、こんな乱暴な仕事はできないから、江戸から少し離れた街道に巣を作っている。

気に入らないと強盗に豹変することもある。

「酒代など持っておらぬ！」

弥右衛門が浪人をにらんで要求を拒否した。

「そう言わずに、おとなしく出した方がいいぞ……」

傍の藪から浪人の仲間が四人、道端に出てきて弥右衛門を威嚇（いかく）した。だが、そんなことに怯える弥右衛門ではない。

「ないものは出せぬ！」

「若いの、意地を張ると怪我をするぞ……」

弥右衛門に凄（すご）んだ男が太刀の柄を握った。少しは腕に自信がありそうだ。

「待て、待て、若い者は話がわからぬようだ。後ろの老人、黙っていないで少々都合してくれないか……」

「それがしのことかな？」

「どこの家中だ。浪人か？」

「それがしは廻国修行をしておる神夢想流の林崎甚助という者だ。弟子の梅木弥右衛門と一ノ宮にまいる」

「ほう、神夢想流の林崎とはおもしろい。居合という神の技を使うそうだな？」

重信の名を知っていて驚かないのは相当な腕の持ち主だ。そういうことであれば斬り捨てるしかない。

仲間を束ねている悪党だ。

「それがしの名を知っているとは、良い腕の持ち主のはずだが、なぜこのようなことをしておる。江戸に仕事はあろう」

「埋め立ての土運びか……」

「剣の仕事もあろう」

「ない。あればこのようなことはしておらぬ。江戸は浪人だらけだ。抜けッ！」

「西国の方のようだな。名を聞こうか？」

「備前浪人、矢島勝左衛門だ。抜けッ！」

他の浪人が道端に下がって成り行きを見ている。腕が立つのは勝左衛門だけのようだ。

「お師匠さま、それがしが相手をします！」

「うむ、いいだろう」

重信が矢島勝左衛門の相手は弥右衛門でいいと判断した。

その弥右衛門は大西大吾の後継者になろうという剣客だ。腕は重信も認めている。

「矢島殿、弟子の梅木弥右衛門がお相手いたす」

「よし！」

勝左衛門が太刀を抜いた。重信が二間ほど後ろに下がる。

鬼面武蔵

梅木弥右衛門は重信直伝の神夢想流居合を使う。

弥右衛門の手からボタッと笠が落ちた。

道端には浪人たちの他に百姓衆や旅人が十人ばかり、遠巻きにして戦いが始まるのを見ている。

二人の間にはもう剣気が満ちて、勝左衛門が今にも踏み込んで行きそうだ。

中段に構えた勝左衛門の剣先が、獲物を狙うように微かに動いている。勝左衛門は神夢想流居合の話は聞いているが見たことがない。

弥右衛門の構えを見ていた。

鯉口を切っていつでも抜ける構えだが、弥右衛門の剣は鞘の内で静かだ。見たことのない構えに勝左衛門は明らかに戸惑っている。

居合は待つことにあり。

弥右衛門が太刀の柄を握ったままジリッと間合いを詰める。

間合いは心にあり。

また弥右衛門が間合いを詰める。明らかに勝左衛門は弥右衛門の気合に押された。

真剣の立ち合いは一瞬の勝負だ。

剣士は間合いを詰められ押されることを嫌う。

勝左衛門が剣を上段に上げた。その剣が踏み込んでくるより、一瞬早く弥右衛門の太刀が鞘走った。

素早く後の先を取った。

鞘走った太刀が一直線に勝左衛門の左胴に入り、右脇の下に逆袈裟に斬り抜いてグイッと切っ先が天に伸びた。

神伝居合抜刀表一本石貫、勝左衛門が「ゲッ！」と唸って前によろめいた。

瞬間だが斬られたとわかっている。勝左衛門がヨロヨロと道端の藪に頭から突っ込んで動かない。

大量の血が流れ矢島勝左衛門は息絶えた。

慌てて逃げようとする浪人たちの前に重信が立った。

「仲間を捨てて逃げるのか？」

「し、死んでいる！」

「ならば、近くの寺に葬ってやれ……」

浪人たちは重信ににらまれて怯えている。矢島の遺骸は一町ほど運ばれ、浪人たちの手で寺に葬られた。

「ご住職、供養をお願いします」

重信はわずかばかりの布施を住職に渡して立ち去った。

「あれでよい……」

「はい！」

「次は殺さずに勝つことだ」

「はい、初めて人を斬りました。未熟にございます」

弥右衛門は血に酔って興奮している。

指先が微かに震えていた。人を斬った恐怖と勝ったという高揚感が血を逆流させている。

重信と弥右衛門は板橋宿に急いだ。

もう、戸田の渡し舟には間に合わない刻限になっている。二人は飯盛り女に引かれて旅籠に入った。

良庵の死が分かって一刻も早く一ノ宮に行きたい。

だが、渡し舟が止まっては如何ともしがたい。翌朝の一番舟に間に合うよう早く宿を出るしかない。

真冬で渡し舟の河原では野宿できない。

その夜、子どものように可愛い顔の弥右衛門の褥(しとね)に、宿の好色な飯盛り女が忍び込んできた。

「ギャーッ!」

女に驚いて不覚にも弥右衛門が大声を出して大騒ぎになった。

同じようなことが東海道の藤枝宿(ふじえだ)でもあった。

女を知らない弥右衛門は、どうもその手の女の気を引くようで、この旅で二度目の災難だった。

翌朝、まだ暗いうちに宿を出た。

「お武家さま、帰りにも泊まってくださいよ！」

「可愛いお武家さんなんだから……」

初心（うぶ）な弥右衛門が女たちにからかわれる始末だ。重信は衆道と間違われているのではないかと苦笑するしかない。

「急ぐぞ……」

「はい！」

母性のはけ口のない女たちに、弥右衛門のような若い初心な旅人は格好の餌食にされる。二人は戸田の渡しの一番舟に乗って、川を渡ると蕨（わらび）、浦和と休みも取らずに先を急いだ。

重信が高松家に到着した時、良庵の葬儀はすでに終わっていた。

「老師、お待ちしておりました」

三河屋七兵衛は江戸に戻る支度をしている。

「三河屋殿、わざわざ京にまで知らせていただきかたじけない」

「林崎さま、そんなこと言いっこなしですよ。お世話になっているのはわしの方でございますから……」

重信が到着して信勝と七兵衛の三人が話し合った。

信勝は一ノ宮から川越に移りたいと考えていた。それを三河屋が支援しようとしている。

そんな話し合いになった。

重信は従弟の信勝の考えに反対はしない。

その頃、京の吉岡道場今出川兵法所に対して、武蔵が五条の橋詰に決闘の高札を立てた。

知らせが今出川兵法所に飛び込んできた。

その知らせのすぐ後に、武蔵の使いという浪人者が来て、道場に果し合い状を置いて行った。

「武蔵とは困った男だな……」

吉岡直綱に対する決闘状だ。使いの男の他に、武蔵には何人も仲間がいるようだと思った。

この頃の武蔵は四、五人の浪人と徒党を組んでいる。そういう武者修行のものが少なくない。むしろ重信のように一人というのは珍しい。卜伝翁（ぼくでんおう）などは八十人を連れて歩いたという。

直綱は武蔵からの書状を懐に入れると、二人の供を連れて京の所司代板倉伊賀守勝重（かつしげ）の屋敷に向かった。

　重信の忠告通りにしようと思う。

　強引な武蔵のやり方が不愉快だった。無名の武芸者と戦って負けるとは思っていない。

　五条の高札のことは伊賀守の耳にも入っていて、吉岡憲法直綱と名乗るとすぐ伊賀守との面会が許された。

「吉岡憲法だな？」

「はッ、所司代さまにご迷惑をおかけいたします」

「うむ、高札のことなら聞いておるぞ？」

「はい、道場にこのようなものが届きましてございます」

　直綱が武蔵の書状を伊賀守に渡した。

「新免武蔵というのはどんな素性の者だ？」

「はッ、新免とは赤松一族にて、新免無二斎という十手術の名人がございます。その嫡男が武蔵というそうにございます」

「赤松とは、四職の赤松だな？」

「御意、新免無二斎殿は黒田如水さまの家臣だったと聞いております」

　伊賀守のいう四職とは三管領四職のことで、赤松、一色、京極、山名の四家である。これに土岐家と今川家が加わり六職という。

「黒田さまか、それでそなたと武蔵は何か因縁でもあるのか？」

「ございません。吉岡道場にはこの憲法を倒して、世に浮かび出ようとする者が毎日のようにまいります」

「なるほど……」

「武蔵もその一人で、一昨年も書状を届けてきましたが無視しましたところ、今年はあのように高札を立てましてございます」

「そういうことか。それで余にどうしろというのだ？」

「願いの儀は、あのような高札に応じて、野試合をすることは吉岡流としてはできません。伊賀守さまのお力を以て、仲裁をお願い申し上げるべく、罷（まか）り越（こ）しましてございます」

「それは御前試合にしたいということか？」

「御意、誠に申し訳なくご厄介をおかけいたします」

「そういうことか……」

伊賀守は乗り気なようでニッと笑った。

「そういう願いなら、引き受けないこともない。ここで良いか。この屋敷での試合ということで？」

「はッ、結構にございます」

伊賀守がチラッと家臣を見た。誰も反対するふうがない。むしろそういう試合なら見たいと思っている。

「よし、いいだろう。余が果し合いの仲介をしよう。日にちと刻限は余の都合で決める。遅参した者は負けとする。それで良いか？」

「結構にございます」

所司代板倉伊賀守と吉岡憲法の話し合いがまとまって、その日の夕刻には五条大橋の武蔵の高札の隣に、所司代の大きな高札が立った。

武蔵の挑戦に対する吉岡道場の返答だ。

野試合と違い御前試合であれば、正々堂々で不正や妙な策は通用しない。恨みを残すこともないだろう。

場所は所司代板倉伊賀守勝重の屋敷内。所司代は上京二条城の北、猪熊通り丸太町下るにある。役料が一万石という重職であった。今出川兵法所にほど近い。

期日は所司代板倉伊賀守の判断で、正月の終わった二月二日。京では正月から時々雪の降る日が続いていた。

吉岡流が野試合をしたというのは嘘である。

刻限は辰の刻の鐘が鳴り止むまで、遅参した者は理由のいかんを問わず負けとする。

武器は木刀である。

介添人は双方から一人ずつと決まった。

この高札のことは、鷹ヶ峰の大吾のところにも、門弟たちの噂で聞こえてきた。大吾は無二斎のことも武蔵のことも重信から聞いている。

大男で野獣のようだという武蔵がどんな男か。鷹ヶ峰に現れるのではと楽しみにしていた。

だが、鷹ヶ峰の将監道場の二代目が重信だと、武蔵は知っていて近づこうとしない。

その武蔵が遂に京に現れた。

二人の仲間と京の郊外に泊まって、吉岡道場の出方を待っていたのだ。

大男の武蔵は小柄な二人の仲間と丹波口から京に入ってきた。小柄と言っても並の背丈なのだが、武蔵が大きいため子どものように見える。

醜男の鬼面のような武蔵は腰に大小の太刀を差し長めの木刀を担いでいた。

「所司代の屋敷に案内しろ！」

「承知！」

うっすらと夜が明け始めた卯の刻で、辰の刻まではまだ半刻以上ある。

今出川兵法所を出た吉岡直綱は弟の又市直重と一緒で、既に立ち合いの支度を整えて所司代屋敷に到着していた。

京の所司代は丸太町通りに面して上屋敷、堀川屋敷、千本屋敷など広大である。板倉勝重は幼い頃に出家して寺に入ったが、板倉家の後継者が亡くなって還俗したという。なかなかの人で善政だったといわれる。

その所司代内に御前試合の場所が整えられた。

「今朝は一段と冷えますな」

「いかにも……」

「篝火（かがりび）にあたって体を温めておいてください」

「かたじけない」

憲法直綱と弟の直重が所司代の家臣に庭へ案内された。

陣幕が張られて東西に篝火が一ヶ所ずつ焚かれている。

「こちらへどうぞ……」

二人は東に置いた床几（しょうぎ）に案内された。

「兄上、手を温めておいてください」

「うむ、又市、万一のことがあっても手出し無用だぞ……」

「わかっている」

この時、直綱も直重も武蔵が乱暴者で卑怯者だとわかっている。

弟子たちが西国の噂を拾ってきていた。

又市直重は兄の憲法直綱より強いと言われている。若い頃から兄とは違い次男坊の暴れん坊だった。

三男の重賢も相当に強い。

所司代屋敷まで来た武蔵は仲間の一人を門の外に残し、約束通り介添人一人だけを連れて邸内に入った。

案内に出た所司代の家臣も大男の武蔵に驚いた。

武蔵と介添人が庭に入ると屋敷の戸が開かれ、縁側に用意された主座の床几に所司代板倉伊賀守勝重が座り、隣の床几に奥山流の奥山孫左衛門が座った。

東西の床几に所司代の家臣が十数人ずつ並んでいる。

「両者、支度はよろしいか？」

所司代の家臣太田忠兵衛が庭に出てきた。二人の剣客を裁く所司代きっての剣の使い手だ。

逃げた武蔵

武蔵が襷をかけ黒い鉢巻を締めた。

憲法直綱が陣羽織を脱ぐと既に白い襷をしている。

「兄者……」

「うむ……」

武蔵の振る舞いを見ながら、直綱が直重から白い鉢巻を受け取って締めると、木刀を握った。

この時、憲法直綱は五十歳を過ぎており、武蔵は二十一歳だった。

「吉岡憲法直綱殿ッ、新免武蔵殿ッ、出ませいッ！」

太田忠兵衛に二人が呼ばれた。

三人が並んで板倉伊賀守に一礼する。武蔵はがっしりとした体軀で何んと言っても大きい。

直綱より首一つ背が高い。

「正々堂々の試合をしてもらいたい。よろしいかッ？」

「承知！」

直綱が答えたが武蔵は凄まじい形相で直綱をにらんで答えない。

若い武蔵は兎に角、勝てばいいと思っている。負ければ敗者として片田舎に埋もれるしかない。

再び、這い上がるには十年も二十年もかかる。一生埋もれてしまうかもしれない。

乾坤一擲（けんこんいってき）、この勝負に勝てばいい。

勝たないことには何も始まらない。京に出て来て名門吉岡流に挑戦する二度とない機会なのだ。

武蔵は吉岡憲法が決闘を受けるとは思っていなかった。

その時は吉岡憲法が戦わずに逃げたと、高札に大書して笑ってやると考えていたのである。

憲法はそれぐらいなことはわかっていた。卑怯な武芸者のやりそうなことだ。

その上で幸か不幸か御前試合という形で実現した。

直綱が中段にゆったりと構える。

「始めッ！」

太田忠兵衛の扇子が二人に戦いを促した。

武蔵がスッスッと後ろに下がって遠間に構えた。近間を嫌った。スッと直綱が間合いを詰める。

獲物を狙う野獣の武蔵だ。

長い木刀を担いだ異様な構えで隙だらけ、殺気を放って眼だけがギラついている喧嘩殺法だ。

こういう我流の男には油断するとやられる。

歴戦の直綱はこういう武芸者を何人も見てきた。強い男もいれば剣法になっていない武芸者もいた。

この男は強いが隙だらけだ。

このような構えでは眉間ががら空きだ。そう見切った瞬間武蔵が動いた。

鬼面が「ウオーッ！」と雄叫びを上げる。

遠間から突進して相手を力任せに叩き潰そうという暴れ剣法だ。

そういう未熟な剣法は吉岡流には通用しない。

直綱の剣が素早く動いて、武蔵の剣に擦り合わせるとそのまま武蔵の眉間にガッと落ちた。

その瞬間、武蔵の剣が力なく胴に入ってきた。

肉を切らせて骨を断つ一撃だが、武蔵の剣はあまりにも未熟過ぎた。

武蔵の眉間から血が噴き出して大男が膝をついた。直綱も二、三歩前に出て木刀を杖に体を支える。

「それまでッ、吉岡殿ッ、一本ッ！」

太田忠兵衛が直綱の勝ちを宣言した。

大出血した鬼面武蔵が負けを認めずキッと直綱をにらんだ。今にも襲いかかりそうな形相だ。

「その勝負ッ、待てッ！」

板倉伊賀守の傍にいた奥山孫左衛門が物言いをつけた。

「忠兵衛殿ッ、その立ち合い引き分けッ、勝負なしッ！」

引き分けではない。明らかに直綱の勝ちだと思う忠兵衛が、不満な顔で伊賀守をにらんだ。

「忠兵衛、引き分けにせい！」

「はッ！」

太田忠兵衛は主人伊賀守の裁定に従った。

心の中では真剣の勝負なら武蔵は眉間を割られ、遅れた武蔵の剣は直綱の胴には入っていないと思う。

入っても胴を斬り抜く力はない。

それぐらいのことは剣豪奥山孫左衛門にはわかるはずだ。

「この勝負ッ、引き分けッ！」

もちろん武蔵は負けたことをわかっている、直綱と直重は完勝だと思っていた。

「武蔵、大丈夫か、手当ては？」

「うるさいッ！」

介添えの仲間を突き飛ばすと、着物の袖で無造作に顔の血を拭き、手当てをするよう勧める忠兵衛にも返事もせず、木刀を握って武蔵が庭から消えた。

「兄上……」

「又市、引き分けでいいのだ。奥山さまはすべてわかっておられる……」

直綱が直重にニッと笑った。

「武蔵め、これであきらめるか？」

「それはわからんな……」

直綱は襷を取り、忠兵衛と二人で伊賀守に一礼して御前試合が終わった。

「吉岡殿、良い一本でした。お見事です」

奥山孫左衛門が直綱を褒めた。

「お褒めいただき、かたじけなく存じまする」

「引き分けでよろしかったですか？」

「はい、結構です。引き分けであれば、吉岡流が傷つくこともないかと思います」

「直重殿もよろしいか？」

「はッ！」

吉岡兄弟は所司代板倉伊賀守から褒美の盃を頂戴して帰った。

その日、五条の橋に所司代での御前試合は、勝負なしの引き分けだったと高札が立った。ところが京に広がった噂は武蔵が勝ったということだった。

武蔵の仲間二人がそう触れ歩いた。

その一方で武蔵は引き分けでは納得できないから再試合だと申し入れてきた。武蔵はどうしても野試合をしたい。

京の噂に怒っていた又市直重が、武蔵との野試合を受けると言い出す。所司代での御前試合を見ていた直重は、絶対に負けないと武蔵の太刀筋から判断している。

「うぬは御前試合の折の介添人だな。それも真剣でだッ。うせろッ！」

怒った直重が犬でも追い払うように小男を追い払った。武蔵に伝えろ。弟の又市直重が再試合を受けるとな。

その三日後、直重は弟重賢と門弟二人を連れて、まだ暗いうちに今出川兵法所を出て、武蔵と決闘の約束をした東山の鳥辺野(とりべの)に向かった。

皀莢(さいかち)の巨木が暗闇に立っている。

寒さに震えながら門弟二人が焚火を始めた。

東山の鳥辺野は北山の蓮台野(れんだいの)、西山の化野(あだしの)とともに京の三大墓地という。清水寺から親鸞廟(しんらんびょう)の西大谷辺りまでを鳥辺野と呼ぶ。

そこにある皀莢の巨木は、本能寺の皀莢の巨木とほぼ同じ大きさで、カワラフジともいう。

実は去痰(きょたん)の薬、棘も薬になる。

遅い春の鳥辺野を比叡山からの寒風が、皀莢の巨木に絡みつき吹き抜けて行く。四人は焚火の傍に輪になって武蔵が現れるのを待った。

「兄者、斬り捨てるか？」

弟の重賢が直重に聞いた。

「おう、負けた立ち合いを勝ったと吹聴するような輩は斬るッ！」

御前試合の介添人だった直重は詳細をよく知っている。

あの御前試合の後、太田忠兵衛は一人伊賀守に呼ばれて、奥山孫左衛門が引き分けにした考えを説明された。

孫左衛門は所司代屋敷から帰る時、伊賀守に引き分けの理由を話している。

「忠兵衛、奥山殿は双方が遺恨を残さないように引き分けにしたそうだ。剣士の立ち合いは神聖なものゆえ、勝敗を決めてもよいが引き分けが妥当、双方に傷がつかぬためだといっておった」

「殿、それがしは……」

「何もいうな。奥山殿は新免を知っていたようなのだ」

「えッ、それは誠でございますか？」

「そなたは神夢想流の林崎を知っているか？」

「はい、休賀斎（きゅうがさい）さまに神の剣士とお聞きしたことがございます」

忠兵衛は伊賀守の口から神夢想流の名が出たので驚いた。なぜだとも思った。

「奥山殿は新免の剣は若さだけの喧嘩剣法で惜しいとも言われた」

「喧嘩剣法？」

「うむ、それで余は引き分けを納得した」

それと神夢想流の関係はと忠兵衛の頭がますます混乱した。

実は奥山孫左衛門は重信から、新免無二斎と武蔵の存在を聞いていたのである。

それで、伊賀守から御前試合に新免武蔵が出てくると聞いて見にきたのだ。でなければわざわざ無名の剣客の試合など見にはこない。

孫左衛門はそこまでは伊賀守に話さなかった。

武蔵を見た時、孫左衛門はこのままではこの男は駄目だと思った。二十歳を越えたばかりで、まだ心身ともに修行を積む必要があると見た。

その猶予（ゆうよ）を孫左衛門は武蔵に与えたのである。つまりもう一度出直してこいということだ。

この御前試合で潰してしまいたくないとの恩情だった。

奥山孫左衛門のそんな気持ちを理解できない武蔵は、こともあろうに吉岡道場に再試合を申し込んだ。

直重が怒るのも当然だ。

直綱は放っておくようにいったが、怒った直重が私闘とわかっていて武蔵の挑戦を受けた。

皀莢の巨木の下で焚火にあたりながら四人は寒さを凌いでいる。

「そろそろ夜明けだな……」

「新免が来る頃だ」

直重は立ち合いの支度を終わっている。

「もっと火を焚け……」

鳥辺野の夜明けは一段と冷え込んだ。

約束の卯の刻になっても武蔵は現れない。夜が明けると葉を落とした皀莢の巨木が堂々と立っている。

「兄者、新免は現れないな？」

「約束の刻限は過ぎたが、もうしばらく待ってみよう」

「逃げたのではないか？」

重賢は明るくなった鳥辺野を見渡してつぶやいた。

「それはあるまい。果し合いを申し込んできたのだから……」

「いや、相手が兄者に変わったので、噂を聞いて逃げることも考えられるぞ。それに真剣での勝負だからな」

「逃げれば卑怯者になるぞ……」

「殺されるよりはいいだろうよ」

重賢は現れない武蔵にいらついていた。

その頃、吉岡道場に再試合の挑戦状を叩きつけた武蔵は、播磨高砂の自分の産まれた百姓家に戻っていた。

再試合の相手が兄直綱より強い又市直重に変わったことで、野獣の武蔵は勝てないと判断して、その日のうちに仲間と播磨に向かって旅立った。

武蔵は秘かに京から逃げた。

以来、武蔵は吉岡流の前に姿を現さなかった。

この所司代屋敷での御前試合のことは、福住道祐の吉岡伝に詳しく記された。

だが、後年に武蔵の養子になった宮本伊織の小倉碑文では、吉岡清十郎や弟吉岡伝七郎に勝ったと書かれた。

清十郎や伝七郎という人物は吉岡家の家系にはいない。

明らかに武蔵をよく書きたい養子伊織の創作である。

武蔵の著した五輪書には、十三歳で有馬喜兵衛と戦って勝ち、十六歳で但馬の秋山某と戦って勝ったと書かれたが、京では天下の兵法者と数度戦ってすべて勝ったとあるだけだ。

そこには誰と戦ったかは記されていない。

さすがの武蔵も負けたとは書けなかったのだろう。

また、名門吉岡の名を出し、勝ったなどといえば五輪書の真偽を問われる。それを武蔵が嫌ったと思える。

若い頃でも確かな御前試合での戦いで隠しようのない事実だ。

この頃から武蔵の名は知られるようになるが、喧嘩剣法で卑怯だなどと良くない評判になっている。

異端の武芸者として見られ始めていた。

武家は家系と出自が大切であり、剣士はどこで何を誰に学んだか流派と師匠が大切である。

家系は名門赤松だがすでに滅んでしまい、武蔵には出自などすべてがなかった。

武蔵にあるのはむき出しの野生だけだ。

荘田喜左衛門

重信と弥右衛門は一ノ宮から三河屋七兵衛と一緒に江戸に戻ってきていた。

春の風が江戸に吹き込んで、乾燥した日比谷入江の埋め立て土が、城下に吹き飛ばされて靄のかかったような空だ。

「このまま雨が降らないと、砂の中で生きているようなものです」

「誠に、そろそろ埋め立ても終わると聞きましたが？」

「いやいや、埋め立ては築城が終わっても続きますよ。そう見ております」

「それだけ城下が大きくなると？」

「林崎さま、家康さまが征夷大将軍になられ、この江戸はとてつもなく大きくなりますので。何んと言っても海に近く、川など水にも恵まれていますから……」

「なるほど、水ですか？」

「どうですか。江戸で剣術の道場を持ちませんか、この三河屋が後押しさせていただきますが？」

「有り難いお話ですが、そのようなことは考えておりません」

「欲のないお方だ。老師は旅がお好きだから……」

重信と七兵衛が埃っぽい部屋で話をしていると、三河屋の店の前に武家が現れた。連れている小者に「しばらく待て！」と命じて店に入った。

「あッ、柳生さまッ！」

番頭が慌てて柳生宗矩の前に出てきて平伏した。この時、剣客宗矩はまだ三十四歳だった。

「老師が逗留中と聞いたが、七兵衛殿はいるか？」

「はいッ、どうぞ、奥へお通りくださるよう……」

宗矩は石舟斎の五男で、黒田長政（ながまさ）の推挙を受け、京の北紫野（むらさきの）にて家康に無刀取りを披露した石舟斎に代わって二百石で家康に仕えた。

その後、関ヶ原の戦いの後に旧領柳生の荘二千石を復活させ、三年前の慶長六年には家康の三男秀忠（ひでただ）の剣術指南役になり、千石を加増され今は三千石の大身旗本だ。

番頭に案内され重信と七兵衛のいる奥の部屋に現れた。

「これは柳生さま……」

「七兵衛、邪魔するぞ」

宗矩が太刀を脇に置いて重信の前に座った。重信は宗矩が幼い時に会っている。

「老師、お久しぶりにございます。父から書状をもらいました。この度はお道殿が旅先にて亡くなったと聞きました。まだ若く残念にございます。兵庫助も悔しい思いをしておるかと……」

「柳生さま、ご丁寧に有り難く存じます。人の生死は常のこと、娘のこともそのように思い定めてございます」

「父石舟斎から老師のことは何かと聞いております。忘れていたわけではございませんが、もっと早くお訪ねすべきでした」

「柳生さまはお忙しいお体、これからご懇意に願います」

宗矩は幼い頃に何度も重信と会っているのに、記憶がぼやけていてはっきりせず、眼の前で重信と会って少しずつ思い出している。

「ところで老師、神夢想流を拝見できますか？」

「はい、いつでもご披露いたしますが……」

宗矩は石舟斎から、居合という全く新しい剣法を見ておくように言い含められている。防ぐのが難しい神の技だ。天下一の剣は神の剣士である。おそらく、そなたでも防ぎきれまい。必ず、剣筋を見ておけといわれていた。

「早い方がよろしいかと？」

「それでは明日にでも……」

「結構です、では明日の朝、迎えの駕籠を差し向けますれば……」

「駕籠はご遠慮いたします。卯の刻にはお伺いいたします」

「三河屋殿、老師を案内してもらえるか？」

「はい、よろこんで……」

「柳生さま、この者は門弟にございます」

「初めて御意を得ます。梅木弥右衛門と申しまする」

「うむ、老師と一緒の旅とは羨ましいことだ」

「恐れ入りまする」

そこにお登喜が白湯（さゆ）を運んできた。宗矩が質素を好むことを七兵衛や番頭は知っている。

宗矩は徳川家で小野派一刀流の小野次郎右衛門（おのじろうえもん）と並ぶ剣豪なのだ。

「七兵衛、この埃っぽさは当分続くぞ……」

宗矩が白湯を飲み、困ったことだというようにニッと笑った。

「では、明日、御免……」

宗矩が太刀を握って座を立った。

翌早朝、重信と弥右衛門が三河屋七兵衛に案内され柳生屋敷に向かった。門番が七兵衛の顔を見ると「お待ちにございます」といって邸内に案内した。

広間に通された三人がしばらく待つと宗矩が現れた。

主座に座らず重信の傍にきて座った。

宗矩は重信を石舟斎と同じ師と考えている。

「お出でいただき感謝申し上げます。道場では狭いかと思いましたが、庭では寒くそちらに支度をさせていただきました」

「はい、道場で結構です」

「指南いただく者を三人、支度させております」

「承知いたしました」

その時、広間と廊下にドドッと五十人ほどの武家が押し込んできた。みな緊張して平伏する。

そこに若い武家が小姓を従えて入ってきた。

重信は咄嗟に秀忠だと思ってその場に平伏した。この時、秀忠は二十六歳、そのまま主座に座った。

「右大将さまにございます」

宗矩が重信につぶやいた。重信と七兵衛と弥右衛門が平伏している。

「みな、面を上げい！」

若々しい甲高い声だ。

「林崎甚助だな？」

「はッ、林崎にございます」

「神夢想流というそうだな？」

「御意！」

「小野、居合といったな？」

「はい、神夢想流居合にございます。老師、お懐かしゅうございます」

「お久しゅうございます」

宗矩ともう一人の指南役小野派一刀流の小野次郎右衛門が重信に挨拶した。

「宗矩、その神夢想流居合とやらを早速見たい！」

「はッ、道場に支度をいたしております」

「よし、老師、まいれ！」

秀忠が小野次郎右衛門の真似で重信を老師と呼んだ。

実に異例のことだ。秀忠が座を立つと宗矩と次郎右衛門が続き重信と弥右衛門が続いた。

弥右衛門はかつてないほど緊張している。

江戸の右大将は次の征夷大将軍ということだ。まず、右近衛大将にならないと将軍には昇れないことになっていた。家康の後継者の秀忠はそう呼ばれている。

道場の主座に秀忠の席、東に床几が一つで重信の席、西には相手の若い三人が床几に座っていたが、秀忠を見てサッと立ち上がり頭を下げた。

重信は弥右衛門に手伝わせ、いつものように下げ緒で襷をし、懐から黒い紐をだして鉢巻を締めた。

秀忠の家臣団と柳生家の家臣が道場の羽目板にずらりと並んだ。

重信は裸足になると床の滑りを確かめ、道場の刀架から木刀を一本選んで素振りをした。

弥右衛門は三河屋七兵衛の傍に下がり道場の入口に座って見ている。

「では、始めます」

宗矩が立ち上がって秀忠に頭を下げた。優秀な柳生新陰流の使い手たちだ。活人剣の剣士たちだ。

中に一人だけ奈良の宝蔵院で見たことのある男がいた。

金春七郎（こんぱるしちろう）といい宝蔵院でも修行し、三年前に柳生石舟斎から目録を授けられた若き剣客だ。二十九歳になる。

重信は立ち合ったことがない。

この若き剣士は残念なことに、六年後に三十五歳で亡くなる。

最も若い木村助九郎（きむらすけくろう）はこの時二十歳で、この後、宗矩の門人の筆頭と言われる剣客に成長する。

三人のうちで最も年上は、四十歳を超えている荘田喜左衛門（しょうだきざえもん）だ。

喜左衛門は生まれるとすぐ父親を亡くし、石舟斎に宗矩たちと一緒に養育された剣客だった。

柳生の荘にいた上泉伊勢守（かみいずみいせのかみ）からも指南を受けたことがある。

伊勢守の最後の弟子とも言える強い男だ。

以前、喜左衛門は柳生家に迷惑をかけた門人、松田織部之助（まつだおりべのすけ）を一刀のもとに斬り捨てた。

　この後、庄田心流の開祖となり、宗冬兵法物語（むねふゆへいほうものがたり）を著す文武両道の才人でもある。

「荘田喜左衛門！」

「はッ！」

　喜左衛門が立ち上がった。

　喜左衛門は宗矩の高弟というより石舟斎の高弟だ。重信が木刀を握って道場の中央に出て行った。

「林崎さま、お忘れでしょうか、信助（のぶすけ）です」

　喜左衛門が重信に頭を下げた。

「おう、そなたあの信助か？」

「はい、柳生の道場で遊んでおりました信助です」

「二十年、いやもっとになるか？」

「はい！」

「よし、やろう」

「お願いいたします」

　秀忠に一礼すると、喜左衛門が素早くサッと間合いを取った。なかなかの体さばきだ。強い。重信がツッと前に出た。それに合わせるように中段に構え喜左衛門もスッと一歩出た。

急に間合いが詰まった。

喜左衛門は下がらず、むしろ重信を押そうとする。柳生新陰流の迫力だ。重信は喜左衛門の攻撃を待った。

居合は待つことにあり。

重信は喜左衛門の間合いと動きを見ている。その瞬間、来ると思った。柳生新陰流の正統な剣だ。

喜左衛門の踏み込みに合わせるよう、一瞬早く右に動き重信が視界から消えた。

「あッ！」

重信の木刀が早い。わずかな隙に喜左衛門の首に張り付いて掻っ斬った。

神伝居合抜刀表一本廻留（まわりどめ）、首に剣を感じてヨロッと喜左衛門が崩れた。

「それまでッ！」

喜左衛門が膝をつきそうになったが踏ん張った。

「まいりました……」

重信に一礼して喜左衛門が下がった。

「早いな……」

秀忠が傍の小野次郎右衛門につぶやいた。

「あの剣は相手に見えていないと思われます」

「見えないだと。それでは防ぎようがないではないか？」

「御意……」

「何んとかならぬのか。防ぐ方法はないのか？」

「色々と工夫いたしましたが、一瞬のことにて技が見つかりません」

「そうなのか……」

「はい、まことに困っております」

凡庸と噂のある秀忠だが、決してそのようなことはなかった。自分で道場に出て行こうという気迫を見せた。

「殿、無理にございますから……」

次郎右衛門に重信と立ち合おうとしたことを見破られてニヤリと笑う。

「そうか、余では駄目か？」

「はい、恐れながら……」

徳川秀忠
「木村助九郎！」

「はッ！」

二十歳の若き剣客木村助九郎が勢いよく立ち上がった。

背が高く鍛えられた筋骨の肉体を感じさせる。この若者はまだまだ強くなると思った。

この若者に秘剣無明剣(むみょうけん)を見せておこうと思う。

孫のような助九郎と並んで秀忠に一礼。向き合うと重信は木刀を中段に置いて気配を消した。

間合いは心にあり。

眼を半眼にして呼吸を消した。

「無明剣だ……」

次郎右衛門がつぶやいた。

「無明剣とは何だ？」

「神夢想流の秘剣にございます」

「秘剣だと？」

「助九郎に見せておこうということかと……」

「木村は良い剣士ということか？」

「御意……」

重信は薄眼を開けて既に随息観に入っている。

死んだように静かで、息をしているのかしていないのかわからない。立ったままの死人だ。

助九郎がツッと前に出た。

なかなかの気合だ。恐れていない。だが、この構えは何だと思っている。

その瞬間、助九郎は死んでいる。

その迷いを見透かしたように、風に吹かれる如く、重信の剣の切っ先が四、五寸右に動いて前が空いた。

誘いかと思った。

その切っ先が五寸ほど下がった。そこに助九郎が吸い込まれる。

瞬間、助九郎の剣が頭上から凄まじい気合で襲ってきた。

だが、一瞬早く後の先で動いた重信は頭上でコツと受け、同時に助九郎の左に重信が回り込んだ。

助九郎は左脇の下から背中にザックリと斬り上げられている。

残心、重信の木刀が天を突いて伸びた。

踏み込んだ助九郎の前から一瞬重信が消えた。左脇の下から心の臓を真っ二つに斬り裂き必ず敵を倒す。

神伝居合抜刀表一本無明剣の残心だ。防ぎようがない天下一の剣だ。

助九郎が投げ飛ばされたように頭から突っ込んで床に転がった。

「それまでッ！」

起き上がると助九郎が正座し、木刀を前に置いて「まいりました！」と重信に頭を下げた。

真っ直ぐ正中を斬ってくる素直で良い剣だ。伸びる剣には癖がない。

「精進しなさい。良い剣です」

「はいッ、有り難うございます」

柳生新陰流は良い門弟を持っていると思った。

その柳生新陰流の中で、重信の神夢想流居合は新陰流居合として生きて行くことになる。

「次、金春七郎ッ！」

「はッ！」

七郎は木刀を握っているが、宝蔵院流十文字鎌槍も使う若き剣客だ。

伸び盛りの二十九歳で剣の奥義もわかって、こういう時は朝に目が覚めると強くなっている。

何をしても強くなる頃だ。

石舟斎から目録を授けられたことはその自信になる。世の中は広く、若くても強い剣士は多くいた。

武蔵もこういう同じ年頃の強い剣士に学べばいいと重信はフッと思った。

自分は強い、勝てばいいという武蔵の剣法では上達しない。やがてどこかで大きな失敗をする。

おそらく、こういう修行を積んだ柳生新陰流の剣士には勝てないだろう。

武蔵はまだ若く本当に強い剣士とは戦っていなかった。唯一、挑戦したのが吉岡道場だった。

それも吉岡憲法直綱は五十歳を過ぎていた。

その決着を重信は知らない。

「金春殿、槍になさるか？」

「老師、本日は木刀にてお願いいたします」

「承知……」

七郎は槍でも剣でも相当に強い。二人は宝蔵院で会っている。

中段に構えて遠間にした。

宗矩は冷静に重信の剣筋だけを見ている。

石舟斎が天下一の剣といった意味がわかった。

小野次郎右衛門が秀忠に防ぎようがないと言ったことと、同じことを宗矩も感じている。

居合は鞘の内という。

剣は鞘の中にいて鞘走るまで剣が見えない。どう考えても防ぐのが難しい剣法だ。

宗矩も防ぐ手立てを考えていた。

七郎は宝蔵院で何度か重信の神夢想流居合を見たことがある。

すべての剣客、槍の名人が宝蔵院の床に転がった。七郎の記憶の中で勝ったのを一人も見ていない。

遠間で構えたが重信が間合いを詰めてくる。

七郎は上段に上げて誘ったが重信の木刀はピクリとも動かない。

中段に戻して右に回る。

それを重信が左に動いて抑えてきた。これはいつか宝蔵院で見た立ち合いだと七郎は思った。

あの阿修羅坊が何度も宝蔵院の床に転がった。

間合いを詰めると槍のように七郎が一気に突いて出た。

重信の剣が走る。

七郎の剣に擦り合わせてまっすぐ伸び、七郎の左肩をガツッと砕いている。

剣は瞬速。

神伝居合抜刀表一本金剛(こんごう)、木刀が七郎の肩にピタッと張り付いて動きを抑えた。

「それまでッ！」

「まいりました！」

七郎がガクッと膝をついた。

柳生新陰流の若き高弟三人が敗れた。それも一瞬の剣で斬られた。

「老師……」

宗矩が重信に頭を下げた。

「いかがでございましたか？」

鉢巻と襷を解きながら重信が聞いた。

「父の言葉が分かりましてございます」

「それはようございました」

「では……」

「はい……」

重信と宗矩、七郎、助九郎、喜左衛門が並んで秀忠に平伏した。

「老師！」

「はい……」

「万事抜（まんじぬき）という大技があるそうだな？」

「ございます」

「それを見たい！」

小野次郎右衛門が秀忠に秘伝万事抜のことを話していた。その技を秀忠が見たいという。

「承知いたしました」

重信は再び鉢巻をして襷を掛けた。

「柳生さま、五人を選んでいただき、総がかりでお願いいたします」

「わかりました。元気のいい若い者を選びましょう」

「お願いいたします」

宗矩は木村助九郎の他に同じ年格好の四人を新たに選んだ。重信の神夢想流居合を経験させようという。

五対一の戦いで四方からの攻撃を斬る秘伝の技だ。

選ばれた五人が素早く支度を整え重信を囲んだ。先の先で重信は正面の助九郎に襲いかかった。

重信の攻撃に押されて助九郎が二歩、三歩と下がる。

その瞬間、向きを変えた重信が後ろの若者を斬り、左を斬り、右を斬った。助九郎は下がったことを後悔した。

だがもう遅い、三人が斬られて床に転がっている。

助九郎が上段から踏み込んだ。

後の先、重信が助九郎の剣より早く胴を横一文字に斬り抜いた。反転して最後の一人を斬り伏せる。

わずか一呼吸の間の大技だ。

「お見事ッ！」

宗矩は剣の動きをよく見ていた。

この十一年後、大坂の陣で秀忠が敵に襲われた時、宗矩はそこに立ち塞がって一瞬にして、七人とも十人とも言われる敵を斬り捨てる。

宗矩が人を斬ったのは生涯でこの時だけであるという。

以来、柳生宗矩は殺人剣を使うことはなかった。

剣は人を斬るためにあるのではない。活人剣こそ剣の本願(ほんがん)である。そう石舟斎はいった。

宗矩は重信の体さばき、剣さばきを見て、万事抜なら四方、八方、十六方と何人でも斬れると思った。恐ろしい大技だと思う。

林崎神夢想流居合は強さだけではない。所作や残心が実に美しく品格がある。

居合は人を斬ることに非ず、己の邪心を斬ることなり。

「強いな……」

「御意！」

「次郎右衛門、天下とは広いものだ。このような剣客がいるとは思いも及ばなかった」

「老師は神の剣士と呼ばれておりまする」

「そうか……」

この日、秀忠は大いに満足して江戸城に戻って行った。この翌年、秀忠は天下を統べる征夷大将軍に就任する。

重信は柳生屋敷から三河屋に戻ると、京に戻る支度を始めた。

「お登喜、箱根の父や母に伝えることはあるか？」

「母に元気だと伝えてください。それとこれを妹と弟にお願いします」

「うむ、承知した」

「すみません」

重信は子どもには旅をさせないとだめだと思った。

子どもだと思っていたお登喜がいつの間にか、妹や弟のことを考えられる大人になっている。

自分の祖父だとでも思っているのか、重信に遠慮せず用事を頼むところなど良い。

何が入っているのか、包みを渡して妹と弟に渡せという。箱根の山の中から出てきたお登喜が、しっかりした娘になって重信はうれしい。良い娘になった。

「お登喜、箱根に帰りたいと思わないのか？」

「思いません。十年は戻らないと母さんと約束したんだもの……」

「そうか。お前は偉いな。がんばれ……」

「うん、おとうも三河屋さんのお手伝いをしているから……」

「そうだな。会おうと思えばいつでも会える。一緒にいるのとおんなじだ。寂しくなんかない」

「はい……」

翌日、昼まえに重信と弥右衛門は三河屋を出て京に向かった。品川まで七兵衛と店の男一人が送ってきて早々と旅籠に入った。

「今日はここまでにして、旅は明日からに……」

まだ陽も高いのに暢気な三河屋七兵衛だ。

弥右衛門とお登喜

翌朝、暗いうちに旅籠を出て七兵衛が六郷の橋まで送ってきた。

「また、江戸へ出てきてください」

「承知しました」

「一ノ宮の高松さまのことはご心配なく……」

七兵衛はニコニコと上機嫌だ。

「かたじけなく存じます」

家康が将軍になって江戸の喧騒は二倍にも三倍にもなっている。

重信と弥右衛門は早朝の東海道を西に向かった。

神奈川、保土ヶ谷と十里余りを歩いて二人は藤沢宿の旅籠に入った。

藤沢宿に代官所はないが、支配代官は彦坂元正（ひこさかもとまさ）が務め、その後に深津孝勝（ふかつたかかつ）が務め、前年から米倉永時（よねくらながとき）が務めている。

東海道の宿場は彦坂代官の頃から急速に整備され、街道を行き来する旅人もずいぶん増えている。

翌朝、夜明け前から二人は平塚に向かって旅立った。

夜明けは江の島の浮かぶ海から陸に這い上がってくる。重信はここ数日、弥右衛門が何か話したそうなのに気付いていた。

藤沢宿と平塚宿の間の相模川河畔で重信が足を止める。

「弥右衛門、何か話があるのか？」

「老師……」

「その袋包みのことか？」

重信が聞くと弥右衛門が顔を赤くした。

「お登喜殿はいい人です」

「そういうことか……」

「申し訳ございません！」

重信は二人の様子に江戸にいる時から気づいていた。

だが、弥右衛門が思い詰めているとは思っていなかった。

若いということは油断も隙も無いということだ。二人は互いを気に入り、いい交わしていたのである。

「ここから江戸へ戻れ……」

「老師……」

「その包みを預かろう」

弥右衛門が黙ってお登喜の包みを重信に渡した。

「先に京へ戻る」

重信が歩き始めた。

弥右衛門はペコリと重信の後ろ姿に頭を下げ、ニッと笑うと踵(きびす)を返して一目散に江戸へ駆け出した。

若さは天下御免だ。

重信は西に、弥右衛門は飛ぶように東へ走った。翌日の昼過ぎ弥右衛門が息を切らして三河屋の前に立った。

「おう、弥右衛門さま、何か忘れものでも?」

息を切らしている弥右衛門に番頭が聞いた。

「うむ、大切な忘れものだ。三河屋殿はおられるか?」

「はい、奥におられますが?」

「会いたい!」

「はあ、どうぞ……」

怒っているような弥右衛門に番頭は驚いて、何の忘れものかとすぐ奥に案内した。

「梅木さま……」

「お忘れものだそうにございます」

「忘れもの？」

七兵衛の傍にいたお登喜がサッと立った。

「お登喜、ここにいなさい……」

「は、はい……」

「梅木さま、お忘れものとは何んでございましょう」

「お登喜殿を妻にいただきたい！」

お登喜が両手で顔を覆った。弥右衛門は興奮している。七兵衛はそういうことで戻ってきたと直感していた。

「お登喜を妻に？」

「はいッ、京へ連れて帰ります。それで戻ってまいりました！」

駄目だと言えば、この場で弥右衛門は腹を斬る勢いだ。困ったことになったと七兵衛は思う。

少々厄介なことがある。

七兵衛がいいと言っても、お登喜を姉妹のように思っている孫娘の七恵が納得しないだろう。

江戸に住むというならまだしも、京に行くとなれば何を言い出すかわからない。

「お登喜と一緒に京へ行きます」

七恵はそう言い出しかねないわがまま娘だ。

それでも七兵衛には目に入れても痛くない孫娘だ。掌中の珠であり、今生で唯一の宝物だ。

重信が許したから弥右衛門が急いで戻ってきた。

何んとか二人を一緒にしてやりたいと思う。

折角、育てた孫娘の一人を取られる口惜しさはあるが、二人が好き合っているなら何んとかしてやりたい。

そこで七兵衛が思いついたのは、七恵のわがままを押し潰す盛大な祝言だ。

みんなに祝福されるのを見れば七恵も反対はできまい、逆に自分も結婚したいと思うかも知れないという一石二鳥だ。

「いいでしょう。こうなったら早い方がいい。早速、今夜、祝言をして明日の朝には江戸を発ちなさい」

「かたじけない！」

弥右衛門が七兵衛に頭を下げ感謝すると、お登喜も涙を浮かべて七兵衛に深々と頭を下げた。

「お登喜、いいのだな？」

「はい、あの、七恵さまには？」

「うむ、それが厄介だ。大急ぎで祝言をやってしまいましょう」

「七恵さまに叱られないでしょうか？」

「叱られる前に祝言をしてしまうということだ。案ずるな……」

すぐ番頭が呼ばれ二人の祝言の支度が始まった。

三河屋が急に上を下への大騒ぎになる。それに気付いた七恵がやはり騒ぎ出した。

お登喜を捕まえて事情を聴くが、お登喜もどう答えればいいのか、自分のことでうまく説明できない。

七恵は七兵衛を探して家中をウロウロしている。

そんな時、三河屋七兵衛は供を一人連れて、小野派一刀流の道場に急いでいた。

お登喜を小野次郎右衛門の養女にしようという話だ。

武家に嫁ぐのであれば、お登喜を武家身分で嫁がせてやりたい。親切な七兵衛の親心だ。

剣客に嫁ぐのだから剣客の養女がいいと七兵衛は考えた。

「三河屋殿が訪ねて来るとは珍しいな。どういう風の吹き回しか……」

将軍家康お声がかりの両替商だ。剣客の次郎右衛門に両替商などはまったく無縁で驚いた。

「小野さまにお願いの儀がございまして罷り越しましてございます」

「ほう、一介の道場主に何用か？」

天下の小野派一刀流だ。柳生流と並んで飛ぶ鳥を落とす勢いの一刀流である。

「実は……」

七兵衛が急なことの成り行きを話した。

「あの柳生屋敷で老師の介添えをした若い武士だな？」

「はい、将監鞍馬流の四代目になる若者と聞いておりますもので……」

「ほう、老師の後継ということか？」

「はい……」

七兵衛の話を聞いて次郎右衛門は、こういう時に三河屋に貸しを作っておくのも悪くないと思う。

何かの時に頼りになるのは、三河屋のような商人だとわかっている。

「三河屋殿、話は分かった。それがしの養女にしよう」

「この御恩は七兵衛、忘れませんでございます」

「あまり大袈裟に考えるな」

その夜、小野次郎右衛門が門弟一人を連れて三河屋の祝言に現れた。あッという間に祝言の支度が整い、七恵がわがままをいう隙がない。

次郎右衛門が三河屋の奥に入ると、弥右衛門とお登喜が挨拶に出た。

「この度はお世話になり深く感謝申し上げます」

弥右衛門が平伏した。

「話は三河屋殿から聞いた。京八流の将監鞍馬流だそうだな。一刀流も京八流の中条流鐘捲自斎さまの流れを汲んでおる。修行をして老師と大西殿の後継になるように……」

「はい、お言葉、肝に銘じまする」

「うむ、そなたが登喜か？」

「はい、ご厄介をおかけいたしました」

「そのことはよい。今日からそれがしの娘だ。明日には京へ行くそうだな？」

「はい、京の鷹ヶ峰というところだとお聞きいたしました」

「そうか、鷹ヶ峰か、峰といっても山の上ではないぞ。京はよいところだ。体に気をつけるのだぞ」

「はい……」

十三歳になったばかりのお登喜は小柄で幼く見える。

その頃、大嵐のような祝言になすすべなく、怒ってしまった七恵が部屋に籠って出なくなった。

七恵のふた親が説得しても埒が明かず、「人の幸せを祝ってやれない者など、放っておきなさい」と、七兵衛まで怒ってしまう。商人は人の幸せを大切にするというのが三河屋の家訓だ。

人々に支えられているのが商人だと七兵衛は家人に教えている。

ただ一人の孫で、甘やかしすぎたと七兵衛は大いに後悔しているが、孫可愛さには変わりない。

「弥右衛門さま、七恵さまが……」

お登喜は七恵のことが気になって仕方がない。怒っていることはわかっていた。裏切られたと思っているに違いないと思う。

「心配しなくていい……」

ニッと微笑んで弥右衛門はお登喜を連れ奥の七恵の部屋に向かった。

「梅木弥右衛門が七恵さまにご挨拶に上がりました」

ザワザワと部屋の動きが伝わり、七恵の母親のお里が戸を開けて顔を出した。

「ご免！」

弥右衛門が部屋に押し入って七恵の前に平伏した。

「ご挨拶が遅れましたる段、平にお許し願いたい」

七恵はブッと膨れて返事をしない。

「この度、それがしがお登喜殿を見初め、何んとしても妻にいたしたく、平塚から戻ってまいりました。姉妹同様の七恵さまのお許しを戴きたく、もし、お許しを戴けない時はこの場にて腹を斬りまする」

「は、腹を斬る……」

お里が驚いて身を引いた。なんとも強引な弥右衛門ではある。

怒っている七恵がチラッとその弥右衛門を見る。

「七恵……」

父親の八兵衛(はちべえ)が返事を促す。七恵の傍に座ったお登喜はうつむいて泣いていた。

「そうですか……」

弥右衛門が腰の脇差を鞘ごと抜いて前に置いた。

若き剣士は躊躇することなく切腹の支度を始める。すると、お登喜が「七恵さま……」と膝にすがった。

「七恵ッ！」

お里が叫んだ。弥右衛門が懐紙を出して脇差を抜いた。

「お、お登喜……」

急に七恵がワーッと泣きながらお登喜を抱きしめ、二人が抱き合ったまま大泣きしている。

「梅木さま、刀を納めてください……」

八兵衛がホッとした顔で言う。

「ご免！」

弥右衛門は脇差を握ると座を立って部屋を出た。

夜の祝言が始まると、お登喜がお里に連れられて座敷に現れ、機嫌のなおった七恵がニコニコしている。

七兵衛も大喜びで三河屋は大騒ぎだ。

誰からも好かれたお登喜はみんなに祝福された。嵐のような祝言だった。

七兵衛は急な旅立ちになるお登喜のため、七恵とお登喜の近所の知り合いの娘たちなど、部屋に入り切れないほどの大人数を祝言に招いた。

その夜、七恵とお登喜は抱き合って寝た。

これが二人の生涯の別れになる。京と江戸は遠く女が気軽に行き来できるものではない。

翌朝、弥右衛門とお登喜は三河屋の人たちに見送られ江戸を旅立った。

「お登喜、背負ってやるよ……」

「うん！」

若い二人は何を見ても何をやっても楽しい。

弥右衛門はお登喜を背負ってやったり、手をつないで街道を駆け出したり、西へ西へと向かった。

その頃、重信は富士川を越えた蒲原（かんばら）宿に泊まり早朝に出立した。

悪評判

由比（ゆい）宿の手前で重信は珍しい男に出会った。

一度会ったことのある越後（えちご）の軒猿（のきざる）加藤段蔵（かとうだんぞう）である。白髪の老人は杖を握り二人の配下を連れていた。

六十歳は優に超えているだろう。

越後の軍神、毘沙門天の化身こと上杉謙信（うえすぎけんしん）の忍びの頭領だ。段蔵の殺気に重信が街道に立ち止まった。

「さすがに神夢想流だな……」

段蔵が近づいてきた。杖で一突きにされそうな殺気だ。

「段蔵殿、お懐かしゅうございます」

重信が丁重に挨拶した。

「それがしの殺気が撥ね返ってくる。神の剣士とやっても、老いぼれでは一刀のもとに斬り捨てられるわな……」

「恐れ入ります」

「幻海(げんかい)は生きていますか？」

「はい、傷も癒え、足を引きずることもなく……」

「そうか。それはよかった……」

「斬りますか？」

重信は加藤段蔵がまだ幻海を斬る気なら、この場で勝負していいと伝える。二人の配下が緊張して刀の柄を握って構えた。

「馬鹿者、止めておけ、お前たち五人や十人で倒せる相手ではないわ。軒猿が皆殺しにされるぞ……」

二人の配下を制して段蔵が道端に寄った。ゆっくり笠を取る。

「もう春だな。座らぬか？」

二人の配下が二、三間ほど離れた。

段蔵が杖を置いて土手に座ると、半間ほど間をおいて重信が座った。段蔵の攻撃に対応できる間合いだ。

「上杉家は義の家だからな。家康とやり合ってしくじったわ。おぬしの最上(もがみ)家はうまいことやって五十七万石、米沢の上杉家は三十万石よ……」

「これからその米沢へ？」

「うむ、戦で死にたかったわしだが、どうも戦場ではなく畳の上になりそうだ。ここでおぬしに斬られて死ぬのもおもしろいわな……」

老忍びは己の死に場所を探している。乱世の中で段蔵は死に損なった。主人の謙信の後を追うべきだったと後悔している。

「人はあっけなく死ぬが、逆に死のうと思ってもなかなか死ねぬ。謙信さまのお傍に行きたいと願ってきたがここまで生きてしまった。しくじったよ。この世に未練はない。痛くないように斬ってくれるか？」

段蔵が遠くの海を見つめている。重信は答えない。

「幻海への恨みも忘れた。甲斐（かい）を通って越後に行き、謙信さまの墓前で腹を斬りたいが痛いだろうと思う。臆病なものだ……」

海を見つめる段蔵は言葉とは裏腹に、その鋭い眼光から殺気は消えていない。さすがに無敗の軍神を支えてきた軒猿の頭領だ。

「そなた、出羽に戻ることはあるのか？」

「このところ、戻っておりません」

「楯岡（たておか）城下に妻がいるそうだな。米沢にいる配下が調べてきた。剣の修行とはいえ、ずいぶん妻を泣かせたようではないか？」

恐るべき軒猿だ。

「どこかで孝行しないと帳尻が合わないな？」

「確かに……」

凄腕の軒猿と言われ、どれだけの敵を殺したか知れない加藤段蔵も、人を愛するようになっている。

近頃、鶴という四十前の忍びの若い妻を持った。

「米沢を通る時は寄ってくれ、生きていれば会おう……」

「承知いたしました」

二人が道端に立ち上がった。

「そうだ……」

段蔵が何かを思い出して振り返った。

「出雲の阿国という女はいい女だ。その阿国が出雲で子を産んだ。おぬしの子ではないのか、二歳になるぞ」

重信を見て、その気持ちを見透かすように段蔵がニッと笑う。

「その顔だと、知らなかったようだな。おぬしに迷惑をかけまいとの女心だ。可愛いではないか、叱るなよ……」

段蔵がそう言い残し、遠ざかっていった。

重信は珍しく恐怖を感じて呆然と道端に立っている。

軒猿はどこでも誰でも、易々と殺すことのできる者たちだと、恐ろしさをまざまざと知らされた。

信長が足長坊主といった武田信玄の忍び三ツ者かまりに対抗するため、上杉謙信が育てた軒猿とは、何んという凄まじい者たちなのだと重信は驚いた。

阿国のことは知らなかった。

子を産んだのならその子は自分の子だ。

何んとも聞きしに勝る加藤段蔵と軒猿の力を感じる。重信は段蔵に動揺を見抜かれ斬られた気分だ。

「未熟……」

阿国が子を産んだと聞いて動揺した。

「神夢想流の神の剣士か……」

重信は苦笑するとまだ修行が足りないと思う。段蔵の後姿が遠い。その段蔵とは逆に西へ歩き始めた。

その頃、小田原で竜太郎と出会った弥右衛門とお登喜は、事情を話し夫婦になったといって竜太郎を驚かせた。

数日前、箱根を通過した重信から竜太郎は何も聞いていなかった。

二人が一緒になったことも重信は知らない。

お登喜は父親竜太郎の荷駄隊の空馬に乗せられ箱根山に登った。

弥右衛門は竜太郎一家に気に入られ、お満に引き止められてしばらく滞在することになった。

お登喜が京に行けばいつ箱根に帰れるか分からない。

この時、お満は十人目の子を懐妊していた。この夫婦はあまりにも仲が良すぎる。

お満の腹に休みはなくまだ数人は子を産みそうだ。

伊豆山権現に参籠して、迷いを吹っ切った幻海は元気を取り戻していた。

数日前、重信が箱根に来た時、久しぶりに木刀を振ったが、まったく思うようにいかなかった。

だが、重信は「結構です」と言って励ました。

弥右衛門と幻海は毎朝、庭に出て一刻半も稽古をした。若い弥右衛門の鋭い剣を受けるのは難儀だ。

ゼイゼイ言いながら幻海は弥右衛門に挑んだ。

それを見て一番うれしいのが妻のお仲だ。

容赦しない弥右衛門をお仲とお満がニコニコしながら見ている。お登喜も初めて見る弥右衛門の激しい稽古に心配そうな顔だった。

「弥右衛門殿、少々待て、一息ついてから……」

稽古も休み休みだが、孫のような若い剣客を相手に、軋む体を大いに動かした。

竜太郎一家は三十人を超える大所帯でいつも賑やかだ。鷹ヶ峰の道場にいる弥右衛門はこういう騒々しさには慣れている。

お登喜も久しぶりの実家にうれしそうだ。

ついつい居心地の良さに出立が遅れ、弥右衛門とお登喜が箱根を発った日に重信はもう京に入っていた。

剣客の足は衰えていない。剣の修行には足腰が一番大切である。

重信は勧修寺家に立ち寄って挨拶し、そこから近い吉岡道場の今出川兵法所に回って吉岡憲法直綱と又市直重に会った。

気になっていた武蔵のことを詳細に聞いた。

所司代での御前試合は引き分けで、武蔵が望んだ再試合は、武蔵が現れず不成立になったことがわかった。

奥山孫左衛門の配慮もあり、結果はおおむね満足できるものだ。

武蔵が再試合に現れなかったことは大きい進歩だ。勝てない相手がいるとわかっただけで武蔵には大きな経験になる。まだ、二十一歳なのだから今後の修行次第ということだろう。

直綱も直重も名門らしく武蔵の振る舞いを怒ってはいない。

武蔵の仲間が試合に勝ったと騒いだのは不愉快だが、所司代での御前試合は多くの人が見ていた。

いつまでも勝ったと言いつのることはできないだろう。

武蔵のこういう態度が続くと、卑怯者の烙印を押され、剣客といわれる人たちは誰も相手にしなくなる。

重信は二人から話を聞いてそれを危惧した。

武蔵が九州に戻り、父親の新免無二斎から教えを受けてもまだ遅くはない。若いということはいくらでもやり直せるということだ。それができれば一人前の剣士になれると思う。

剣士の素材としては抜群に良いものを持っている。だが、野獣のままでは喧嘩が強いというだけで、武蔵を誰も剣客とはいわないだろう。

無頼の浪人になってしまうだけである。

「新免殿はもう吉岡道場に現れることはないでしょう」

「そう願いたいものです」

直綱も重信と同じように考えていた。

名門の御曹司らしく武蔵の振る舞いにこだわっていない。

この後、直綱は大坂城に入るが、大坂の陣で死に損なって生き残り、京に戻って剣を置き家業の染物屋を営むことになる。

　その吉岡家は憲法染で大いに繁栄した。

　曽祖父吉岡憲法直元が考案した黒褐色の染物は、重厚な憲法染といって京の人々に人気があった。憲法黒などともいう。

「直重さまも一度、鷹ヶ峰にお出で下さい」

「老師に神夢想流居合をご伝授いただければ有り難く存じます」

「よろこんでいたしましょう」

　重信は求める人には惜しむことなく神夢想流居合を伝授した。

　それは神から授かった神伝の剣法を一人でも多くに伝えるべきだと信じるからだった。

　今出川兵法所を辞した重信は、賀茂川沿いに南下して六条河原(ろくじょうがわら)の小屋に入った。

　裏から入ると、楽屋の狭い通路で阿国とばったりぶつかって、重信がいきなりギュッと抱きしめた。

「あッ、お帰りなさい……」

「これから？」

「うん、踊ってきます。帰らないでね……」

　阿国と阿菊の歌舞伎踊りは相変わらずの人気だった。

「お師匠さま……」

阿菊がひょっこり顔を出す。

「元気かな？」

「みんな元気、ちょっと行ってきます」

姉妹で踊るのだ。重信が奥の部屋に行くと三右衛門がいた。

「老師、お戻りで？」

「うむ、吉岡道場に顔を出してからこっちに回ってきた」

「そうですか。吉岡道場と言えばだいぶ前ですがこの先の五条の大橋に、新免武蔵という者と果し合いをするとの高札が立ちました」

「吉岡道場でその高札の仔細を聞きました。新免というのは少々存じ寄りの者で、喧嘩剣法なので心配していたところです」

「老師の弟子で？」

「いや、弟子というほどの者ではないが、その者の父親無二斎殿とは親しくしています」

「新免という大男の若者と二人の仲間は、相当に行儀がよくないということで評判がよくなかったようです」

「ここでもなにか？」

「ここでは何もありませんでしたが、あちこちで……」

「仲間も良くないか？」

悪い評判が立つと剣客としては致命傷になりかねない。

どこの大名家でも評判の良くない剣客は強くても仕官をさせないはずだ。

大名家の当主や家臣に剣術指南をするのに、変な評判がついて回るようでは困るからだ。もう乱世が終わって、武家は体面とか体裁というものを気にするようになっている。乱世のように強ければ良いというわけにはいかない。

重信はそのことを心配していた。

武蔵もいずれ仕官を考えるかも知れないからだ。

重信と三右衛門が話していると四半刻ほどで阿国と阿菊が戻ってきた。阿国が重信の腕を摑んで隣にペタッと座る。

「江戸はどうでしたか？」

「うむ、大きな城下になりそうだ。徳川さまが将軍になられたからな……」

「京みたいなところ？」

「いや、京のように山に囲まれていない。城の下まで海だから……」

「そう、そんなに海が近いの、出雲の稲佐（いなさ）の浜みたい？」

「そうだ。その浜を埋め立て京の五倍、いや十倍かな、大きな城下が出現したということだ」

「京の十倍も？」

重信が大袈裟にいうと阿菊が驚いて重信に聞き返した。

「海の入江を埋めているから、まだまだどこまで大きくなることか……」

「まあ、海を埋めて城下を作るのですか？」

阿国も仰天して聞き返した。そんな話をして夕刻には鷹ヶ峰の道場に戻った。

二人で何をしていたのか、それから十日ほどして、何をしても楽しい弥右衛門とお登喜が現れた。

「お登喜、そなた……」

「弥右衛門さまと来てしまいました」

「三河屋殿にお願いしてお登喜を妻にいたしました」

「つ、妻？」

あまりに幼い妻のお登喜に大吾が仰天する。

重信は江戸での弥右衛門の様子から、そういうことになるだろうとそれなりに覚悟はしていた。

お登喜がいることで道場に活気が漲ってきた。男ばかりの道場に一輪の野菊が咲いた。重信と大吾は部屋を弥右衛門とお登喜に譲って、道場を出ると近くの寺に住むことになった。

重信のため隠居庵を道場の裏手に建てる。

隠居する家などまだいらないと重信は思ったが、道場を弥右衛門に譲った大吾の住まいが必要だ。そのついでだ。

剣客死す

四月になって重信が阿国たちを送って城崎（きのさき）まで行き、鷹ケ峰に戻ると早いもので茅葺きの隠居庵ができていた。

ところがその隠居庵には大吾を住まわせ、重信は寺から動かず朝夕は道場に顔を出すことにする。

昼は写経や座禅、近所に小さな畑を借りて、重信はお登喜と百姓を始めた。

夏になって吉岡道場の又市直重が寺に現れた。

吉岡道場で最も強いといわれる荒々しい剣客だ。まだ五十歳前で気力も体力も充実している。

「寺にお住まいとは……」

「未だ修行の身であれば、仏さまの傍で質素に暮らしております」

「百姓もしておられるとか？」

「真似事でござる。近所に良い師のお婆殿がおられるので、畑のことを親切に指南していただいております」

「なるほど……」

「庭でよろしいか？」

「はい、結構です」

「では、始めましょう」

二人は寺の庭に下りると、乱取備前（らんどりびぜん）を抜いて直重に神夢想流居合を伝授する。その翌日から直重は寺に通ってきた。

そんな時、寺にきたお登喜が直重の眼に留まり、弥右衛門の話になり道場主大西大吾のことに及んだ。

すると直重が妙な話を始めた。

「それがしの姪に少々剣をやる者がおりまして……」

「姪と言われると憲法さまの？」

「そうです。兄の子でまだ独り者、剣の使い手と一緒になりたいというのですが、これが厄介で……」

「ほう、なにか条件でも？」

「はい、強い剣士がいいなどといいます」

「なるほど……」

「そこで大西殿が独り者と聞きましたので、どうかと思ったのですが……」

「なるほど、それはよろしいかと思います」

重信が無責任にもあっさり直重に同意した。大吾にも都合があるだろうと考えない。

良いことも悪いことと同じように続くもので、弥右衛門の次に大吾の結婚が続けば道場には上々吉だ。重信はめでたいことだと気が早い。

「少々、難点がありまして……」

「難点?」

「実は嫁いだことはないのですが、二十六歳で婚期を大きく逃してしまった。その上、誠に気が強い。口の悪い者たちは今出川の赤鬼とか吉岡の鬼姫などといいます」

「ほう、赤鬼の鬼姫……」

それを聞いて重信は休賀斎の孫娘美冬(みふゆ)を思い出した。

剣の強い女が気も強いのは当たり前とも思える。あの奥山美冬もそうだった。

「器量はどちらかといえば美人なのだが、怒ると実に怖い……」

剣客の吉岡直重が言うのだから相当なものなのだろう。美冬も確か鬼姫といわれていたように思う。

「あれを黙らせるのはなかなか難しいが、大西殿であればと思ったのだが……」

大西大吾は四十を超えているが、悪い話ではないと重信は思った。こういうことは夫婦になってしまえば何んとかなるものだ。

鬼が菩薩に変わることもよくある話だ。逆に男の方が虎から猫になるということもある。

「案ずることはないと思いますが……」

「どうもこういうことは苦手でござる」

直重がニッと苦笑した。風変わりな姪のために一肌脱いだつもりだ。

「めでたいことですから早い方がよいでしょう。大吾と手合わせをさせてみるのがよいかと思いますが？」

「なるほど、それは名案でございますな」

二人の話がうまい具合にまとまって、翌朝、直重が姪のお清を連れて鷹ケ峰の道場に現れた。

お清は小柄で美人だが直重が言ったように気が強そうだ。

「大西殿、それがしの姪でお清と申す。一手ご指南いただけないだろうか。こちらが道場主の大西大吾殿だ」

「吉岡道場の鬼姫といわれております」

「お手柔らかに……」

妙な名乗りに大吾が気を引き締めた。強そうだと思う。

「では……」

大吾が木刀を握って主座から立った。

傍で重信と弥右衛門が見ている。お清は白い鉢巻を締めると立ち上がった。既に襷がけで支度は整っている。

道場の刀架から短めの木刀を握った。

大吾は一瞬で勝負を決める居合で倒そうと考える。お清は神夢想流居合のことは知っていたが見たことはない。

二人が一礼して互いに中段に構えた。大吾を強いと感じたお清が遠間にした。

そのお清を大吾が追い詰めようと間合いを詰める。道場には門弟が三十人ほどいて羽目板に並んで見ている。

中には吉岡道場の鬼姫を知っている者もいた。

喧嘩が強く男装のお清は、今出川の赤鬼として有名だった。

父直綱ゆずりの隙のない吉岡流を使う。追い詰められて近間になるのを嫌ったお清が上段から攻撃を仕掛けた。

大吾の剣は速い。

吉岡流と同じ京八流の将監鞍馬流の三代目は強くて当たり前だ。

後の先を取って剣が真っ直ぐお清の左胴に入った。「あッ！」と剣は見えたが、左胴から横一文字にお清は真っ二つにされた。

神伝居合抜刀表一本水月（すいげつ）、腰から砕けたお清が二間ほど飛ばされ床に転がった。

信じられない負け方だ。

「も、もう一本ッ！」

ゆらりとお清が立ち上がる。

怒った顔ではなく、一瞬で斬られた驚愕の顔だ。胴にきた剣は見えたのだが防ぎようがなかった。

「もう一本ッ、お願いします！」

「承知！」

再び中段に構えて立ち合ったが結果は同じだった。

お清は再び胴を真っ二つに斬られ、左肩を砕かれて道場の床に抑え込まれた。表一本山越（やまこし）が一瞬で決まった。

この二人の初顔合わせがあって、大吾とお清の結婚がとんとんと進んだ。

秋には男女の剣客が門弟たちに祝福され一緒になった。将監鞍馬流と吉岡流の合体である。

重信の見立て通りお清はたちまち赤鬼から菩薩に変身した。

将監以来、男所帯だった鷹ヶ峰の道場に美女二人が嫁いできて、急に華やいだ雰囲気の道場に変貌した。汗臭いばかりの道場に咲いた二輪は実に美しい。

門弟たちも一気に元気づいた。

お清が道場に出るとわれ先にと木刀を握って飛び出す。将監鞍馬流のもっとも賑やかな時が来た。

「おい、聞いたか、鬼姫が鷹ヶ峰の将監道場の嫁だと……」

「うん、昨日、覗いてきた」

「どうだった？」

「楽しそうだった。今出川の時のように鬼ではない。やさしいんだこれが……」

「へえ、それじゃおれたちも道場を移るか？」

「そうだな……」

たちまち菩薩のお清が評判になった。中にはお清を慕って吉岡から鷹ヶ峰に移ってくる若者もいた。

重信は相変わらず寺に住んで百姓をしている。

その寺に色々な人が訪ねてくる。多くはどこかで一度は重信と手合わせをした剣客たちだ。

その剣客たちによって、重信の神夢想流は確実に全国に根を張りつつあった。

既に六十三歳の重信の頭髪は白いものが増えてきている。

朝夕に座禅をすることが多くなった。一剣を以て大悟することが重信の本懐となっていた。その道はまだ遠いように思う。

無一物中無尽蔵、草木国土悉皆成仏、南無釈迦牟尼仏。

徳川家康が征夷大将軍になったことで、応仁の大乱勃発以来百三十余年も続いた乱世が完全に終焉したといえる。

その乱世の残骸が大坂城に残っていた。

豊臣秀頼は十二歳になり、大きい母親から生まれた子は大きい。

秀頼は既に周囲の大人より首一つ大きい男に育っている。豊臣家のただ一つの希望が秀頼の成長だった。

豊臣家は家康の次の将軍は秀頼だと考えている。

それは徳川家が豊臣家の家臣筋で、秀頼が成人したら政権は豊臣家に返すべきだと考えていたからだ。それは豊臣家の勝手な言い分にすぎない。

家康はそんなことをまったく考えていない。

むしろ、豊臣家がそういうことにこだわり、騒ぎを起こすなら滅ぼすしかない。折角、乱世が終焉したのだ。平安以来の泰平の世といえる。

手荒なことはしたくないとも家康は考えていたが、茶々という人を知っている家康はそれが難しいだろうとも思う。

なんとか秀頼に大坂城から出てもらい、五畿内のどこかで公家大名として生きてもらいたいのだが。

その場所として大和(やまと)などが考えられていた。

ところが家康を恐れる豊臣家は逆に考え、大坂城を出れば家康に滅ぼされると信じ込んでいる。天下の状況が見えていない。

秀吉が築城した難攻不落の大坂城から、出さえしなければ誰にも滅ぼされることなどないと思っている。

政権も返ってくるはずなのだ。

そう信じる大坂城に家康は引導を渡すことになる。

翌慶長十年（一六〇五）四月十三日に、家康が辞任して空席の右大臣に秀頼が就任した。この時秀頼は十三歳で内大臣だった。

二年前、家康が征夷大将軍になり、内大臣を辞任して空席になったので、欠員補充で秀頼が内大臣になった。

従ってこの度は内大臣から右大臣への昇進になる。

その三日後、四月十六日に家康は征夷大将軍を辞任、即日、二代将軍として朝廷は秀忠に征夷大将軍の宣旨を下した。

これには、大坂城の豊臣家が驚いた。

家康はわずか二年で征夷大将軍を秀忠に譲ってしまったのだ。二十七歳の秀忠が十六万人の上洛軍を率いて江戸から出てきた。

反対する者には相手になると幕府の威力を見せつける。

もはや十六万人の大軍に立ち向かう勢力などどこにもない。大坂城の豊臣家も沈黙するしかない。この時、豊臣家は関白にも将軍にもなれないと知る。

この秀忠の将軍就任は、征夷大将軍は徳川家の世襲で、豊臣家に将軍職はいかないと宣言したに等しかった。

その上で、家康は大坂城に将軍秀忠と右大臣秀頼の会見を求めた。

秀頼は将軍にもなれず、関白にもなれないということになった。さすがに、この申し入れに大坂城は応じられない。

この時、秀頼は秀忠の娘千姫（せんひめ）九歳と結婚していて、秀忠は義父ということになり、右大臣秀頼が将軍秀忠に挨拶するということになる。官位は秀頼の方が上でねじれている。

大坂城は会見を断った。

このようなことが続けば、豊臣家と徳川家の戦いになりかねない。

その戦いを望んでいる者たちがいた。それは関ヶ原の戦いで大量に出た浪人たちである。

もう一度、大きな戦いで、仕官の道を摑みたいという困窮している者たちだ。関ヶ原の戦いのやり直しは望むところだ。

だが、十六万の大軍を見せられては腰が引ける。家康はそういう浪人たちの思惑が渦巻いていることもわかっていた。

家康が今すぐ大坂城と戦って勝てる自信がないのもそこにある。

秀吉が残した黄金七百万両の遺産金と、二十万人とも言われる浪人が結びつくと、途方もなく厄介なことになる。江戸の幕府はまだ盤石とはいえない。

他にも家康には危惧していることがある。

家康が嫌いな六男松平忠輝（まつだいらただてる）と伊達政宗（だてまさむね）、大久保長安（おおくぼながやす）との結びつきだ。

奥州（おうしゅう）の独眼竜（どくがんりゅう）という政宗が、まだあきらめずにしぶとく天下を狙っていることはわかっていた。

長男信康（のぶやす）と似ている忠輝を、家康は相当に冷遇している。

数多（あまた）いる息子の中でも次男結城秀康（ゆうきひでやす）と、六男の松平忠輝だけは好きになれない家康だった。

気性が激しかったともいう。

今はおとなしく家康に臣従している豊臣恩顧の大名も、これから先どう振る舞うかはわからない。そんな時に将軍が乱を好むようでは困るのだ。

秀頼は日に日に成長している。

そんな中で家康は豊臣家の立場を明確にし、江戸の将軍と駿府の大御所という二頭体制にした。

もちろん実権は大御所と呼ばれる家康が握っている。

本来、大御所とは親王の隠居所のことでありその尊称だった。そのうち摂政関白の実父を大御所と呼ぶようになる。

そして鎌倉期になると、京から親王将軍が鎌倉に下り、辞して京に戻ると大御所と呼ばれた。鎌倉政権の雇われ将軍である。

やがて武家将軍もそれを真似するようになり、将軍が隠居すると大御所と呼ばれるようになった。

徳川家が華やかに将軍を継承している頃、五月八日、家康によって高野山(こうやさん)へ追放された信長の孫、織田三法師秀信(ひでのぶ)が死去した。二十六歳だった。

ここに信長の織田宗家は滅亡する。

秀信に後継の男子がいたとも言われるが、信長と秀吉の業績を消そうとする家康に気兼ねして、誰も織田宗家に手を差し伸べる者はいなかった。

事実上の滅亡である。

徳川家と織田家はまるで光と影であった。

その頃、剣豪疋田景兼（ひきたかげとも）が九州から大坂に戻ってきた。景兼は虎伯（こはく）とも栖雲斎（せいうんさい）とも号している。

上泉伊勢守信綱の姉の子として加賀（かが）に生まれ、柳生石舟斎と三度立ち合って三度とも勝つなど、その剣は天才の剣であった。

奥山休賀斎や柳生石舟斎と交際し、織田信忠（のぶただ）、豊臣秀次（ひでつぐ）、黒田長政などに剣や兵法の指南をしている。

そのため家康に遠ざけられ、廻国修行を続けながら、豊前中津細川家（ぶぜんなかつほそかわ）や肥前唐津寺沢家（ひぜんからつてらざわ）に仕え、大坂城に出てきたのだが客死した。

多くの弟子を育てた疋田新陰流の開祖、疋田景兼はこの時六十九歳だった。

景兼の死を重信が知ったのは、吉岡道場の今出川兵法所を訪ねた時だった。吉岡直綱は大坂城と付き合いがあり詳しく知っていた。

疋田景兼は病を得て死を覚悟で九州から出てきた。

直綱は大坂城で景兼と会った。景兼は中津城下の新免無二斎と子の武蔵の名を知っていた。

だが、親子とは会っていなかった。

重信は天才疋田景兼が武蔵の挑戦を受けたらどうしたかと思う。一刀のもとに斬り捨てたか、それとも何かを教えようとするかだ。だが、武蔵は疋田景兼のような本物の剣豪とは会おうとしないだろう。戦うのは名もなき浪人たちだけである。

九州には新陰流の疋田はもちろん、タイ捨流の丸目蔵人佐や示現流の東郷重位、肥後熊本には柳生兵庫助がいたこともある。

だが、武蔵は誰とも会おうとせず教えを乞うこともしない我流だ。

重信はまた一人、師とも言える剣客を失った。

二章　備前長船近景

胤栄と胤舜

ちいさな畑の取入れが終わると、京の北山は一気に秋になった。

渋柿が熟しあちこちの柿の木が華やいでくる。その柿を取って皮をむき軒に吊るして干し柿にした。

重信はその干し柿が好物だ。

山々も野辺も錦の装いに着替えている。

「お登喜、奈良に行ってこようと思う……」

「はい、お道さまの墓参りですか？」

「そなた、お道のことを誰に聞いた。弥右衛門か？」

「はい、お道さまは若くしてお亡くなりとお聞きしました」

お登喜は夫の弥右衛門からお道のことを聞いて、同じような境遇に他人事とは思えず悲しかった。

「父親らしいことを何もしてやれない娘だった」

「お道さまは柳生さまと一緒に旅ができてうれしかったと思います……」

そう言ってお登喜が涙ぐんだ。

「ならばいいのだが。旅の支度を頼む……」

重信はお道の墓参をしてから、柳生の荘の石舟斎を訪ねようと考えていた。

翌朝、重信はお登喜に見送られて寺を出た。

六条に下って三右衛門と阿国に挨拶して伏見から奈良街道を南に向かった。芒(すすき)のそよぐ秋風を背に、笠をかぶった重信が歩いていると呼び止められた。

「林崎さま！」

立ち止まって茶屋で休んでいる武家の一団を見た。そこにいたのは肥後熊本城の加藤清正の家臣、森本義太夫(もりもとぎだゆう)と飯田角兵衛(いいだかくべえ)だった。

「このようなところでお会いするとは……」

二人は十人ほどの一団の中から抜けて重信に近寄ってきた。

「お久しゅうござる……」

「老師もお元気そうで何よりと存じます」

「肥後守（ひごのかみ）さまはご壮健で？」

加藤清正は二年前、肥後守になっていた。

関ヶ原の戦い後に肥後五十二万石の大大名になった。

だが、この後、清正が亡くなると後継者の忠広（ただひろ）は、五十二万石の家臣団を掌握できずに騒動が発生する。

肥後を狙っている細川忠興（ただおき）が幕府に訴えたため、江戸参府の折に品川で入府止めになり改易の沙汰が下った。

取り潰されたのは、大坂城の秀頼と近いと幕府に警戒されたためともいう。

加藤忠広は出羽庄内丸岡（でわしょうないまるおか）城に、堪忍分一万石で入り没落する。最上家の没落と似ている。

「殿は熊本におられます」

森本たちは熊本から船で兵庫まで来て上陸、大坂城で秀頼に右大臣就任の祝賀を述べ、堺、奈良と見物して伏見の加藤屋敷に向かっていた。

もう、大坂城に挨拶に行く大名は家康に気兼ねしてほとんどいなかった。

そんな中でも挨拶に出向く加藤清正や福島正則（ふくしままさのり）は秀吉と血縁のある豊臣一族で、さすがの家康もおもしろくはないが眼を瞑っている。

今はことを荒立てて肥後五十二万石加藤家と、安芸と備後五十万石福島家を大坂城に追いやることはない。

その福島家も後に信濃川中島四万五千石に減封、やがて幕府に取り潰され没落することになった。

幕府は外様大名には容赦なく移封、減封、改易をするようになる。

重信は森本、飯田と立ち話をし再会を約して立ち去った。

奈良街道を南下し木津で旅籠に入る。奈良街道は大和街道ともいい、奈良から北は京街道ともいう。

木津は木材を運んだ川の湊で木津と呼ばれるようになった。津とは湊のことである。

翌日、木津の旅籠を発って重信は斑鳩の法隆寺に向かう。

秋の実りで大和路は華やかに輝いている。荘厳な寺々の佇まいを見ながらお咲の家に着いた。

働き者の五平とお咲は家の前の畑にいて重信に気づいた。

「お帰りなさい……」

お咲が畑で腰を伸ばす。すっかり婆さんになっている。

「今年はどうだった？」

「大雨に降られなかったから畑はよかった……」

「そうか。次郎は顔を出すか？」

「さっぱりですよ、きっと忙しいのでしょう……」

婆さんのお咲は少し寂しそうだが、子らは元気でいてくれればいいと思っている。

「法隆寺のお坊さまに草木国土悉皆成仏を教えてもらいました……」

「ほう、それは良かった」

「うん、この世の草木や人や生き物すべてが、成仏できるというお大師さまの教えなんだって……」

「うむ、そういう教えだな。ありがたいことだ」

お咲は若くして亡くなったお道の死を受け入れられず、重信が去ってからずいぶん長い間泣いて暮らした。

お咲にとってお道は初めて人を好きになり、その愛が実ってできたかけがえのない子だった。

お咲は無学だが仏を信じ、仏に見守られて生きていると信じている。

そんな時、法隆寺の若い僧が草木国土悉皆成仏を教え、お咲の苦しみをやわらげてくれた。

涅槃経の一切衆生悉有仏性（いっさいしゅじょうしつうぶっせい）を基に、この世の非情有情を問わず、すべてが成仏できるという弘法大師空海（こうぼうだいしくうかい）の教えである。鎌倉期からこの空海の教えが、色々な僧によって広く語られていた。

衆生にわかり易く説いた空海の教えだ。

「お道が成仏しているから……」

「その辺りでそなたを見ているだろう」

「うん……」

二人は畑の土手に座って話し込んだ。長い年月が経ったように思う。

四半刻後、重信は畑の傍の杉の大木に、乱取備前と二字国俊（にじくにとし）を立てかけ、お咲を手伝い五平と夕刻まで畑で働いた。

手元から大小を手放すことはこれまでほとんどなかった。いつか剣を置く時がくると思う。

斑鳩の仏の里は全てが秋色に染まって静かだ。

流れる風に無垢なお道の面影と、いつもにこやかだった五助の顔を思い出す。もう今生に二人はいない。

人はみな遠くに去っていく。

重信は岩国の錦川で根岸兎角（ねぎしとかく）を斬って以来、何年も人を斬っていないと思う。お咲にもう人を斬らないでと教えられた。

幼い頃、祥雲寺（しょううんじ）の楚淳（そじゅん）和尚から草木国土悉皆成仏を学んだ。

人の親になりわが子を失いお咲に再び学んだ。天下一の剣客もわが子の死を忘れられない。

「ここで百姓をしたら、お道も喜ぶよ……」

「そうだな……」

重信はお咲の家に泊まり、翌朝、お咲と二人でお道の墓参をした。

河原の石を置いたばかりの粗末な墓だ。草木国土悉皆成仏、やがてすべてが大地にかえっていく。

「居合とは人に斬られず人斬らずただ受け止めて平らかに勝つ」

重信が目指す神夢想流居合だ。

刀に手を触れず、刀を用いず、戦わずして相手と和合することこそ居合の神髄、極意である。

重信はそう信じている。

その日から重信は剣を置いてお咲の畑仕事を手伝った。

一ヶ月を過ぎた頃、重信は旅立つことにした。

「行ってくる」

「うん、気をつけて……」

重信はお道のいる里を去った。向かったのは奈良の宝蔵院である。

院主の胤栄と会うために宝蔵院を訪ねてきた。八十五歳の胤栄は上機嫌で重信を迎えた。

胤栄は仏弟子であることから、人を突き殺す槍術に矛盾を感じ、自分が考案した十文字鎌槍を置いて、寺の裏で百姓をやるようになってずいぶんになる。もう、槍を握ることはなかった。

宝蔵院の槍術道場は残したままで大勢の門弟がいた。

その後継者として、胤栄は若き天才の槍の使い手、禅栄坊胤舜十七歳を考えている。

「早速だが胤舜を見てもらえぬかのう……」

「承知いたしました」

「若いゆえ、胤舜の槍には隙も多いが、筋はこれまで見てきた弟子の中で最も良い。実に素直で良い突きだ」

「分かりました」

重信は胤栄の強い期待を感じた。胤栄と四半刻ほど話してから、一人で道場に出て行った。

禅栄坊胤舜は道場の中央に立って、年上の門弟に次々と稽古をつけている。

胤栄がいうように才能を感じさせる切れのある体さばき、足さばきだ。重信は道場の入口近い末席に座ってしばらく見ていた。

重信と顔見知りの門弟も多い。

道場の東西の羽目板に並んでいる門弟や武芸者が、次々と呼び出され胤舜の鎌槍に巻きとられる。

槍や剣の使い手が稽古槍に一突きにされた。

その胤舜がつかつかと重信の前にきて座り、槍を傍に置くと丁重に頭を下げた。

「老師、また一手ご指南いただきたく願いまする」

若々しいなんの屈託もない挨拶で重信に願い出る。

「承知しました」

重信は襷がけで鉢巻をすると乱取備前を傍に置き、道場の刀架から木刀を取って一振りすると胤舜と対峙した。

間合いを取って十文字鎌槍を中段に構えた胤舜は、若者とは思えない隙のない良い構えだった。

ゆったりと緊張しているふうもない構えである。天賦の才を感じさせる。胤栄が後継者と考えるのも無理のない若者だ。まだまだ強くなると思う。

間合いは心にあり。

重信の方からジワリと間合いを詰めた。胤舜の槍が重信の隙を突こうとわずかに右に回る。

一気に突きを入れてくる気配に一瞬の勝負を狙う。

重信の剣先が胤舜を誘うように微かに左右に動いた。その剣気を胤舜は槍先に感じて無闇には踏み込めない。

一瞬で重信に手元へ飛び込まれる。以前、そういう稽古を何度もした。

グッと重信が間合いを詰めた。一突きで届く間合いだ。槍先に身を晒すように重信が間合いを詰める。

重信が動いた瞬間をとらえ、胤舜の十文字槍が突いてきた。

カッと重信の太刀が槍を弾いた瞬間、重信が走り太刀が首に伸びてきたのを胤舜は見た。それは一瞬のことだった。

勝負はそこまでで首に剣風を感じて腰から砕けた。

神伝居合抜刀表一本乱飛(らんぴ)、突いた槍を跳ね上げられ首を刎ね斬られている。

「まいりました！」

「もう一本まいろう」

「はいッ！」

胤舜が再び槍を構えた。

重信は胤舜に五本まで指南した。さすがに若い胤舜も、五度も床に転がされてはヘトヘトになる。

その日から十日ばかり宝蔵院に逗留して、早朝から胤舜と激しい稽古を続けた。

仏心鬼剣

十一月になって重信は宝蔵院を辞して柳生の里に現れた。

柳生石舟斎は七十九歳で病を得ていた。

冬の寒さからかコホコホと乾いた咳をする。

「甚助殿、よく見えられたのう。お道がいないと寂しいわ。その上、この風が老骨には寒すぎる」

本当に寒そうだ。こんな石舟斎を見たことがなかった。

「この冬を越せるかどうか……」

弱気なことを言ってニッと笑う。

「石舟斎さまにはまだ十年も二十年も元気でいていただかないと……」

「無理、無理だわ。この冬を生き延びるのすら難儀だ。甚助殿、後はそなたに任せるから。宗矩も兵助(ひょうすけ)もまだ若いわな。剣客は四十を超えぬと味が出てこぬのよ……」

石舟斎は死期を悟っているかのような口ぶりだ。

この半年後、盟友疋田景兼を追うように石舟斎が亡くなる。

その後、胤栄も亡くなり、重信は常陸の卜伝(ぼくでん)亡き後、師と仰ぎ尊敬し剣を学んだ人々を次々と失うことになる。

この時、将軍秀忠の指南役江戸柳生の宗矩は三十五歳、後に柳生の剣を引き継ぐ十兵衛も友矩も宗冬も列堂もまだ生まれていない。

尾張柳生を育てる柳生流一の剣士兵庫助は二十七歳だった。

石舟斎の柳生新陰流は上泉伊勢守信綱と疋田景兼の新陰流そのもので、石舟斎は伊勢守の後継者であり新陰流二代目なのだ。

その陰流は鬼一法眼が鞍馬山で八人の僧に伝授した刀法、鞍馬八流の一つだ。

陰流は、伊勢の人愛洲日向守久忠、別名愛洲移香斎ともいうが、その日向守によって愛洲陰流となり、上泉伊勢守が新陰流として完成させた。それを柳生新陰流として石舟斎が受け継いだ。

伊勢守が考案し、石舟斎が完成させた秘伝無刀取りという大技がある。

陰流は神道流、念流と共に剣術の三大源流という。

そこに中条流をも入れて四大源流とするが、居合を入れれば五大源流ということになる。

神道流は塚原卜伝の鹿島新当流に完成、念流は禅僧念阿弥慈恩こと奥山慈恩を初代に、八代目樋口定次が上野馬庭にて馬庭念流を開くことになる。

中条流は富田勢源の富田流、鐘捲自斎の一刀流、巌流が完成させた。

神夢想流居合の林崎甚助は卜伝以下の剣客、剣豪に流儀を学び、スサノオから授かった神夢想流居合を完成させ、やがて、江戸期には二百流派とも三百流派とも言われる剣技に取り入れられる。

神夢想流居合は現代に二十流派が残り、林崎熊野明神と奥の院を剣士の心の支柱にして、剣神となった重信の高潔な精神は受け継がれている。

真剣を腰に差して修行をする神夢想流居合の者は、心に一点の曇りがあってもならない。

剣神林崎甚助こと民治丸（みんじまる）に対する冒瀆だからだ。

剣は神聖にして美しきもの、それを腰にする者は身も心も、すべからく清浄でなければならない。

「甚助殿に新陰流の極意、無刀取りを伝授しようかのう……」

「恐れ入ります」

「これは伊勢守さまから教わり、それがしが完成した大技だが、伝授した者は数人しかおらぬ。庭に出ようか……」

「寒くはございませんか？」

「神の剣士に極意を伝授するのだ。寒さなど吹き飛ぶわ……」

コホコホ咳をしながら石舟斎は脇差だけを腰に差して庭に下りた。重信は乱取備前を腰に差して下げ緒で襷を掛けた。

「そこに立って剣を抜いて……」

死期の近いことを知っている石舟斎の鬼気迫る秘技の伝授が始まった。

「上段から踏み込んで来たらこのように相手の懐に入り、太刀を持つ手をこうして両手で挟み込む、体のさばきが大切でこのようにする……」

コホコホと咳をする。

「この肘が緩まぬように締めて相手の腕ごと、このようにしてねじり倒す。もう一度やろう……」

石舟斎は自ら無刀取りの手順と体さばき、足さばき、呼吸など秘伝の大技をやって見せた。

「これが無刀取りで真剣白刃取りとはまるで違うものだ。もう一度やろう……」

コホコホ咳をする石舟斎の体を心配しながら、伊勢守と石舟斎の二人で完成した人を斬らずに倒す秘技を半刻ほどで伝授された。

「明日、またやろう……」

重信は痩身の石舟斎の病気は相当悪いのではないかと思った。

塚原卜伝、富田勢源、柳生石舟斎、奥山休賀斎、宝蔵院胤栄、鐘捲自斎、丸目蔵人佐は重信が教えを受けた師と仰ぐ剣豪だ。

神の剣である神夢想流居合の美しさ強さ、素晴らしさをいち早く認めてくれた剣客たちでもある。

剣の道を切り開いた偉人たちだ。

体調が思わしくないのに、石舟斎はコホコホ言いながらも、数日かけて重信に無刀取りを伝授した。

相手が太刀を持ち自分が素手の時、素早く相手の懐に飛び込んで、相手の太刀を持つ手を両手で挟み込み、相手の腕ごとねじり倒す柔術に似た秘伝の大技だ。

「神夢想流居合に表技があるということは、裏の技もあるということか？」

「はい、裏二十二本がございます。これまで神との約束にて一度も使ったことのない裏技にございます」

「神との約束？」

「伝授されました時に、スサノオさまが使うことを禁じられましてございます」

「ほう、スサノオさまがのう。それを見ることはできぬか？」

「はい、剣居一体、懸待表裏、純粋抜刀裏二十二本をいたします」

重信が裏二十二本を見せるのは石舟斎が初めてだ。これまで、誰にも披露したことのない神夢想流の秘密だ。

早朝のまだ暗い誰もいない道場に大きな蠟燭を二本立て、下げ緒で襷を掛け鉢巻をすると、乱取備前の鞘口を切ってスルスルと抜いた。

薄暗い蠟燭の灯に映る影とともに舞うがごとく、重信は一刻ほどかけて秘技を石舟斎に披露した。

剣筋を明らかにするようにゆっくりと美しく舞う。

それを石舟斎は二間ほど離れて座って見ている。今や天下を二分する剣豪新陰流の石舟斎と居合の重信だ。

「居合は人を斬ることに非ず、己の邪心を斬るものなり」

重信の一挙手一投足を石舟斎がにらんでいる。神の技は美しい。

乱取備前がゆっくり鞘走り静寂の空気を斬り裂いて、残心と共に血振りをして鞘に戻ってくる。

淀みなく、無心に舞う。

薄闇に竜が姿を現す。その竜が雲を抱いて重信に襲い掛かった。秘伝裏一本無心(むしん)で

スーッと静かに斬り伏せた。

神夢想流純粋抜刀裏二十二本を初めて世に出した。

「見事！」

「恐れ入ります」

「剣は神聖にして美しきもの、居合はその神髄じゃな……」

石舟斎は神夢想流居合の本質を見抜いた。

「良いものを見せてもらった。黄泉(よみ)におられる先人に良いみやげ話ができた。甚助殿も早くまいられよ……」

「はい、未だ未熟にてもうしばらくは……」

「うむ、一剣を以て大悟するか？」

「はッ、未だに遠く……」

「仏の道じゃな。居合道は仏道か？」

「はい、居合は仏心鬼剣、断魔の利剣にて神の道、仏の道と心得ております」

「なるほど、剣はそうありたいもの……」

重信は石舟斎に死の影が忍び寄っているのを感じた。コホコホと石舟斎から無情にも命を削り取る咳が悲しく響いた。

石舟斎の顔は死を受け入れて穏やかだ。

居合はただ太刀を抜き電光石火、眼にもとまらぬ早業で、勝ちを制する工夫だけで万事終わりとするのは、居合の真締(しんしま)りを会得したことにはならない。

居合は仏心鬼剣なり。

沈着周到、遅速、緩急、強弱、陰陽を悟り、場に臨んで静中に動、動中に静、懸待表裏の技と残心を自得しことを納め、もって格調高き無限の品位と風格ある境地に到達することが居合の妙理である。

門弟たちが道場に現れると石舟斎と重信は座を立った。

平兵衛と長勝

石舟斎の部屋に遅い朝餉が運ばれてきた。

「お珠、ここに座りなさい」

朝餉を運んできた女を呼び止めて傍に座らせた。まだ十七、八ぐらいの若い娘だ。

「ここにおられる方が林崎甚助殿じゃ……」

「あッ……」

驚いた娘が重信に平伏した。

「兵助に聞いたであろう。兵助の先妻お道の父上だ……」

「はい、兵庫助さまからお聞きしております。兵庫助さまの後添えにて、珠にございます……」

珠がまた重信に平伏する。

「甚助殿、お珠に言葉を頂戴できないだろうか？」

「石舟斎さま……」

「お道のことを忘れぬようにと思って、お珠を呼んでおいたのじゃ。石田三成殿の家臣、島左近殿の末娘でな、縁あって兵助の後添えになったのじゃ、声をかけて下さらぬか……」

重信は関ヶ原の戦いで家康を苦しめ、「三成に過ぎたるものが二つあり、島の左近と佐和山の城」とうたわれ、討死した名将島左近の娘を見る。左近は討死した時六十一歳だった。

まだ幼さを残した娘だ。

「関ヶ原での父上のお働きのことは聞いております。お珠殿、お道の分まで幸せになってくだされ……」

「はい……」

重信の言葉にお珠が両手で顔を覆って泣いた。

「かたじけない。兵助は旅に出ていて不在ゆえ、代わって礼を申し上げる……」

石舟斎が兵庫助に代わって重信に頭を下げた。

「お気遣い、かたじけなく存じます」

「良かったのう、お珠……」

「はい、有り難うございます」

このお珠が兵庫助の子で島原の乱で戦死する清厳や、尾張柳生を育てる連也斎などを産むことになる。

重信は柳生の荘に留まって稽古をした。

その数日後コホコホと咳をする柳生石舟斎と別れて旅立った。この日が生涯の別れになった。

柳生の荘を出た重信は東海道に出て湖東の近江彦根城に向かった。

家康は京の守備と西国を見張る使命を与え、井伊直政に近江佐和山城十八万石を与えたが、三年前の慶長七年にその直政は亡くなった。

井伊の赤備えは戦場では無類の強さで、井伊の赤鬼と恐れられ徳川家の守り神でもあった。

家康はわずか十三歳の直継こと、後の直勝に近江彦根に築城を命じ、佐和山城十八万石を廃し後に彦根三十万石となる城を建てさせた。

ところが直勝は病弱だった。

家康が与えた井伊家の重大な使命を果たせそうもなく、後に直勝を上野安中城に移し、同い年の弟直孝を近江彦根城の城主とする。

この頃、井伊家と遠い縁戚にあたる長野十郎左衛門業真が、五百石の高禄で井伊家に仕えていた。

重信の神夢想流三代目になる剣客だ。

長野無楽入道槿露斎と名乗り無楽流を開くことになり、やがて井伊家の家老となって四千石を知行する。

重信は長野十郎左衛門に会おうと湖東に出てきた。

ところがその十郎左衛門のところに、一宮左太夫照信がいたのには重信も驚いた。

「老師ッ！」

「おッ、左太夫、そなた？」

「廻国修行中の身にて、鷹ヶ峰に伺おうと思っておりました」

「そうか……」

「老師、お久しゅうございます」

「うむ、留守の時に道場を訪ねてくれたそうだな？」

「はい、佐和山から彦根に移りましたので……」

「井伊さまは佐和山城の前は上野箕輪城であったな？」

「そうです」

上野箕輪城は長野一族の城で長野十郎左衛門が産まれた城だ。

重信に会いたい十郎左衛門は京や伏見に出ると、その度ごとに京の鷹ヶ峰を訪ねた

が、いつも重信が旅に出ていて会えなかった。

左太夫は重信から十郎左衛門のことは聞いていた。京へ出る前に彦根城下に立ち寄

った。

ここで神夢想流の三代目と四代目の左太夫は修行をすることになる。

彦根城下にしばらく滞在して、二人の弟子と猛稽古をし十二月になり重信は京に戻ってきた。

勧修寺家に顔を出して挨拶してから、吉岡道場の今出川兵法所に行き憲法直綱と会い、奈良の宝蔵院胤栄、柳生の荘の石舟斎の話をし、辞すると賀茂川沿いに六条に下って行った。

一刻ほど阿国と話をして重信は鷹ヶ峰に向かう。

京の十二月は周囲の比叡山や東山、西山がうっすらと雪で染まっていた。間もなく、京は雪に覆われる。

例年より少し遅いくらいだ。

重信が京で身を寄せた復古堂（ふっこどう）は、貞和二年（一三四六）に臨済宗大徳寺（だいとくじ）の徹翁義亨（てっとうぎこう）が隠居所として開基した庵で、後に源光庵（げんこうあん）とも呼ばれるようになった。

重信の頃より九十年ほど後に臨済宗から曹洞宗（そうとうしゅう）に改宗される。復古禅林（ふっこぜんりん）ともいう。

源光庵の本堂を建立する際、伏見城の床板が使われた。伏見城は関ヶ原の戦いの緒戦で、西軍の総攻撃により落城、家康の家臣鳥居元忠（とりいもとただ）が自刃した。その血が残った床板が天井に使われたため、血天井（ちてんじょう）と呼ばれている。

その血天井の下には丸窓と角窓があり、悟りの窓と迷いの窓という。

悟りの丸窓は禅と円通(えんつう)の心、自然の姿、悟りの境地、大宇宙を表わし、迷いの角窓は四つの角が人の生涯、迷いとは釈迦の四苦、生老病死の四苦八苦を表わすという。

重信が世話になった頃の復古堂は、まだ臨済宗大徳寺派の寺院で、本堂も開山堂もなかった。北山の冬枯れの静寂の中に庵はある。

重信は将監道場に顔を出し、大吾、お清、弥右衛門、お登喜に会ってから筋向いの寺に帰った。

間もなく新年を迎えようという暮れに、田宮平兵衛が嫡男長勝を連れてお登喜に案内され寺に現れた。重信は座禅を組んでいた。

三人が部屋に入ったのを感じ、半眼の眼を開き随息観の呼吸を戻し、座禅を解いて振り向いた。

「老師……」

「平兵衛、その子は長勝だな。京に出てきたのか?」

「伏見に出てまいりました」

「うむ、お登喜、庫裡(くり)から白湯をもらってきてくれ……」

「はい……」

お登喜が部屋から出て行った。

「備前岡山はどうかな？」

「殿が将軍さまの養女鶴姫（つるひめ）さまを正室に迎えられました……」

「ほう、それは池田家には良いこと」

「鶴姫さまは榊原康政（さかきばらやすまさ）さまの姫さまにございます」

平兵衛が殿と言ったのは備前岡山藩の執政代行池田利隆のことだ。

利隆は播磨姫路城主池田輝政の嫡男で後継者だ。

備前岡山五十一万石の小早川秀秋が後嗣のないまま亡くなると、家康は利隆の弟である忠継を岡山二十八万石の藩主にした。

ところが忠継はまだ五歳と幼かった。

わずか五歳の子どもに二十八万石とは家康らしくないことだが、それにはわけがあった。

忠継の母は家康の次女督姫である。

督姫は北条氏直に嫁いだが、氏直は小田原征伐で敗れ、高野山に流された。家康の助命嘆願で許されたが、その直後に不運にも病で亡くなり、督姫は秀吉の命令で池田輝政に再嫁した。

その最初の子が忠継だった。

家康にとって忠継は、苦労させた督姫の産んだ子で、督姫に願われると家康は何んでもしてやった。

そうして岡山の藩主に据えられ、兄の利隆が執政代行として備前岡山城に入った。そのため平兵衛も岡山にいた。

その池田利隆に剣術指南として仕えたのが、平兵衛の嫡男田宮長勝である。そのため平兵衛も岡山にいた。

長勝はこの後、大坂の陣で活躍して家康に認められ、駿府城主徳川頼宣の剣術師範に八百石の高禄で仕える。

頼宣が紀州和歌山城に移ると長勝も紀州に移り、紀州徳川家の家臣団に居合を伝授していくことになる。

田宮流の居合は美の田宮と言われ、その剣筋の美しさはまぎれもなく天下一だった。

「大御所さまは督姫さまに苦労をさせたと思っておられるのでしょう」

平兵衛が家康を大御所と呼んだ。

「確かに、小田原征伐以来のことですから……」

「老師、明朝、一手ご指南願います」

「うむ、久しぶりだ。やろう」

重信が長勝の願いを了承した。そこにお登喜が白湯を運んできた。

「お登喜、二人は今夜、ここに泊まる」

「承知いたしました」

「この子に見覚えはないか？」

「さて……」

平兵衛が首をかしげたが思い出せるはずがない。平兵衛がお登喜を見たのは七、八歳の時だ。

「箱根の竜太郎の娘のお登喜だ」

「あッ、幻海殿の……」

「田宮さま、お久しゅうございます」

お登喜は幻海と話し込む平兵衛の顔を覚えていた。

「いやいや、年は取りたくないもの、お登喜か、確かにそうだ。そなたを忘れたわけではないぞ」

「江戸の三河屋に気に入られ、働いておったのだが梅木弥右衛門に見初められた」

重信が経緯を話すとお登喜が照れるようにニッと笑う。

「道場にもう一人、女人の剣士がいましたが？」

「大吾の妻になった吉岡憲法殿の姫じゃ」

「吉岡さまの……」

「うむ、一度、今出川兵法所を訪ねてみるとよい」

「はい……」

平兵衛は吉岡憲法と新免武蔵の御前試合のことを知っていた。だが、そのことは口にしなかった。

西国では喧嘩剣法の武蔵のことは知られつつある。

それでも名のある剣士は武蔵を相手にしない。武蔵は戦った相手を殺してしまうからだ。

どうもよくない噂ばかりが武蔵にはつきまとっていた。

この数年後、吉岡憲法直綱が大坂城に入り、それを攻撃する徳川軍に平兵衛と長勝がいて敵味方になる。

剣客同士が広い戦場で出会うことはほぼない。

だが、剣士の世界はそう広くはなく、色々なところに師弟関係があり、修行の中でどこかに縁ができるものだ。

翌朝、まだ暗いうちに三人は道場に入った。

大吾とお清、弥右衛門とお登喜が支度を整えて道場で待っている。外は暗いが道場には蠟燭が灯っていた。

半刻もすれば夜が明けるだろう。山の上だから東から陽が差し込んでくる。

「よし、やろう」

「お願いいたします」

重信と長勝が襷がけをして支度をすると、互いに木刀を中段に構えて対峙した。

真冬の冷気が剣先に絡みつくと長勝が動いた。

「まいります！」

木刀を上段に上げて重信に踏み込んだ。

一瞬早く、重信の剣が長勝の左胴に入り、横一文字に真っ二つにした。長勝がつまずいたように膝をつきそうになる。

「水月だ。間合いはわかるな？」

「はい、一瞬、剣先が見えました」

「それでよい。ゆっくりとしっかり正中を切ることだ。剣は理合だ」

「はッ、もう一本、お願いいたします」

長勝は幼い頃、足に癖があり、これでは上達しないと思った平兵衛が、太刀で長勝の足を突き刺したことがある。

すると不思議にも、その悪癖がピタッと治った。以来、長勝の居合には美があり威厳と品格がある。

「長勝殿、居合は己を究明する道だ。仏家の禅と同じだ。わかるか？」

「はい、肝に銘じまする」

互いに木刀を構え、再び、師弟が対峙した。

長勝が剣を上段に上げた瞬間、重信が後の先で動き長勝に突進する。

「あッ！」

目の前で重信の剣が長勝の左胴に入り右脇の下へ逆袈裟に斬り抜いた。

ついに長勝が床に転がった。誰もが長勝が突き飛ばされたと思ったが斬られていたのだ。

重信の剣は鋭い。

「立てッ、長勝殿、間合いが九寸五分あれば三尺三寸の大太刀を抜くことができるのだぞ。今の間合いは二尺ある」

「九寸五分の間合い？」

「鍛錬してみることだな」

「はい！」

二人の稽古は夜が明けても続いた。

一刻ほどで道場に門弟たちが揃い、重信と長勝の稽古が終わった。

この日は、大吾、お清、弥右衛門に平兵衛と長勝が稽古に加わり、近ごろには珍しく重信も一人ひとりの手を見て指南した。

長船近景

平兵衛と長勝は鷹ヶ峰に三晩泊まり、重信と猛稽古をして伏見に戻って行った。

それから数日で年が明ける。

京は正月から雪が降り寒い日が続いた。

重信は笠をかぶって鷹ヶ峰から阿国のいる六条に下って行った。

待ち焦がれた阿国が小屋から飛び出したが、子を産んでから重信に対して少々素直さがなくなった。

「あら、いらっしゃったの……」

待っていたくせにそういうことをいう。

「雪がきてずいぶん寒くなった。元気にしているかな？」

「うん……」

加藤段蔵から聞いてすべてを知っている重信は、知らぬ振りで阿国の気持ちを大切にしている。

阿国が自分から話すのを待っていた。

「みんなが元気であればいいのだ」

「うむ、勧修寺さまに挨拶をして寺に戻る」

「帰るの？」

「嫌だよ……」

三十五歳になった阿国が子どものように、重信の腕を摑んで引っ張り込んだ。

「忙しいのではないのか？」

「雪だから休みなの……」

「そうか……」

「お願いだから、ちょっとだけ？」

つれないそぶりも厄介な阿国なのだ。子を産んでから阿国は複雑な女心を持て余し気味だ。

冷たくしたり甘えたり重信の前で一人芝居が忙しい。

重信がすべてを知っているとは夢にも思っていなかった。

「老師、少し温まってください」

二人がもめていると思ったのか三右衛門が顔を出した。

「いいでしょ……」

阿国が重信の腕を摑んで刀を取り上げた。

「あれ？」

阿国はいつもの乱取備前でないことに気づいたが何も言わなかった。男装の麗人は重信を深く愛している。

その気持ちは幼い頃に強い剣士を愛したまま変わっていない。

「冷たいんだから……」

ブツブツいう阿国を見て重信が強く抱きしめた。

腰の肉付きがよく母親の体に変わっている。それに気付いていて阿国もニッと子どもっぽく笑う。

年が明けて出雲にいる可奈は四歳になった。

阿国は可奈に会いたくて仕方がない。だが、いつも出雲の杵築大社（きづきのおおやしろ）の勧進（かんじん）という仕事がある。

重信は半刻ほど三右衛門と話して小屋を出た。

三右衛門も可奈のことは何も言わない。中村家の娘として大社の巫女にするつもりでいた。

もちろん重信はそんな三右衛門の気持ちをわかっている。

六条から御所まで上って宜秋門（ぎしゅうもん）の前の勧修寺家に立ち寄った。だが、勧修寺光豊は正月の宮中行事があり参内して不在だった。

重信が近くの今出川兵法所に顔を出すと大吾とお清が来ていた。

二人を残して重信は先に鷹ヶ峰の寺に戻った。

ところが、嫁の実家は婿を大切にするので居心地がいいというが、大吾がなかなか鷹ヶ峰に戻ってこない。

弥右衛門は早々に門弟と稽古を始める。

正月も十日を過ぎて、大吾とお清が剣士らしくない隙だらけで戻ってきた。

仲がいいのは良いことだが、敵に襲われたら大怪我をしかねない。剣客はどこに敵が潜んでいるか知れないのだから油断をしてはならない。

神夢想流居合の使い手としては恥ずかしいことだ。

居合は急に処してこれに応じ、己の身を守り、強靭な心身を鍛錬して自己を究明する道である。

正月も過ぎようとする頃、珍しい人がお登喜に案内され重信の寺を訪ねてきた。

「これは、これは、お上がりください」

訪ねてきたのは勧修寺紹可入道尹豊に紹介されて以来、何度も会い重信が乱取備前と二字国俊の研磨や浄拭など、刀の手入れや拵えを願っている本阿弥光悦だった。

この時、光悦は四十九歳で上京の屋敷に住んでいた。

家業は代々刀剣の鑑定や研磨や浄拭だった。

だが、本阿弥光悦の才能は刀剣に留まることなく、書、陶芸、漆芸、茶の湯、作庭、能面打ちなどに広がっている。

当代随一の知識人、文化人としてほとんどの知名人と交際があった。

無名の俵屋宗達などを育てた天才だ。前田利家の庇護を受け、朝廷との交際も深いものがある。

それが家康に嫌われることになり、やがて上京、実相院辻子の屋敷から洛外の鷹ヶ峰に移されることになる。

その鷹ヶ峰に光悦村を作り文化村として発展させることになった。

「乱取備前が仕上がりましたのでお届けに上がりました」

「知らせていただければ伺いましたが……」

「恐れ入ります。少し拵えを変えましたが良い仕上がりでございます。どうぞ、ご覧ください」

光悦が風呂敷に包んだ乱取備前を出して重信の前に置いた。

柄の拵えや鞘の塗などが綺麗に修繕されている。鞘から太刀を抜くと両面の研ぎを確認した。

刀は人を斬り研ぎを繰り返すと痩せてくるものだが、豪刀乱取備前はまったく痩せる気配がない。本阿弥光悦の腕がいいからでもある。

「良い太刀に生まれ変わりました」

　さすがに本阿弥といえる見事な出来栄えだ。

「無銘ですが確かに備前物の良い刀にございます。詳細に鑑定をしませんと申し上げられませんが、備前長船長光の弟子近景かと拝見いたしました」

「近景とはなかなかに……」

「そうです。長光の子息景光と並ぶ名刀工にございます。よろしければ折り紙を……」

「本阿弥さま、一介の剣客に鑑定の折り紙など不要にございます」

「無銘でも刀は剣士の魂……」

「いかにも、そのように心得ております」

　重信は恩人であり主君でもある、楯岡因幡守から拝領した乱取備前をいつも大切にしてきた。

「乱取備前とはこの刀に相応しい良い名にございます」

　乱取とは敵地に乱入して掠奪するという荒々しい名である。

　無敵の剣士が持つに相応しい太刀なのだ。それも天下一の刀剣鑑定士、本阿弥光悦が長船近景と見立てた逸品である。

　近景で知られている太刀は明智光秀の佩刀明智近景がある。

　その近景を光悦は預かったことがあった。

「明智さまの近景は二尺二寸五分にて、この乱取備前二尺八寸三分よりだいぶ短い刀でした。備州長船近景の銘と暦応三年の年期銘、それに金象嵌で明智日向守所持と所持銘がございました」

「所持銘……」

「はい、この乱取備前とよく似た太刀にございましたが、明智さまがあのようなことになりましたので、近景がどこへ行きましたものか？」

その明智近景は出羽庄内の日向家に現れる。

庄内の日向家では大切にされたが、幕末に日向家を出ると持ち主は明智の名を嫌い、銘も所持銘も削り取ってしまう。

刀をそのように扱ってはならない。

「乱取備前の銘と楯岡さまと林崎さまの所持銘を刻することもよいと存じますが？」

本阿弥光悦の申し出に、無銘は無銘のままが良いと考え断った。近景が鍛えた太刀であれば、無銘にしたのにはそれなりの理由があるはずだ。

光悦の折り紙や銘があれば、太刀の値が十倍にも跳ね上がろうというものだ。

長船近景と神の剣士の銘があれば、十倍が二十倍でも求めようとする者はいる。重信はそれを嫌った。

重信は本阿弥光悦が帰ると、庭に下りて新しくなった乱取備前を腰に差した。

鞘口を切るとゆっくり抜いて冷気を横一文字に斬り裂いた。血振りをしてゆっくり鞘に戻すと瞬間に抜いた。

グイッと伸びた残心に人の気配を感じ、血振りをすると鞘に納めて振り向いた。庭の隅にお登喜と名人越後と巌流が立っていた。

「おう、庭に回ってこられましたか、さっきまで本阿弥さまがおられたのだが……」

「坂の下でお会いしました」

「この太刀の拵えを新しくしました。それを試しておったところです」

「なるほど……」

名人越後こと富田重政がうなずいた。

この時、重政は四十三歳。加賀前田家三代に剣術指南役として仕え一万三千六百七十石に封ぜられる剣豪武将だ。

その傍に立っている巌流小次郎は五十四歳だった。

巌流は九州小倉細川家四十万石の剣術指南である。

重政は富田勢源の弟景政の娘を妻にしていて、富田流の事実上の後継者。巌流は富田勢源の弟子鐘捲自斎の弟弟子だ。

「巌流殿、その長船長光三尺三寸を抜いてみてくれぬか？」

「承知いたしました」

巌流小次郎は富田勢源の中条流を学び巌流を開いた。

姓は津田（つだ）という。

三尺三寸の大太刀を腰に差すと、重信と重政の前でスーッと抜き放った。

重信が父数馬の仇坂上主膳（さかがみしゅぜん）を斬って、林崎熊野明神に納めた初代信国（のぶくに）三尺二寸三分とほぼ同じ長さだ。

「秘剣虎切（とらきり）をお眼にかけます」

巌流が越前一乗滝で会得したという虎切の技だ。

気合と同時に大太刀が空中の剣を斬るように、冷気を十文字に斬り裂いた。見事な剣さばきだ。

大太刀の剣風にお登喜が庭の隅で怯えている。

「良いものを見せていただいた。お登喜、白湯を頼む……」

「はいッ！」

寺の庫裡に走って行った。

この時、お登喜は懐妊していた。実はお清も懐妊していたのだ。それは夏になってはっきりする。

「このような寺にて何もありませんが、温かい白湯を差し上げましょう」

重信が二人を部屋に誘う。

「越前の勢源さまはお元気でしょうか？」

「上洛する途中で一乗谷を訪ね、お会いしてきました。入道さまは老師にお会いしたいと伝えてくれろと……」

「それは恐れ入ります」

「ぜひ、お訪ねください」

「承知いたしました」

巌流は上洛する細川忠興に同行して、九州から船で堺に着き伏見にきた。そこに前田利常の上洛で伏見にいた重政と出会い鷹ヶ峰にきたのである。

加賀前田家では、亡き利家の嫡男利長が信長の娘永姫を正室に迎えたが男子がなく、この前の年、慶長十年（一六〇五）六月に四十四歳で隠居。

わずか十三歳の弟の利常に家督を譲ったばかりだ。

その利常は九歳の時に、秀忠の娘珠姫三歳を正室として加賀に迎えた。

四年経ち慶長十年、珠姫が七歳になったところで十三歳の利常と婚儀が行われ、二ヶ月後に利常は加賀百二十万石を相続した。

利常は父親の利家とよく似た大男で、その振る舞いは利家とまったく同じだ。家康は後に利常を見て「底の知れぬ男よ」と警戒するようになる。

その利常の剣術指南が名人越後の富田重政だった。

重政はいつも利常の傍にいて十四歳になったばかりの主君を守っている。その重政が叔父の勢源が重信に会いたがっていると伝えにきたのだ。

巌流の細川家も四十四歳の忠興の父、幽斎七十三歳が隠居、京の吉田や三条車屋に住んでいた。

幽斎は京の東山三淵家の生まれで、歌人であり茶人で公家などと交際が広かった。

巌流小次郎は初めて忠興の身辺警護で上洛した。

いつもは小倉城下で門弟に稽古をつけている。細川家に招かれるだけあって剣は強く、巌流の人柄は誠実で生真面目だった。

そんな巌流は堺に着くまで船に酔っていたようで、修行が足りない未熟者だとしきりに恥じた。

船というのは酔わない人はまったく平気だ。

だが、酔う人にはかなり酷いようなのだ。重信は九州に行った時、船に乗ったが酔わなかった。

三人は夕餉を一緒にとって別れた。

この時が巌流との生涯の別れになった。

重信は道場で早朝から大吾、お清、弥右衛門を相手に猛稽古をして、三月になり越前の木の芽峠の雪が消えた頃、腰を上げてようやく京から旅立った。

夜叉の愛

重信は北国の山々に春を感じながら越前一乗谷に現れた。

その重信を首を長くして待っていたのはお幸だった。勢源はお幸のために名人越後に伝言させた。

「入道さま、京にて越後守さまとお会い致しました」

「おう、神の剣士。重政に伝えてくれるよう頼んだのじゃ……」

「はい、お聞きいたしました。ご無沙汰をお許し願います」

「謝るのはわしにではあるまい。お幸よ、お幸がそなたに会いたいといって泣くのだよ……」

「入道さま！」

傍に座っているお幸が盲目の剣豪を叱る。

「本当だろう、哀れで哀れでな。女は好きな男に一度抱かれるともう駄目だな……」

「入道さまッ！」

怒ったお幸がサッと立って部屋を出て行った。

からかった勢源がニッと子どもっぽく笑う。

「甚助殿、実は重政も苦労しておる。前田家の中で誰の味方もせず、主君第一で奮闘しておるわ……」

「はい、そのように感じましてございます」

「今度の利常さまは幼君だ。うまいことに将軍の姫さまが正室に入られたからな。騒動もひと段落だ」

「そのように思います」

「八歳だからまだ子は産めないが、もし、男子が産まれれば前田百二十万石は盤石になる。重政の苦労も報われるというものだ」

「その通りにございます」

「そなたもお幸に子を作れぬか？」

「入道さま、それがしはもう六十五歳にございます」

「まだ六十五か。若い。わしは八十幾つになったか忘れたわ。もう九十近いはずだ。自斎めがお幸を生殺しにしたからあれでは夜叉になってしまう。そなたにも責めがあるのではないのか、覚えがあろう？」

「入道さま……」

「いいから、何も言わず子を作ってやってくれ。お幸を成仏させられるのはそなたしかいないのだ。頼む……」

重信はとんでもないことになったと思った。

「急ぐ旅でもあるまい。これからどこへ行かれる？」

「江戸にございます」

「江戸は海が近く大きいそうだな。武蔵野（むさしの）というらしいが相当に広いのであろうな？」

「はい、一乗谷が二、三十も入りましょうか……」

「ほう、越前の半分が江戸か？」

重信の大袈裟な話に勢源が上機嫌だ。そこにお幸が白湯を運んできた。

「お幸殿、一本やりましょうか？」

「あのう……」

「いいから、お幸、やれ！」

勢源が叱った。

実はこのところお幸が稽古をしていないのを知っていた。重信も覇気のないお幸に気づいている。

「五本でも十本でも気のすむまでやれ！」

「はい……」

「甚助殿、遠慮なく鍛えてもらいたい」

「承知いたしました。では……」

　重信が座を立つとお幸がついてきた。

　鶴のように首を長くして待っていたのに元気が出ないお幸だ。

「どうなされた？」

　振り向いた重信を泣きそうな顔でお幸が見ている。それを重信が抱きしめた。

「兎に角、木刀を握って……」

「うん……」

　道場には誰もいない。

　重信は刀架に乱取備前を置いて木刀を握った。軽めの木刀をお幸に渡し同じ長さの木刀を握る。

　構えただけでまったく生気がないのに気づいた。お幸の方から踏み込んでくる気合はない。

「まいるぞ！」

「ちょっと待って……」

　構えを解くと懐から紐を出して襷がけにした。

　何んとも子どものようなとぼけた剣士だ。

　するといきなり怒ったようにお幸が重信に襲いかかった。それをガツッと受け止め踏み込んできたお幸を抱きとめた。

「すまぬ……」

「知らないもの、このッ！」

重信の腕を振り切って離れると、「コノーッ！」と上段から踏み込んできた。剣法ではなく重信を殴りたい一撃だ。

それをガツンと受けて重信が珍しく後ろに下がった。

「コノーッ！」

また上段から踏み込んできたお幸は泣いていた。

「コノーッ！」

重信がズルズルと下がった。

お幸は重信に会いたくておかしくなりそうだったのだ。

そこにフッと重信が現れてどうしたらいいか分からなくなった。もう乙女のような気持ちになっている。

瞬間、重信の木刀がお幸の胴を横一文字に斬った。

「あッ！」

お幸が床に転がった。

「居合は人を斬るに非ず、己の邪心を斬るものなり！」

「お幸は邪心だらけだもの……」

起き上がるとそう言った。前にも同じことを聞いたと重信は思った。

「邪心を斬れ！」

「嫌だ……」

子どものようにいって木刀を構えると、「コノーッ！」と再び踏み込んできた。

放っておかれたと思うお幸は悲しい憎らしい愛しいのだ。頭の中がこんがらかってしまっている。

一瞬、重信がまたお幸の胴を斬り抜いた。

床に転がったお幸はわざと斬られるために踏み込んでくるようだ。

女の気持ちは重信にはわからない。

五度、六度とお幸は重信に斬られた。爆発している気持ちを、お幸は抑えられないでいる。

人を愛するということはそういうことだ。

何度斬られたか分からず、フラフラになってお幸は床に転がり立てなくなった。

重信が抱きかかえて立たせると抱きしめた。

「殺してやるから……」

その口を重信が吸った。

「許せ……」

「嫌だもの……」

お幸が重信の首にしがみついた。

「愛してるの、だから殺す……」

何んとも理解できないお幸の言葉だ。

「しばらく休め……」

重信はお幸の部屋に連れて行った。お幸は複雑な自分の気持ちを持て余して苦しんでいる。

ところが老女と夕餉を運んできたお幸は、何ごともなかったように平然としていた。

「甚助殿、強情っぱりなお幸を許してもらいたい……」

「入道さま！」

お幸が怒ると、何もかも見抜いている老女が口を押さえてクッと笑った。

重信は勢源に頭を下げ黙っている。

それをお幸がチラッと見た。男と女は幾つになっても複雑怪奇なのだ。

翌日から重信とお幸の猛稽古が始まった。

徐々にお幸の剣に生気が戻ってくるとなかなかに強い。重信も以前と同じように神夢想流居合を伝授した。

半月もすると以前のお幸と変わらないまでに復活した。

それを見て重信は永平寺に行く決心をする。永平寺は曹洞宗の本山で、重信が出羽の楯岡城下で禅を学んだ祥雲寺も曹洞宗の寺だ。

「十日ほど永平寺に行ってまいります」

勢源とお幸に言って一乗谷を出ると、美濃街道を東に歩き永平寺に向かった。

永平寺を開山した道元は京の公家、村上源氏久我家に生まれ、三歳で父を八歳で母を失い諸行無常を感じ、十四歳で比叡山延暦寺に登って出家する。

だが、教えに納得できないことがあり、十八歳で山を下りて京の臨済宗建仁寺に入った。

それでも納得がいかず、臨済宗の宗祖栄西の弟子明全と二十四歳で宋に渡った。

ところが、二年後に明全が死去してしまう。

修行を積んだ道元は二十八歳で帰国すると、京の建仁寺や深草に住んだが、比叡山延暦寺に迫害され四十四歳で越前に移った。

永平寺を開山するが九年後に五十四歳で亡くなってしまう。

重信は永平寺に到着すると願って僧堂に入り座禅を組んだ。深山幽谷の禅道場は春が遠く寒い日が続いた。

越前永平寺は筑前聖福寺、紀州興国寺、下野雲厳寺と並ぶ禅の四大道場と言われる。

厳しい修行が行われている禅寺だ。ことに道元は典座(てんぞ)を重視していた。飯炊きとか権助のことだ。

重信は禅僧も驚く座禅三昧で十日間を過ごして山を下りた。

下山すると腰に大小を差した男装のお幸が待っていた。夜叉になったお幸の愛は重信に通じている。

「迎えに来てくれたのか？」

「うん、髭が伸びた？」

「うむ、十日だからな……」

「九頭竜(くずりゅう)川を見たい。駄目？」

「入道さまの世話は？」

「大丈夫、二、三日したら帰るっていったら、帰ってこなくていいと笑っていたから……」

「そうか……」

二人は山を下りると九頭竜川に行くため北上した。

「まだ殺したいか？」

「うん……」

「そうか……」

二人は笠をかぶって黙々と歩いた。互いの気持ちはわかっている。

孫六兼元

重信は一ヶ月ほど越前にいて勢源に暇乞い(いとま)をした。

「一剣を以て大悟するはまだ遠いか？」

「はい、未熟にて遥かに遠く、彼方が見えません」

「なるほど、辛い旅になるな。お幸、一緒に行くか？」

「いいのですか？」

お幸が重信を見てニッと微笑んだ。

「邪魔になるだけですから……」

「ほう、それが分かったか、お幸は賢い。もう二度と会えぬかも知れぬぞ？」

「はい、その時は入道さまに邪魔されぬよう、西方浄土で会いますもの……」

「わしが邪魔か？」

勢源がフフフッと笑った。

「わしではなく鐘捲自斎だろうよ……」

「嫌な入道さま！」

怒ってお幸が座を立った。

「甚助殿、わしもそう長くはあるまい。眼が見えないから人の心がよくわかる。そなたの考えもな……」

「恐れ入ります」

「体を大切になされ、お幸はもう大丈夫だ。覚悟を決めたようだからな……」

「お願いいたします」

「お幸に子ができたらわしの養子にする。心配ない。よい旅をして、また会えることを楽しみにしている」

重信は勢源に感謝して頭を下げた。

道場に出て重信はお幸と最後の稽古をした。お幸は泣きそうになるのをこらえて、気丈に重信を送り出そうとしている。

翌朝、重信は一乗谷を出た。

美濃に出て尾張から三河に行き、東海道に出て駿府城下を通り、お登喜が元気にしていることを、箱根の竜太郎とお満に伝えようと思った。

いつまでも重信の旅は続く。

美濃街道を九頭竜川沿いに美山、大野と東へ歩き油坂峠（あぶらさかとうげ）に出た。越前と美濃を分ける峠だ。

美濃側に下ると長良川の源流付近に出る。

重信は長良川沿いに歩き刀剣鍛冶の里である関に入った。

関は鎌倉末期に関刀剣の刀祖といわれる、元重と金重が定住したことから始まる刀の里だ。

刀剣鍛冶には五ヶ伝という刀剣の生産地があり、古い方から大和、山城、備前、相模、美濃のことで、大和伝、備前伝、相州伝などというが、美濃の関は五ヶ伝の最も新しい刀剣の里だった。

その関刀剣が爆発的に発展したのが、応仁の大乱で急に大量の刀剣が必要になったからだ。

以来、刀剣は作れば作っただけ売れた。

関刀剣は折れない、曲がらない、よく斬れるという刀剣の要素を充分に満たす理想的な刀だった。

刀は折れたり曲がったりするのが困る。

美濃には直江志津、赤坂千手院、揖斐大野、関と四ヶ所に刀剣鍛冶がいたが、徐々に三ヶ所から関に集結して刀剣の里になった。

乱世は兎に角刀を必要とした。

その繁盛した刀剣の里も織田信長、豊臣秀吉、徳川家康と天下統一が進み、泰平の世が近づいてくると急速に下火になる。

戦いがなくなれば刀はいらないという理屈だ。

新たな刀剣を必要としなくなり、むしろ、秀吉が刀狩り令を行ったように乱世の刀剣が溢れてしまう。

武器としての刀から装飾の刀に変化する。

泰平の世には戦場往来の豪刀ではなく、細身の刀身や拵えにふんだんに装飾した実用には不向きな刀が生まれてくる。

江戸期になると細身で刀身が薄く、腰に軽く扱いやすい刀ということになった。

重信は、関（せき）の孫六（まごろく）という恐ろしく斬れる、最上の大業物（おおわざもの）を鍛える鍛冶場に現れた。

その家は兼元（かねもと）家という。

二代目孫六兼元以来、兼元家は屋号を孫六と呼ぶ。

最上の大業物関の孫六は、武田信玄や豊臣秀吉、黒田長政などに好んで愛用された名刀である。

関の孫六は三本杉といわれる、特徴的な焼刃でよく斬れて実に美しい。

前田家に伝わる二念仏兼元（にねんぶつかねもと）という銘の関の孫六は、斬られた人が斬られたことも分からず、念仏を二度唱えてから死んだという凄い斬れ味の刀だ。

「ご免！」

兼元家の大玄関で人を呼んだ。

「何用か？」

若い鍛冶師が顔を出し、刀剣を注文に来た武家と思ったようだ。

「お名前は？」

「神夢想流の林崎甚助重信と申します」

「い、居合の林崎さまで、少々お待ちを……」

若い鍛冶師が大慌てで消えると、重信と同じ年格好の老人が現れた。

「これは林崎さま、よくお出でくださいました。孫六兼元にございます。どうぞ、お上がり下さい」

何代目になるのか刀工孫六兼元が丁重に挨拶する。

「失礼いたす」

重信は草鞋（わらじ）を脱いで敷台に立った。

「どうぞ、こちらへ……」

奥の座敷に案内されると若い女が茶を運んできた。賓客としてのもてなしだ。

この頃、徳川家康が将軍になり乱世が終わって、刀剣の売れ行きがかなり落ち込んでいた。

秀吉の刀狩りから特に急激な落ち込みといっていい。

「初めてお眼にかかりますが、林崎さまはどちらからおいでに？」

「越前の富田勢源さまにお会いし、三河に出て江戸に向かう途中で立ち寄らせていただきました」

「そうでしたか。林崎さまにはお会いしたいと思っておりました。京におられるとお聞きしておりましたので……」

「長く洛北（らくほく）鷹ヶ峰の将監鞍馬流の道場におりました」

「はい、そのようにお聞きしております。お会いしたいと思っておりましたのは、美濃に近い近江彦根藩から居合に使う、居合刀の注文がございましたもので……」

「居合刀？」

「勝手にそう呼んでおります。いけませんでしょうか？」

「いや、構いませんが、居合刀とはどのような？」

「それを神夢想流居合の流祖、林崎さまにご指南いただきたいと、お尋ねしようかと思いましてございます」

「なるほど、そういうことですか。彦根にはそれがしの弟子にて長野十郎左衛門という剣客がおります」

「はい、その方からのお話にございます」

「そういうことであれば間違いのない話です。それでどのような注文を？」

「それがその何ですか、長さと重さというだけで、どのように作れとの指図がございませんのでございます」

天下の刀工も困った顔だ。

居合専用の太刀といわれても、どう作ればいいか分からない。当然といえば当然だ。

本朝でも初めての居合刀の作刀になる。

それに長さと重さといわれても、雲をつかむような話で工夫のしようがないだろう。

「お訪ねすべきところをご無礼とは存じますが、なにとぞ、流祖さまにご指南いただきたく、お願い申し上げます……」

「兼元殿は神夢想流居合を見られたことはありますかな？」

「いいえ、拝見したことはございません」

「そうですか……」

この後、江戸期になると居合の稽古は真剣を使い、斬れないように刃を潰した刃止めの刀を使った。

関ではその居合刀を大量に生産することになる。

兼元は新しい泰平の世に、真剣で稽古する新剣法が居合だと直感した。居合刀によって関の刀剣が救われるかも知れない。

刀剣は玉鋼に水、松炭に焼刃土があって鍛冶師がいればできるが、それを腰に差せるようにするには何人もの職人の手を渡る。白銀師といわれる鈨師、鞘師、柄巻師、研師、鍔師、金具師、紐師、革師など多くの職人の力が必要だ。

刀が売れないとそういう人々が困る。

ことに重要なのが鈨師で刀が鞘から落ちないように、鞘の中の刀身を安定させるのが鈨なのだ。

鞘口を切る鯉口を切るというのは、この鈨から押し出して、いつでも刀を抜けるようにすることで、その重要な役目を担うのが鈨だ。

どんな刀にも鈨はある。

やがて居合刀の拵えは、薩摩拵えという逆反柄までできるようになる。

「兼元殿、居合刀の作刀のため、神夢想流居合をお眼にかけましょう。そこの庭でよろしいか？」

「はい、お願いいたします」

「では……」

乱取備前を握ると座を立って庭に下りた。

刀を腰に差し下げ緒で襷かけにする。

構えると鞘口を切っていつものようにゆっくりと抜いた。兼元は不思議な剣法だと思う。

血振りの刀が鞘に戻ると瞬間、乱取備前が鞘走って春風を逆袈裟に斬り上げた。兼元が殺気を感じて思わず身を引いた。剣先がグッと天に伸びた残心が居合の美の特徴だ。

それを二度、三度と兼元に見せた。

「おわかりかな?」

「はい、長野さまが申されました長さと重さとは、剣先の速さと感じましてございます」

「さすがに関の孫六殿、居合は間合いと後の先です。急に襲われれば間合いが一、二尺の時もありましょう。居合は行住座臥、一挙手一投足が森羅万象、万物同根に和すること、それも瞬時に……」

「承知いたしました」

兼元は重信から居合で大切な和することを伝授された。

「人の背丈はほぼ五尺三寸、居合刀の刀身の長さは二尺三寸前後、重さは少々軽めの刀はいかがでしょうか?」

居合は抜き打ちといいその語源となる。瞬間に抜くのが居合だ。そのために兼元が出した答えが長さ二尺三寸、重さ二百匁だ。

長身であれば剣も長くなり少し重くなるということだ。

重信はそんなものだろうと思う。もちろん強靭でなければならない。

「その刀にそれがしの書状をつけて下さらぬか？」

「願ってもないこと、老師の書状があれば……」

重信は刀を鍛えている鍛冶場を見せてもらい、孫六兼元家に一晩泊めてもらって多治見に向かった。

重信は真剣で稽古をするのは、神夢想流居合だけではないかと思う。

近頃は、木刀での稽古も少なくなり、上泉伊勢守信綱が考案した袋竹刀というものが稽古の主流だ。

やがて、その竹刀も八つ割り竹や四つ割り竹など、軽くて当たっても怪我をしないものを使うようになる。突き技を重視するようになると四つ割り竹刀を使うようになる。しないとはしなることからいう。

ドタバタの打ち込みで忙しい稽古剣法だ。

静かで美しい居合とは少々違う。

美濃から尾張に出て三河に行き、東海道の吉田城下に出た。東海道は歩きなれた街道でずいぶん整備された。

江戸の旗本八万騎がいつでも京、大坂に駆けつけられる道に作られた。

江戸の将軍や駿府の大御所が使う街道で、大軍が行き来できるように、旅人や物資も大量に行き来している。

西国からも海上を船が行き来していた。急に大きくなった江戸は人、物、銭などなんでも呑み込んでしまう。

重信が箱根の竜太郎の家に着いた時、幻海は熱海に行って留守だった。

「熱海には風間（かざま）出羽守（でわのかみ）さまがおられるはずだが？」

「ご存じでしたか？」

「うむ、以前、幻海殿から聞いた」

「風魔（ふうま）の頭領です」

「やはり、出羽守さまの具合が悪いのかな？」

「わかりません。何も言いませんので……」

お仲は風魔のことをほとんど知らない。

それが幻海の愛情だ。風魔に何かあった時、お仲を風魔とは関係のないところに置こうという。

夕刻、竜太郎とお満が荷運びの仕事から戻ってきた。

近頃は一段と人通りが多くなり、人を馬に乗せての箱根山の上り下りが増えた。もちろん荷も増えている。

「お登喜は京で達者に暮らしている。道場は男所帯だったが道場主も妻を娶って賑やかなことになった。それがしは近くの寺に間借りをしておった」

重信がうれしそうに笑う。

「子が生まれるとどうなるか……」

「生まれそうなのですか？」

「いや、いずれそうなるだろうということだ。ところで、お志乃が江戸の三河屋に行ったそうだな？」

お志乃は竜太郎とお満の四番目の娘だ。お仲が重信に話したのだ。

「それが、お登喜の代わりだといいまして、七兵衛さまが箱根の湯に来た時に、連れて行ってしまいました……」

「そうか。いいではないか。十人もいるのだから……」

「それがあの、十一人目が……」

「おう、またか、めでたいな」

「そんなにめでたくもないので、どうしてこうできるのか？」

「お満、そういうことをいってはならぬぞ。子は親を選んで生まれて来るのではないのだから、授かりものだ。何人でも産め……」

傍でその子を作った竜太郎が黙って聞いている。

二人は一緒になった頃から人が羨むほど仲が良かった。何人子ができても不思議ではない。夫婦仲というものはそんなものだ。

「何も案ずることはあるまい。元気な子を産んで次々と江戸の三河屋に送り出せばよいではないか。江戸はこれから大きくなるぞ」

「ええ……」

重信は愉快そうにいうが、さすがに十一人目の子ができたお満は額を押さえて困った顔だ。

天下普請

重信は箱根に一晩泊まって翌朝、薄暗いうちに山を下りて行った。

すると箱根山に登ってくる幻海と出会った。

「おう、熱海の出羽守さまは元気かな？」

「老師……」

「お仲殿に熱海だと聞いた」

「お頭は元気になられ身延山の湯に移られたので戻ってきたのだが……」

「何か心配なことでも？」

「老師、こんなことを言っても仕方ないことだが、風魔が生きて行くのは難しい状況になってきたのです」

「それは、仕事がないと？」

「忍びは雇い主がいませんと溢れ者にて……」

幻海は泰平になって戦いがなく、風魔のような間者を、どこの大名も必要としなくなったと言いたい。

それに風魔は、秀吉の小田原征伐の戦いで半数以上が戦死して回復が困難になっていた。新たに風魔を育てるには何年もかかる。

生き残った者は幻海のようにみな年を取っていた。

頭領の出羽守が既に八十歳を超えている。

その出羽守こと風魔小太郎は身延山に風魔の里を作ろうとしたが、病に倒れたりしてうまくいっていない。

幻海のように生活の基盤を持っている者はよいが、風魔の仕事を一筋に生きてきた者には辛い。

これはどこの忍び集団にも同じ問題だ。影の者たちは乱世であればこそ必要とされた。どこの大名家にも忍びの仕事があった。

それが今や武家でも大量の浪人が溢れているときだ。

大名の石高もほぼ確定して、新たに浪人や忍びを仕官させる大名家は極めて少なくなっている。

「それは難しいことにて名案はなかなか？」

「ないのです……」

「戦いのない世になれば忍びの仕事もなくなる」

「そうです。身延の山で百姓でもすることになるかと心配しています」

幻海が寂しげに微笑んだ。

「京で平兵衛殿と会いました。備中岡山の池田家におります。それがしは、しばらく江戸にいるつもりです。出てきてはどうですか？」

「江戸ですか？」

「お志乃もいるそうだから……」

「あれもお登喜と似ていい子です」

二人は道端で立ち話をして別れた。

軒猿の加藤段蔵と会ったことは言わない。重信と幻海は長い付き合いになる。

その幻海の心配を充分に理解できるが、廻国修行中の重信が何かしてやれることはない。

剣の師として幻海の話を聞いてやることぐらいだ。

時代が大きく変革する時はそういうことが当然起きる。ようやく激動が収まりかけている時だ。

重信は大坂城に秀頼がいる以上、まだ何か大きな事件が起きる予感を持っていた。

それでも、幻海たちのような影の者たちが、以前のように活躍できるようなことはないと思う。

幻海と別れ、小田原を通り過ぎ江戸に向かった。

重信が六郷の橋を渡ると、「林崎さまとお見受けいたしますが？」と若い武家に呼び止められた。

重信にその若者の記憶はない。

「お呼び止めし恐れ入ります。主人石見守（いわみのかみ）がお連れするようにと申しております」

「石見守さま？」

「大久保長安さまにございます。あちらで休息中にございます」

「あの陣幕ですかな？」

「はい、伊豆へまいる途中にございます」

「そうですか。伺いましょう……」

この時、大久保長安は二月に伊豆奉行になり、全国の金銀山を統括し、佐渡（さど）奉行、甲斐奉行、石見奉行、美濃奉行、勘定奉行など多くの奉行職を兼務していた。

幕府で最も重要な人物になっている。

徳川家の直轄領百五十万石を長安が実質的に支配し、天下の総代官と呼ばれ年寄として老中の職にあった。

家康に六千万両とも八千万両ともいう黄金を抱かせた男で、親藩、譜代以外で老中になったのは、二百六十五年の江戸幕府の中で、幕末のどさくさ以外では長安ただ一人である。

この怪物がいなければ江戸幕府の速やかな安定はおぼつかなかっただろう。

八面六臂の活躍でまさに絶頂期にあった。

関八州に一里塚を設置、一里は三十六町、一町は六十間、一間は六尺と定め、街道を整備していた。

「老師、こちらへ、こちらへ……」

陣幕は川を眺めるように設え、土手から見えないように、休息というより酒盛りをしている。

品川辺りから連れてきたのか、遊女たちが五、六十人も陣幕の中にいた。

側室八十人という化け物が大久保長安という男だ。

酒好き、女好き、黄金好きといい、吝嗇家の家康とは真反対にいる男だった。

だが、こういう破天荒な天才を使わなければならないほど、徳川家も急激に大きくなって酷い人材不足になっている。

長安は金春流の猿楽師だったが、武田信玄に育てられその才能が開花した。その信玄の死後、勝頼と反りが合わずに、武田家を退出して家康に仕えることになった。

「老師とはいつも異なところで会うのう。まずは一献……」

「頂戴いたします。それがしはいつも旅をしておりますので、このようなところでお会いすることになります」

「うむ、余も西は石見銀山から北は延沢銀山まで、東奔西走の日々でな。そう言えば、老師は出羽の延沢銀山の辺りが生地と聞いたような？」

「はい、延沢銀山の隣、楯岡城下が生まれ故郷にございます」

「そうであった。最上川の畔、楯岡であったな」

「大久保さまのご活躍で、江戸の幕府も忙しいながら、徐々に落ち着いてきたとお聞きしております」

「いや、いや、将軍さまのお力だ。将軍さまの……」

長安は女たちに聞こえるよう大きい声で将軍秀忠を褒めたが、腹の中ではまったく違うことを考えていた。

長安は家康に嫌われている六男忠輝の付家老である。

その長安は十五歳になった忠輝の正室に、伊達政宗の長女五郎八（いろは）姫を迎えようと画策していた。

政宗を高く評価している長安はこの結婚を十二月に実現する。

「老師とは逆に余は黄金まみれになっておるのよ。困ったものだ……」

長安がそういう自分が嫌なのか小さく笑った。

「石見守さまは天下のための仕事にございますれば、黄金は無くてはならないものにございます」

「余も無二物で天下を旅してみたいものだ」

天下の黄金を一手に握る男の不可能な望みだ。

人とはなんともおかしな生き物で、どうにも手の届かないものを欲しがるようなのである。

長安が大勢の女を傍に置くのは少々訳ありだった。

無類の女好きということもあるが、拾ってきた物乞いの女を側室にしたり、遊女を何十人も黄金で買ってぞろぞろ連れて歩いたり、無力で不幸な女の人助けをしているようなのだ。

それが溜まりにたまって八十人になったということである。

重信は半刻ほど長安の話を聞き河原の風流な宴を辞した。

六郷から品川に向かい、重信が江戸に入ったのは四月も半ばを過ぎていた。もう雨の季節に入りつつあった。

長雨になると江戸の道は壊れて泥田のようになる。

この頃、江戸城は家康が征夷大将軍になって、天下普請という大規模な築城になっていた。

江戸城は武蔵野台地の東の端にある。その台地が入り江に落ち込んでいた。

三年前から日比谷入江の埋め立てをしていたが、この年から大規模な江戸城の拡張に手を付けた。

遠く伊豆半島から石材を運んでの外郭壁普請は細川、前田、池田、加藤、浅野、黒田、鍋島、毛利、山内、堀尾、藤堂、有馬、蜂須賀、京極に命じられた。

天守台は黒田、石垣は山内、藤堂、木下、本丸は毛利、吉川など西国の外様大名に命じた。

天下普請の目的は巨大な江戸城を築城することだが、その裏には諸大名が蓄財しないよう、莫大な費用を使わせることが隠れた目的になっている。

この天下普請は繰り返し行われた。

慶長期には十一年、十二年、十六年、十九年、元和期には四年、六年、八年、寛永期にも五年、十二年、十三年、万治三年にも行われた。慶長十一年（一六〇六）から万治三年（一六六〇）の五十年余の間に十一回である。

外様大名が莫大な費用を使えば、幕府に反抗する気が萎えるという理屈と狙いで行われる。

その結果、最終的には周囲二里の内郭と広大な外郭の、周囲四里の惣構えの江戸城が完成する。その大きさは姫路城の十倍にもなった。

重信は日本橋を渡って三河屋に到着した。

奥に案内されるとお志乃が飛んできて、重信の世話を甲斐がいしくする。

箱根にいる頃のお志乃は竜太郎やお満に甘える子だった。それが大人びて見違えるようだ。

可愛い子には旅をさせろというのは本当のことだ。

「お志乃、京のお登喜は元気だぞ」

「はい、箱根の両親も達者でしょうか？」

「うむ、十一人目の兄弟ができるぞ」

「まあ……」

恥ずかしそうに微笑んでお志乃が座敷から消えた。

「お登喜に負けぬ良い娘です」

「そうですか……」

「七恵も気に入って妹のようにしています」

「しばらくは無理なようで頭が痛いのです。こればかりは本人次第で……」

「七恵殿の婿はまだ？」

七兵衛の頭痛の種が孫娘なのだ。親が決めてもうんと言わないので話がすぐ壊れてしまう。

七恵のわがままは溺愛した七兵衛の責任なのだ。

重信は七兵衛に勧められしばらく三河屋に滞在することになった。

江戸には続々諸国の大名が集まり、その家臣団や職人などがごった返し、江戸城の普請に取りついていた。

伊豆から運ばれてくる石材がひっきりなしに江戸城へ運ばれている。

重信が気になっているのは大和柳生の荘の柳生石舟斎だった。その石舟斎の咳は酷く寝ていることが多くなった。

お珠がつきっきりで看病していた。

八十歳になった石舟斎はもう死を覚悟している。

七恵の旅

慶長十一年（一六〇六）四月十九日に、柳生新陰流の開祖柳生石舟斎宗厳が柳生の荘で亡くなった。八十歳だった。

その石舟斎の遺領二千石は体の不自由な長男厳勝が継承する。

厳勝の神戸の庄五百石は、厳勝の次男兵庫助が引き継ぎ、柳生新陰流は将軍の剣術指南役柳生宗矩や柳生兵庫助が継承した。

やがて江戸柳生の宗矩は但馬守になり一万二千五百石の大名になる。

短気な兵庫助も少しは丸くなり、江戸柳生に対抗するように尾張柳生を育てることになる。

五月の江戸は雨の日が多かった。

埃っぽさはないが、逆に行き交う馬や荷車などで道が壊れ泥田のようになる。

そんな長雨が過ぎると、七兵衛が成田詣でに行きたいという。三河屋の身代は八兵衛が引き継いでいて七兵衛は店のことに口出しをしない。

近ごろの七兵衛は隠居の身で気楽だ。その楽隠居に付き合うのが重信だ。

「老師、成田山から鹿島神宮を回って来たいのですが、ご一緒していただけましょうか？」

丁重に七兵衛が重信を誘う。

天下一の剣士が用心棒であれば何があろうと大安心だ。

「成田山ですか。ずいぶん久しぶりになります」

「七恵とお志乃も連れて行きますので……」

結局、七兵衛はいつものように、天下の剣客を用心棒にしてしまうのだ。

「承知いたしました。お供いたしましょう」

「有り難い。善は急げだ。お志乃、お志乃……」

七兵衛が部屋を出て行くとしばらくして、八兵衛と七恵、お志乃の三人を連れて戻ってきた。

「これから急いで支度をして、明日の朝には出立しましょう。年寄りは気が短いものですから……」

七兵衛がニコニコと実にうれしそうにいう。

久しぶりの旅だから仕方がない。三河屋の奥は三人の旅支度で急に忙しくなった。

「七恵とお志乃もすぐ支度をしなさい」

「老師、わがままな娘ですが、よろしくお願いいたします」

八兵衛は旅先で問題が起きるとすれば、それは間違いなく娘の七恵だろうと思っている。

若い娘が初めて旅に出るのだから大ごとだ。

「たまには江戸から出てみることも良いことでしょう。それに神信心は大切なことですから……」

「恐れ入ります」

その七恵は母親のお里に手伝わせて何を着て行くか、お志乃はどんな着物がいいかなどと大はしゃぎだ。

出立前から厄介なことになりそうだった。

結局、着替えなど旅に持って行くものが多くなり、七恵の荷物を背負う家人が一人追加になる。

翌朝、まだ薄暗いうちに大騒ぎで六人が旅立った。

娘二人を連れた旅はなかなかはかどらないが、何を見ても楽しい二人の娘のお陰で賑やかな旅になった。

家人二人も商売の旅ではないから気が楽だ。

あちこちで珍品名物をよく食べた。旅はこれがあるから楽しい。重信の貧乏旅と違い、七兵衛の旅はいつも大名のような贅沢旅である。

旅は重信のような一人旅も良いが、大人数の旅も賑やかで楽しいものだと重信も気分がいい。

「老師は若い頃、成田山に詣でられたとお聞きしましたが？」

「ずいぶん昔のことです」

成田山新勝寺は平将門の乱の折、将門調伏のため京の高雄山神護寺から、弘法大師空海の彫られた不動明王像が東国に下ったことから始まる。

ゆえに正しくは成田山金剛王院神護新勝寺という。

そのため、平将門を祭神とする神田明神と、将門調伏の成田山の両方を参拝するのは避けられた。

この頃、成田山は乱世の混乱で荒廃し寂れていた。本堂もなかった。

やがて、江戸が整備されると成田山から、勧進のための出開帳というのが行われるようになる。

復興のための資金集めである。

成田山の不動明王が江戸に出てこられ、やがて水戸、佐倉、成田街道が整備されると成田参詣が活発になる。

霊験あらたかにして、平将門は額に矢が命中し戦死したという。

三河屋一行は海沿いに下総四街道から成田山に行き、香取神宮と鹿島神宮に行くのが目的だ。

下総佐倉城は北条家の城だったが、家康が関東に入封すると五男武田信吉（のぶよし）を入れた。常陸水戸と下総佐倉は江戸の東を守る要衝で、徳川一族か譜代大名が入封することになる。

水戸は三十五万石、佐倉は十一万石で江戸の東を守っていた。

江戸から成田山まで十七里余りを、三河屋一行はのろのろと牛か蝸牛（かたつむり）のように四日もかけた。

何んと言っても三河屋の奥にいて、滅多に外に出ない七恵の旅だから、三里も歩くと足が止まってしまう。

成田山から香取神宮までほぼ七里を二日で歩いた。

七恵は足が痛くなると、お志乃と手をつないでゆるゆると歩いている。

時々、二人の家人が背負おうとするが嫌がり、重信だとよろこんで背負われるわがままさなのだ。

困ったわがまま娘である。

香取神宮の旅籠に一日逗留して休息し、香取神宮から鹿島神宮まで五里ほどを七恵は頑張って歩いた。

その途中、利根川の渡し場まで来ると、河原に大勢の人が集まって騒いでいる。

「何ごとでしょう？」

「このようなところで、見てまいりましょう」

　重信が人だかりに入って行くと、船着き場の傍でどこの家中か武家が六人、それを取り巻いて十二、三人の浪人がにらみ合っている。

「どうしたのか？」

　傍の野次馬に重信が聞いた。

「人数の多い浪人が舟に乗る順番で難癖をつけたのだ。酒を飲む銭が欲しいのだろうよ……」

「なかなか抜かねえな……」

「馬鹿、抜いたら怪我人が出るわい」

「おもしろくねえな……」

　無責任な野次馬は斬り合いを望んでいる。

「困ったもので、これじゃあ、渡し舟を出せないよ。これだからお武家というのは困るんだ……」

　重信が見ていると傍に七兵衛たちが寄ってきた。

「喧嘩のようですな？」

「渡し舟の順番で揉めたそうです。子どものような……」

「浪人が絡んだのでしょうか？」

七兵衛は江戸に溢れている浪人の喧嘩をよく見かける。江戸には銭がなく殺気立っている浪人が多い。酒代欲しさに因縁を吹っかける。

そんな連中と同じ痩せ浪人だ。成田山や鹿島神宮の参詣人を狙って銭を巻き上げる質（たち）の良くない者たちだ。銭の匂いのするところに屯（たむろ）している。

「困ったものだ……」

七兵衛が嘆いたその時だった。

我慢しかねたのか若い武家がいきなり太刀を抜いた。斬り合いになる。

「おのれッ、わずかな銭を惜しんで怪我をしたいかッ?」

「黙れッ、うぬらごときにやる銭などないわッ!」

太刀を抜いた武家が怒鳴り返した。

浪人たちがバラバラっと散らばって、太刀の柄を握り身構えると、一斉に次々と太刀を抜いた。

「老師、これは大ごとになりますな……」

「死人が出ては面倒なことになります。止めさせましょう」

重信が笠を取ってお志乃に渡すと、武家を取り囲んでいる浪人たちの方に歩いて行った。

「皆の衆、ここはもう少し下がった方がいいですぞ」

七兵衛が野次馬を二間ほど後ろに下がらせた。重信が斬るつもりだと思った。

「このようなところで斬り合いをされては旅の者が迷惑する」

「何だッ、てめえ！」

「喧嘩の仲裁をしようというのだ」

「チッ、余計なことだ。それとも代わりに銭を出すというのか？」

「武士が銭を脅し取ろうというのか？」

「うるさいッ、武士も食わねば生きてゆけぬわッ！」

「ならば江戸で働けばよいではないか。いくらでも仕事はあるはずだ……」

「黙れッ、武士が泥運びなどできぬ！」

「このようなところで銭を脅し取るよりはよいと思うが……」

「おのれッ、言わせておけばッ！」

浪人が顔を赤くして怒った。

「お武家さま方は銭を置いて行きますかな？」

「そのような余分な銭は持ち合わせておりません。喧嘩の仲裁は時(とき)の氏神(うじがみ)、お名前をお聞かせ願います」

頭髪が少し白くなった老人が丁寧に重信に挨拶した。

「わけあって主家の名は申し上げられませんが、それがしは松本孫兵衛(まつもとまごべえ)と申します」

「それがしは旅の途中にて、神夢想流の林崎甚助と申します」

「あの林崎さま……」

「それがしをご存じか？」

「はいッ、居合の林崎さま、ご無礼をいたしました」

武家たちは重信の名を知っていた。

取り巻いていた浪人たちも重信の名を知っていたようでザワザワと騒いだ。

「ふん、いいところで会った。居合がどんなものか試してくれる！」

「よし、やろう！」

腕に自信のある浪人二人が太刀を下げて前に出た。

「怪我をするぞ。斬られると相当に痛いが、いいのか？」

「うるさいッ！」

「怪我をしたくない者は下がって見ておれ、そなたらに神夢想流を見せて進ぜる。二度と悪さをするな……」

浪人たちが後ろに二歩、三歩と下がって抜いた刀を鞘に戻したが、四人だけが残った。

「腰抜けどもが、怖気づきおって、頼まぬッ！」

浪人が仲間を罵（ののし）った。重信は下げ緒で素早く襷がけして草鞋を確かめた。武家たちが離れて重信の振る舞いを見ている。

「四人か、斬るがよろしいな？」

「うるさいッ！」

四人が前後左右から取り囲んだ。

重信は鞘口を切ると少し腰を沈めて、秘伝万事抜の構えを取った。

一瞬で四方を斬り八方を斬り十六方を斬り、三十二方を斬り抜き勝負を決める居合の大技だ。

重信は四方の間合いを感じている。

後ろが先だ。次が左、右が打ち込んできて前は最後だ。

その重信の読み通りに敵の浪人が動いた。

予測通り後ろが先だ。間合いを詰めると後ろの浪人が上段に剣を上げて襲い掛かってきた。

剣客には後ろにも目がある。

瞬間、重信の乱取備前がスルスルと鞘走って、後の先を取り後ろの敵の胴を横一文字に斬った。

「ギャーッ！」と絶叫して傍の草むらに頭から突っ込んだ。

左の敵を峰で肩を叩き斬った。三歩、四歩と歩いてから河原にひっくり返る。反転した重信が右の敵を逆袈裟に斬り上げる。

背伸びをするように「ンゲッ！」とひっくり返り、囲んでいた野次馬の足元まで転がって行った。

正面の敵は恐怖で動けないでいるのを「カーッ！」と、上段から打ち下ろした乱取備前で眉間を割った。鼻先に血が流れそのまま横倒しになって気を失った。

わずかに一呼吸の乱舞である。

あまりの凄まじさに野次馬からは声も出ない。見ているみなが震えていた。

「老師、いつもながら、お見事にございます」

「四人とも死んではいません……」

七恵とお志乃は何が起きたのかわからず、あまりの恐ろしさで抱き合って震えている。見ていた浪人たちが、倒された仲間を二、三人で抱き起こして逃げて行った。

「林崎さま、恐れ入りましてございます！」

「気をつけて行きなさい……」

「それがしは……」

「分かっております。茂庭さまにお会いになりましたら、よしなにお伝えください」

松本孫兵衛が呆然と重信を見る。

重信は孫兵衛が挨拶した時、言葉訛りから伊達家の家臣だと見抜いていた。

「舟が出ます。どうぞお先に……」

重信は河原に溜まってしまった客を急がせた。後ろがつっかえて一回では渡り切れそうにない。

古藤田勘解由左衛門

香取神宮の創建は神武天皇十八年、祭神は経津主(ふつぬし)大神で武神である。

鹿島神宮の創建は香取神宮より古く神武天皇の元年、祭神は武甕槌(たけみかづち)大神で香取神宮と同じ武神だ。

延喜式の神名帳によると神宮は伊勢大神宮と香取神宮、鹿島神宮の三社のみとされる古い武神なのである。

重信たち剣客が大切にしている神々だ。

一行は鹿島神宮に参拝すると旅籠に一泊して香取神宮に戻ってきた。

「七兵衛殿、それがしは江戸崎に行ってきたいのだが？」

「どうぞ。娘二人が疲れているようなので、旅籠でお待ちしますよ。五日でも六日でもごゆっくり……」

七兵衛が言うように七恵とお志乃は、歩くのに疲れて元気がなくなっている。

「では言葉に甘えてすぐ行ってまいります」

重信は五人を香取神宮の旅籠に残し一人で江戸崎に向かった。香取神宮から四里半ほど北に行くと江戸崎だ。

その江戸崎の師岡（もろおか）道場には廻国修行から帰った土子土呂助（ひじこ）がいた。重信はまだ戻っていないだろうと思ったがきてみたのだ。

土呂助は早々に廻国修行を切り上げ、江戸崎に戻り門弟たちを集めて指南をしている。

重信は土呂助に三河屋七兵衛たちのことを話し、師岡道場に一晩泊まって香取神宮に戻ってきた。

だが、旅などしたことのない七恵の足は、無惨なほど肉刺（まめ）だらけで歩けない限界にきていた。旅では足が痛んだらそこで終わりだ。

それはお志乃も似たようなもので二人は慰め合っている。

七兵衛は二人の娘のため江戸まで山駕籠や馬を乗り継ぐことにした。わがままに育った七恵に、旅の厳しさを経験させることも七兵衛の狙いだ。

店の者たちが苦労して京や大坂へ旅していることを、孫娘にも経験させているのだと重信は感じた。奉公人の気持ちがわからないようでは困る。

そんな一行が六月になって江戸に戻ってきた。

その数日後、重信の帰りを待っていたかのように、三河屋に将軍の信任厚い柳生宗矩が現れた。

この時、宗矩はまだ三十六歳と若かった。

「老師、柳生の荘の父石舟斎が亡くなりました」

「ああ、やはり……」

「体調の優れない日が続いておりましたので……」

「お傍には厳勝さまとお珠殿が？」

「はい、兄が最期を看取りましてございます」

「石舟斎さまはお幾つにございましたか？」

「八十歳にございます。江戸へ出て来ることもなく……」

「厳しくも優しいお方にございました」

宗矩が何度もうなずいた。

柳生新陰流はその開祖で支柱でもあった石舟斎を失った。

残されたのは柳生宗矩と柳生兵庫助である。

柳生家は石舟斎の長男厳勝とその子兵庫助が宗家で、宗矩は石舟斎の五男で傍流になる。その宗矩はやがて大目付という幕府の大役を担う。

宗矩は石舟斎の死を伝えると、重信と四半刻ほど話して帰って行った。

重信はコホコホと咳をする痩せた石舟斎は長くないと思っていたが、やはり亡くなったと聞くと寂しい。

その翌日、重信は一ノ宮に向かった。

鹿島神宮への旅の間に三河屋七兵衛が重信に、江戸で神夢想流の道場を開いてはどうかと勧めた。

そのために三河屋が後ろ盾になるという話だ。

前にもあった話だがそれを重信は再び断った。まだ江戸に留まることはできない。

スサノオとの約束は果たしつつある。

だが、一剣を以て大悟すると自らに課した誓いが残っていた。

それに一ノ宮にはまだ叔父の高松道場があったからだ。

叔父の高松良庵は亡くなったが、その息子で従弟の勘兵衛信勝がまだ一ノ宮にいた。

その上、江戸で道場を持てば旅に出ることが難しくなる。七兵衛は六十五歳の重信の年も考え道場をと思ったのだ。

有り難いことである。

だが、重信は神との約束通り旅に生き旅に死する覚悟でいる。

重信は戸田の渡し舟に乗った。

関東の街道は見違えるほど整備されて、一里塚という灯籠の立つ塚が道標になっている。

大久保長安が江戸の発展を考えて整備した道だ。

重信は暑くなりそうな空を見上げ、笠で日除けをしながら中山道を北上し、夕暮れには新しい宿場の大宮に到着した。

大宮は浦和宿と上尾宿の間にある馬継場だった。

北条家が滅び、家康が関東に入封すると栗原次右衛門が、屋敷にかかる年貢の地子免許と引き換えに宿役を願い出た。

地子の免税は叶わなかったが宿役は許可された。

武蔵一宮の氷川神社の参道沿いにあった宮町、中町、下町の傍に新道を開いて移転し、その旧地は畑にした。

江戸から一日で歩く限界が大宮といわれ、街道の家並みは九町三十間にまで大きく発展する。

栗原家は脇本陣になった。

重信は信勝に迷惑をかけないよう大宮宿の外れに百姓家を借りた。

この頃、江戸の周辺の村々には空き家の百姓家が増えている。

それは困ったことだが、江戸に出ると百姓をしなくてもいいくらい銭になる仕事があったからだ。

こうなると江戸は大きくなっても、周辺の村々の人が減って荒れてしまう。

幕府はそれを嫌って家や田畑を投げ出すことを禁止していたが、小百姓は年貢の苦しさからどうしても家を捨てることになる。

そんな百姓家を栗原家は何軒か持っていた。

重信は近所の老婆に朝餉夕餉の世話を頼むことにする。

暗いうちにその百姓家で朝餉を取り、氷川神社に参拝してから道場に向かうのを日課にした。

道場には重信と信勝が出て門弟に稽古をつける。

信勝は川越に移りたいと考えていたが、道場には門弟も多くなかなか実現しなかった。

だが、重信にはこれといってやることもなく、百姓家の前で庭のような畑作りを始めた。

道場での稽古が終わる昼頃、重信は大宮宿を北に歩いて百姓家に戻っていく。

口うるさい老婆が畑の師匠で、夏や秋には結構なものが取れて楽しいものだ。

そんな重信の百姓家に古藤田勘解由左衛門(ことうだかげゆざえもん)が現れた。

「おう！」

「老師ッ、お懐かしゅうございます」

「達者で何より……」

「箱根で幻海殿にお会い致じました」

「箱根で、それは良かった」

　重信は勘解由左衛門が現れたことに納得した。

　古藤田勘解由左衛門は重信と同じ塚原卜伝の弟子で、腕自慢の鹿島新当流の使い手だった。

　若い勘解由左衛門は結構強かった。

　ところが天正十二年（一五八四）、相模に現れた伊藤一刀斎に勝負を挑んで敗れ、一刀斎の弟子になった。

　このように勝負に敗れて弟子入りする例は少なくない。

　正しくいうと一刀斎の一番弟子が善鬼、二番弟子が古藤田、三番弟子が神子上典膳こと小野次郎右衛門なのだ。

　その勘解由左衛門は北条家の家臣だった。

　将軍秀忠の剣術指南役、小野派一刀流の次郎右衛門の兄弟子が、古藤田勘解由左衛門ということになる。

　その後、秀吉の小田原征伐で北条家が滅んで以来、勘解由左衛門の行方が不明になった。生き残った北条家の家臣はバラバラになったのである。

勘解由左衛門は潔く浪人し、剣の修行で諸国を放浪して歩いていたが、今は近江の膳所(ぜぜ)にいた。

秀吉が亡くなり、家康が関ヶ原の戦いで勝利すると、家康は大津城を廃し、東海道の押さえの城として近江大津膳所崎(ぜぜがさき)に膳所城の築城を命じた。

江戸城や名古屋城の天下普請の前で、家康が藤堂高虎(たかとら)に縄張りを命じた天下普請の最初の城だった。

四重四階の天守が琵琶湖に浮かぶ浮城である。

瀬田(せた)の唐橋(からはし)に近い膳所城は重要な城となった。

東海道の押さえの城であり、「瀬田の唐橋を征する者は天下を征す」といわれていたからだ。

家康はその城に戸田一西(とだかずあき)を三万石で入れた。

一西は三河吉田の生まれで、若年の時から家康に仕え関東入封では川越に五千石を与えられた。

三河以来の譜代の家臣でこの重要な膳所城を任された。

家康の次女督姫が北条氏直に嫁いでいたこともあり、家康の家臣たちは北条の家臣の仕官を嫌わなかった。

北条家の家臣古藤田勘解由左衛門俊直(としなお)はこの戸田一西に剣術師範として拾われたの

であった。

ところが、一西が四年前の夏、落馬して六十二歳で亡くなった。急遽、嫡男の戸田氏鉄が膳所城を引き継いだ。

その氏鉄が勘解由左衛門の嫡男仁右衛門俊重を、剣術指南役として百石で召し抱えてくれた。

勘解由左衛門は唯心と号して隠居。

その勘解由左衛門は一刀流とだけ名乗っていたが、息子の仁右衛門は古藤田一刀流とか唯心一刀流と名乗った。

そこで勘解由左衛門は唯心一刀流の開祖ということになった。

やがて戸田氏鉄は譜代大名として大垣十万石に移封になり、勘解由左衛門の孫弥兵衛俊定は氏鉄の子氏信から二百石に加増される。

「古藤田殿、しばらくここに逗留されてはどうか？」

「はい、急ぐ旅でもなし、老師にみっちり神夢想流居合を伝授していただきたいと思います」

「それがいい、そうしてくだされ。楽しみが増えます」

二人が百姓家に入ると老婆が白湯を出した。

「このようなもてなししかできぬが……」

ている。

「晴耕雨読、暑い時は熱いものがよろしいかと、有り難く頂戴いたします」

古藤田勘解由左衛門も五十を過ぎ、廻国修行の甲斐あって剣客としての風格を備えている。

「信長さまが本能寺で亡くなられて二十四年、秀吉さま、家康さまと徐々に混乱も鎮まり、江戸に幕府が誕生して二代目の将軍さまになりました。このまま泰平の御世がくるでしょうか？」

「おそらく、このまま武家の支配する世が続きましょう。ただ一つ心配なのは、浪人の数が多すぎることです」

「確かに関ヶ原以来、ずいぶん多くなりました」

「これからは、生まれながらの浪人というものが増えましょう」

「なるほど、武家の身分から離れられない者が、浪人をしながら二代目、三代目と続くということですか？」

「さよう……」

何十年ぶりかで会った二人の話は尽きることがない。

その話は江戸の新政権の誕生のことから、剣のことにまで及び、夕餉を挟んで夜遅くまで語り合った。

翌朝、二人は氷川神社に参拝してから道場に向かう。

稽古はいつものように行われ、勘解由左衛門も門弟たちに指南をする。

戸田家の家臣を育ててきた勘解由左衛門は、一人一人の門弟を褒めるのが適切で実にうまい。

人は褒められて嫌な気はしないものだ。

むしろ、もっとやろうと闇雲に意欲を燃やすのが若い者だ。何んとも巧みな指南方法だ。

「良い。その踏み込みは実に良い。ほぼ完璧だが右足の向きを、もう少し右に踏み込むと次の動きが楽になるぞ。そこを稽古すると一段と強くなるな」

「分かりました。やります！」

その気になって若い者は真剣に稽古に取り込む。

そんな稽古が一刻半も続いて「止めッ！」と、信勝の声が道場に響いて稽古の終わりを告げる。

一刀流の勘解由左衛門に褒められた門弟は意気揚々だ。強くなった気分だ。

四半刻もしないで道場からその門弟たちの姿が消えると、重信が勘解由左衛門に神夢想流居合を伝授する稽古が始まった。

道場主の信勝がその様子を見ている。

二人の稽古は半刻ほどで終わり、道場で一休みしてから百姓家に戻った。

汗かきの勘解由左衛門は全身大汗で、夕刻まで老婆にブツブツ言われながら畑仕事をした。

天下の剣豪も畑仕事では老婆の弟子である。

それから数日後、その日は朝から蒸し暑い日で夏の盛りだった。

二人が道場から出て大宮宿を歩いていると、急に雨が降り出して肌寒い強風が雨足を煽った。

途端に豪雨が地面を叩き水しぶきが飛び散った。

突然の強風と豪雨で秋の野分を思わせる。

宿場の通りには人も犬も馬もいなくなった。

二人の剣客は宿場の旅籠の軒下に身を寄せて雨宿りをした。いつもの夕立と違う風雨の勢いに顔を見合わせて苦笑する。

その時、雨の中を笠をかぶった男が庇（ひさし）を押さえて二人に近づいてきた。目の前で立ち止まると笠の庇を上げる。

重信は知らない武家で二十五、六ぐらいかと見た。

「老師、ここでお待ち願いたいが？」

「うむ、承知……」

「仔細は後ほど……」

勘解由左衛門が土砂降りの雨の中に出て行った。すぐずぶ濡れになった。

脇本陣

若い武家が笠を捨てると鯉口を切って抜く構えを取った。

「待てッ！」

勘解由左衛門が抜くのを止めた。

「怖気づいたかッ！」

「このような時にこのようなところでは人々に迷惑になる。日にちと場所を改めたいが……」

「逃げる気かッ！」

「格之進(かくのしん)殿、それがしは逃げも隠れもせぬ。そなたの兄秋元惣兵衛(あきもとそうべえ)殿を斬ったのはこの勘解由左衛門に間違いない。三日後、戸田の渡し場で明け六つに……」

「逃げた時はッ？」

「膳所の城下に古藤田勘解由左衛門は卑怯にも逃げたと高札を立てて構わぬ」

「よし！」

秋元格之進は勝負の日延べを了承して、笠を拾うと雨の中に消えた。

「失礼いたしました」

勘解由左衛門が旅籠の軒下に戻って重信に頭を下げる。

西の空の雨雲が真っ黒でなかなか雨のやむ気配がない。

すると勘解由左衛門はしばらく雨をにらんでいたが、少しずつ事件の顚末を話し出した。

「あの者も膳所の戸田家の家臣でした。恥になることにて、藩外に出したくないことでございます」

「お家の恥ということですか？」

「はい、六年も前のことになります。殿の側室に密通の噂が持ち上がりました。殿の自慢で美しい方でした。まだ二十五歳ほどといわれておりました。その密通相手といわれたのが秋元惣兵衛という美男です……」

重信はありそうなことだと思う。

「殿が激怒され、それがしを呼ばれて秋元惣兵衛を討てと命じられました」

「上意討ち？」

「そうです。その惣兵衛は一言も言い訳をせず、それがしと立ち合って亡くなりました。ところが、三日後、側室が自害してしまいました。その時、側室が残した書状に惣兵衛に対する謝罪と、真の密通の相手の名が記されておりました。罪の重さに耐えかねたものと思われます……」

「ということは……」

「間違った上意討ちです」

「それでは、厄介なことに？」

「はい、既に秋元家は城下を退散しており、殿は帰参を許したのですが秋山家は不面目といって応じません……」

「それでは逆に殿さまが納得しない？」

「そうです。話が拗れにこじれ、ところが突然、殿が亡くなられました。その頃から、惣兵衛の弟格之進がそれがしを兄の仇と狙うようになりました」

「お門違いですか？」

「そうですが、鬱憤の持って行き場がなく、惣兵衛を斬ったそれがしに向かうしかなかったものかと……」

あきらめ顔の勘解由左衛門が薄く笑った。

「まだ斬られるわけにもいきませんので、これで三度目になります……」

「三度目の仇討ち？」

「斬り捨てることもできず。どこまでも追ってきますので、どのような生活をしておるものかそれが心配にございます」

「なるほど……」

剣の腕の差は歴然で、勘解由左衛門が斬られることはない。

それは双方が分かっている。

むしろ、勘解由左衛門が気にしているのは、格之進が斬られるために追ってくるのではないかということだ。

仇討のため、二年も三年も追い続けることは容易なことではない。

それに精神的にも費用的にもかなり厳しいことになる。何とかこの辺りで決着をつけなければならない。

軒下に立ったまま重信と勘解由左衛門は同じことを考えた。

雨足の衰える気配がなく二人が動けないでいると、旅籠の隣の脇本陣から人がきて立ち寄るよう促した。

脇本陣では主人の栗原次右衛門が二人を待っていた。

重信が次右衛門と会うのは二度目だ。

「こちらは近江膳所城の剣術師範古藤田さまです」

「膳所といいますと戸田さま？」

「さよう、わが殿はまだお若く近江大津の小藩ながら、瀬田の唐橋を守る重要なお役目を担っておられる」

勘解由左衛門が胸を張った。

京と彦根の中間にあって、西国をにらむ最前線の譜代大名なのだ。その剣術師範となれば責任も重い。

「古藤田さまは一刀流の達人？」

「なぜそれを……」

「古藤田さまというお名前は忘れられないお名前で、以前、小田原でお聞きしたことがございます」

「ほう、小田原で……」

「北条さまがあのようになる前に一度、お城に呼ばれたことがございまして……」

「なるほど……」

家康が秀吉に命じられて関東に入封する前は、北条家が関東一円を押さえていて、次右衛門たちは年貢や街道の整備など諸事を北条家と交渉してきた。

「ところで老師、百姓家の住み心地はいかがにございますか？」

「まことに結構、満足しております」

「それは良かった」

栗原次右衛門は亡くなった高松良庵と親しく、信勝から話があった時、よろこんで重信に百姓家を提供した。

家というものは人が住まなくなると急激に朽ちる。

古い百姓家に重信に住んでもらえるだけで次右衛門は有り難い。その上、重信は天下に名の知られた剣客だ。

宿場に住んでもらえれば、何かあった時に手伝ってもらえる。

栗原次右衛門はそんなことも考えていた。

どこの宿場にも本陣と脇本陣があるが、この大宮宿には臼倉新右衛門家という本陣があった。

やがて栗原家が本陣を務めることになるが、本陣というのは旅籠ではないため、一般の客の宿泊はできないことになっていた。

宿役人を務める大問屋や豪商、村役人の名主や大庄屋が、住居を大名や勅使に差し出して宿として使用してもらう。

それが本陣の役割だった。

これは古く南北朝の頃からあり、脇本陣はその本陣の予備的なもので、本陣に泊まり切れない人たちが回され一般客も宿泊できた。

正式に本陣役が決められるのは、三代将軍家光の参勤交代制によってである。

武家の参勤は、鎌倉期には御家人の鎌倉への出仕を指し、将軍に対する服属儀礼で自発的に行っていた。

足利幕府でも武家が参勤といって京の将軍や鎌倉公方に出仕している。

信長や秀吉の時代も安土城や、秀吉の聚楽第（じゅらくだい）や伏見城へ自発的に、天下人に気に入られるよう大名が出仕していた。

それは関ヶ原の戦い後も続いている。

したがって家康のいる伏見城や築城中の江戸城に大名が出仕してくる。

秀吉が大名の妻子を大坂に住まわせたのを、家康も倣って江戸城下に住まわせるようになった。

家康が特別に要求しない限り、自発的に家康のご機嫌を取るためだった。

それを三代将軍家光は大名が蓄財するのを嫌い、参勤交代を制度化して大名に強引に出費させる。

諸大名の勢力を削ぐ政策を実施した。

強制的な参勤だった。

国元を出る月、江戸を出る月、石高による参勤行列の人数など全て決められ、隣国同士の大名が談合できないよう、幕府が参勤を管理するようになる。

隣国の大名が同時に国元にいたり、江戸にいることはなかった。

片方が国元なら片方は江戸というように、隣国の大名同士が顔を合わせることはなかった。

幕府はそれほど大名を警戒していた。

加賀百万石の前田家は少ない時で二千五百人、多い時は四千人の大名行列をするよう幕府に命じられる。

その前田家は大宮宿の本陣臼倉新右衛門家を定宿にした。

大名行列は日に十里から十三里を行軍する。

旅人はほぼ八里から十里を見当に歩くが、大名行列は支障のない限り急いだ。

貧乏大名などはギリギリの人数で街道を走ることすらあった。莫大な費用を一日分でも節約したい。

そう思うのが人情だ。

城下では見栄えよく行列をするが、街道は大名と家臣団が一目散に走る。

加賀前田家は金沢城から江戸城まで、百十九里を十三日間で、もちろん年によって費用は違うが、おおよそ五千三百両を費やした。

悲惨なのは薩摩島津家で七十七万石の石高で、薩摩から江戸まで四百四十里を四十日から六十日をかけた。

距離も費用も気が遠くなりそうだ。

その行列は千八百人で一万七千両というから、密貿易をして稼ぎたくなるのも当然だろう。

どこの大名も蓄財などできるはずがない。

後年、あろうことか幕府も大奥などの浪費で苦しくなると、一万石につき百石を幕府に上納させ、大名の江戸滞在を一年から半年に短縮免除する。

全国二百五十余藩が参勤交代する費用は莫大だ。

前田家の大名行列が来るとなると大騒ぎで、数ヶ月前から準備が始まり、いよいよとなると先触、先乗りが駆け込んでくる。

他の大名と鉢合わせしないように綿密に計画された。

しかし今はまだ旅人で賑わうばかりの大宮宿だ。重信たち三人が話し込んで半刻もすると雨足が緩んで、西の空がだいぶ明るくなり、もう四半刻もすれば雨が上がると思われた。

「古藤田さまッ！」

次右衛門が勘解由左衛門の異変に気づいた。

「勘解由殿ッ！」

倒れ掛かる勘解由左衛門を重信が抱きとめた。呼吸が乱れている。額を触ると猛烈な高熱だ。

「これはいかんッ、熱発だッ。次右衛門殿、医師をお願いする！」

「承知。誰か来てくれッ！」

次右衛門が呼ぶと、異変を感じた数人の男女が部屋に飛び込んできた。

「誰か医者に走ってくれッ、女たちは奥の部屋に急いで床を頼む！」

宿が大騒ぎになった。

まだ、客が到着する前で手が空いていたから良かった。重信はあの大雨にやられたかと予想したが後の祭りだ。

昏倒した勘解由左衛門が奥に運ばれてしばらくすると、あの大雨が嘘のように上がって夕日が差し込んできた。

そこに村医師が駆け込んできて診察が始まる。

重信が予想したように雨に濡れたのが原因だが、ずいぶん疲れているようなので四、五日は安静にするようにという。

「老師、剣客とは気が休まらないものでしょうな？」

「うむ……」

重信は大雨の中に現れた武家のことを考えていた。

勘解由左衛門が相当気にしていることは間違いない。

「さよう。気が緩めばそれは隙になる」

「なるほど、旅の人が高熱で倒れることはよくあること、医者も毎日顔を出しますので、ご心配なく。看病は女たちにさせますのでお任せください」

「かたじけない……」

重信は夕刻に一人で百姓家に戻った。

翌朝は道場に行く前に脇本陣に立ち寄った。

旅立つ人たちが続々出て行く、勘解由左衛門は女たちの看病のお陰で、熱もだいぶ下がって目覚めていたが、まだ熱っぽいようで横になっている。

「老師、油断でござる。面目もござらぬ……」

「大ごとにならずにまずは一安心です。しばらく養生なさることです」

「ご迷惑をおかけします」

重信は主人の次右衛門に感謝して氷川神社に向かった。この勘解由左衛門の高熱は二日、三日と長引いた。

ところが三日後の深夜、あの大雨の後に倒れた勘解由左衛門が脇本陣から出たのを、宿の者が見つけて声をかけた。

だが「ちょっと出かけてくる」と言っただけで闇に消えた。

勘解由左衛門の外出はすぐ次右衛門に知らされた。

「老師にお知らせしろッ、どっちに行った？」

「南です！」

「よしッ、江戸だな？」

次右衛門の使いが重信の百姓家に駆け込んできたのはすぐだった。

重信は咄嗟に例の武家との果し合いだと直感した。大急ぎで出かける支度をすると、草鞋を履き太刀を握って外に飛び出す。

使いの男と脇本陣まで走った。

「老師、四半刻ほど前です。向かったのは南、江戸ですッ。家人二人に支度させましたのでッ！」

「かたじけない、お借りする！」

重信は南に駆け出した。

「老師を追え！」

次右衛門は家人二人に重信を追わせた。

三章　決闘

本多平八郎

重信たち三人は浦和宿を過ぎてしばらく行くと、どこで拾ったのか六尺ほどの棒を突きながら、フラフラ行く勘解由左衛門に追いついた。

「お供いたしましょう」

「老師……」

「例の秋元殿ですな？」

「三日後の明け六つとの約束でござる」

「承知……」

約束した以上、剣客として何があろうとも戦わなければならない。

勘解由左衛門の気持ちが重信にはわかる。病は完治していないが寝ているわけにはいかない。

「では、まいろう」

重信が肩を貸して道を急いだ。

「戸田の渡しまでお願いいたす……」

勘解由左衛門は戦うという気迫だけで歩いていた。このまま秋元格之進に討たれるかも知れないと思う。

それも剣客の定めである。約束をたがえることはできない。

剣客として死を覚悟した果し合いになる。それがわかる重信は戦いを止めようとはしない。

夜が明け始め、戸田の渡しまで来ると、秋元格之進が草むらに立ち、襷がけに鉢巻姿で待っていた。一番の渡し舟が対岸に向かって行った。

「遅いぞ！」

「格之進……」

「いざ、尋常に勝負だッ！」

「よし……」

双方がほぼ同時に太刀を抜いた。

傍に重信が立って二人の様子を見ている。すると勘解由左衛門の太刀が中段から下段に下がり、全身から力が抜けた体が、朽木のようにドサリと横倒しになった。

「それまでッ！」

呆然としている格之進に立ち合いは終わりだと重信が告げた。

「秋元殿、それがしは神夢想流居合の林崎甚助でござる」

「居合の林崎さま……」

「古藤田殿はあの大雨の日以来、急な病にて養生しておったが、そこもととの立ち合いのためここまで来て力尽きたようだ。この立ち合いはそこもとの勝ちでよい。命まで取ることはあるまい。どうだ？」

「承知しました……」

格之進は重信の仲裁では仕方ない。

それに病の者を討ち取っても勝ちとは言えない。こういう時は潔くしたいと思う。

「実は秋元殿に会わせたい人物がいるがどうか？」

「それがしに……」

草むらに倒れた勘解由左衛門を脇本陣の二人が抱き起こしている。

「蕨宿の医師のところへ運んでくれぬか……」

「分かりました」

野次馬にも手伝わせて二人が急いで勘解由左衛門を運んで行った。無理をしたため再び高熱で倒れたのだ。

「その人物は江戸におる。会ってみるか？」

「江戸？」

「その方に会った上で再度、立ち合うか止めるか考えてはどうかと思うが。古藤田殿はそれがしの弟子ゆえ逃げも隠れもせぬ……」

「分かりました」

格之進は重信の言う通りにすると受け入れた。

「では、まいろう」

重信は勘解由左衛門を二人に任せて、格之進と渡し舟で対岸に渡り江戸に急いだ。

街道を歩きながら重信は格之進の振る舞いを見て、浪人ではあるが人品の卑しくない人物だと見た。

二人は板橋宿を通過して昼過ぎに日本橋の三河屋に到着した。

重信は秋元家が三河以来の戸田家の家臣であれば、七兵衛が秋元家を知っているはずだと思ったのだ。

その勘は的中した。

七兵衛は格之進とは面識はなかったが、三河の秋元家をよく知っていて、亡くなった惣兵衛とは何度か会っている。

戸田家での事件も七兵衛は知っていた。ただ、秘密にされた惣兵衛の死の原因は知らなかった。

もちろん、上意討ちが行われたことも極秘にされている。

「するとこちらさまは亡くなられた秋元惣兵衛さまの弟さま？」

「いかにも、秋元殿をしばらく預かってもらいたいのだが？」

「承知しました……」

七兵衛は何も聞かずに重信の願いを聞き入れた。何か訳ありだと感じて何も聞かなかった。

「それがしが戻るまで、ここに逗留してもらいたい。よろしいか？」

「それは……」

「遠慮はいらぬ。三河屋殿に相談なさるがよい。必ずや力になってくださる方だ」

重信は強引に格之進を説得した。

このまま若い格之進を放置すれば、勘解由左衛門を追うのに疲れ自暴自棄になりかねない。

「老師、三河者は三河者同士、お任せください」

勘解由左衛門を斬れるような腕を、格之進が持っているとはとても思えなかった。

「かたじけない。お願いいたします」

重信は格之進を七兵衛に渡して三河屋を出た。

夜までに蕨宿へ戻りたいが、暗くなれば戸田の渡しを渡れない。重信は板橋までの二里十八町を急ぎ旅籠に入った。

翌朝、まだ暗いうちに宿を出て志村から蕨宿まで急いだ。

勘解由左衛門は脇本陣の二人に担ぎ込まれた蕨宿の医師宅で寝ている。

その枕元には脇本陣の一人だけが残って、一人は大宮に戻っていた。医師から病人は心配ないと言われたからだ。

「次右衛門殿によしなに伝えてもらいたい」

「はい、一旦、戻りますがまたまいります」

もう一人も大宮に帰して重信は蕨宿に残った。

その頃、三河屋では七兵衛に格之進がぽつぽつと話し始めていた。

その話を聞いて七兵衛は重信の考えは再仕官だと思った。だが、戸田家への帰参は難しいだろうと判断する。

武家には何かと面倒くさいことが少なくない。

戸田一西が亡くなり、その子に許すといわれても、嫡男が上意討ちされた秋元家の不名誉は回復できない。

そこで七兵衛は、格之進の再仕官は戸田家以外の三河以来の譜代がよいと考えた。

それも、戸田家が故障のいえない名門家がいい。七兵衛が思いついたのは徳川家一の豪傑本多平八郎(ほんだへいはちろう)だった。

亀の甲より年の劫とはよくいったものだ。平八郎に文句のいえる大名などいない。家康でさえ遠慮するほどだ。「家康に過ぎたるものは二つあり、唐(から)の頭(かしら)と本多平八」という。

信長が花も実もある武将と称賛した。

この時、その本多平八郎忠勝(ただかつ)は五十九歳で健在だった。

家康が関東に入府した時、平八郎は上総大多喜(かずさおおたき)に十万石を与えられた。蜻蛉切(とんぼきり)の大槍を振り回す豪傑で徳川四天王といわれる。譜代で十万石というのは井伊家の十二万石に次いで二番目の大きさだった。

本多家は関ヶ原の戦いの功績で、石高は同じ十万石だが東海道の要衝、桑名に移封され平八郎は桑名藩を立てた。

二年前、病にかかり平八郎は隠居を願い出たが家康は許さなかった。

嫡男忠政(ただまさ)が桑名にいて平八郎は江戸で養生している。

七兵衛が本多家を訪ねると平八郎との面会がすぐ叶った。

「おう、爺さん来たか、達者そうだな？」

「平八郎さまもお元気で誠に結構にございます」

「爺さんがわざわざ会いにくるとは珍しい。何用だ？」

平八郎は上機嫌だ。

若い頃、銭に不自由して三河屋七兵衛にはずいぶん世話になっている。家康の家臣はみな貧乏家臣だった。

今川の人質だった家康は何も持っていなかった。

家康はそんな家臣たちを世話してくれたのが、七兵衛たち商人だと分かっていて特別扱いをしている。

「殿さまは林崎甚助という名を、お聞きになったことはございますでしょうか？」

「林崎とは神の剣士という男ではないのか？」

「御意、剣は神夢想流居合といい、武家としての人柄は上等、この爺の気に入りにございます。その方の推挙で若者を一人……」

「ほう、余の家臣にか？」

「はい、膳所の戸田家のことは殿さまの耳にも達しているかと思いますが、その若者は戸田一西さまの家臣だった秋元家の者にございます」

「戸田の家臣で秋元といえば……」

平八郎はすぐ思い出した。戸田家では事件を秘密にしたが、おもしろい話で人の口に戸は立てられない。

「戸田の爺さんと悶着のあった秋元だな。あれは戸田の爺さんの色惚けだったのだろう。そう聞いておるが？」

「戸田さまは亡くなられておりますので……」

「爺さん、人は死んでから値打ちが決まるものよ。そうだろう……」

「御意……」

「その話ならよく知っている。秋元家の誰だ？」

「あの時、亡くなられた惣兵衛殿の舎弟にて格之進と申します」

「年は？」

「二十五歳にございます」

「これまで浪人をしていたのか？」

「帰参を許されましたが不面目と申しまして、浪々の身にございました」

七兵衛は古藤田勘解由左衛門のことや仇討のことは話さなかった。まずは仕官の方が先だ。

「そうか。それで林崎に拾われたのだな？」

「はい、それでこの三河屋のところへ預けられましたようなわけでございます」

「そういう身元なら、三河武士として捨てては置けないな。余のところに話を持ってくるとは考えたな、爺さん……」

「平八郎さまなら何とかしてくださると、年甲斐もなく考えましてございます」

「うむ、他でもない、大恩ある爺さんの頼みだ。三河者を放ってもおけまいて、余の家臣にしよう」

「恐れ入りましてございます」

七兵衛は三河の武家には顔が広い。

七兵衛を知らない三河武士はいないといえる。

なかなかの策士で、七兵衛は本多家も十万石の大名になって人手不足、三河者なら喜んで仕官を許すと読んでいた。

見事に格之進の再仕官が決まった。

それも三河の譜代本多平八郎ということになれば、戸田家はもちろん誰も何も言えない。

蜻蛉切の平八郎と聞いただけで震えがくる。

家康が「戸田家に返せ……」とでも言えば仕方ないが、間に三河屋七兵衛が入っていてそんな心配もない。

本多平八郎はこの三年後に隠居、嫡男忠政に家督を譲って一年後に六十三歳で死去する。

忠政は大坂の陣で武功を挙げ、桑名から播磨姫路城に十五万石で入ることになる。

そんな話がまとまった頃、蕨宿にいた勘解由左衛門は回復し、重信と大宮宿の百姓家に戻っていた。

勘解由左衛門は格之進との決闘のため、脇本陣を出たところまでは覚えていたが、その後のことは記憶に残っていなかった。

重信は状況を話し、立ち合いは不成立だったが、決闘の約束である以上、勝負は勘解由左衛門の負けになったと告げた。

それは剣客として当然であり、勘解由左衛門は潔く重信の判定を受け入れた。

体力回復のため勘解由左衛門は氷川神社に参拝、道場に出て稽古をし重信の畑仕事を手伝った。

その頃、三河屋から使いが来て、秋元格之進が本多平八郎に再仕官したことを伝えてきた。

重信も七兵衛が本多家を選んだ意図を充分に理解する。

本多家であれば誰も故障をいえないからだ。

「勘解由左衛門殿、秋元格之進殿は本多平八郎さまに仕官されたそうです」

「本多さまに……」

「江戸日本橋の三河屋七兵衛殿が知らせてきました」

勘解由左衛門はどうしてそんなことができるのだと不思議な顔だ。本多平八郎といえば泣く子も黙る本多平八郎だ。

「格之進殿が三河生まれと聞いて、江戸に連れて行き三河屋殿に会わせました。そこから先のことはそれがしにも分かりません……」

「老師には厄介をおかけしたようで、お礼の言葉も見つかりません」

「少々、お節介をさせていただいたまで、お気になさらぬよう願います」

「このご恩は生涯、忘却いたしません」

「そのように大袈裟に考えられてはそれがしが恐縮。むしろ、三河屋殿にお会いいただきたい……」

「承知いたしました」

勘解由左衛門が長年抱えてきた懸案が消えた。

加賀百万石

夏が過ぎ秋になると江戸崎から、門弟十一人を引き連れて土子土呂助が一ノ宮に出てきた。

道場は人数が増えて急に賑やかになる。

重信の百姓家に土呂助と世話をする門弟二人が住み込んだ。

途端に忙しくなったのが老婆だ。若い門弟を追い回して暗いうちから用事を言いつける。

土呂助たちが現れて数日後、夕餉の終わった百姓家に名人越後こと富田重政がひょっこり現れた。

重政は門弟一人だけを連れている。

「これは富田さま！」

「失礼してよろしいかな？」

重政は炉端の六人に驚いたようだ。小さな百姓家に武家が揃っている。老婆がサッと立って行った。

「どうぞ……」

重信は自分の傍の座を勧め重政が座るとみなに紹介した。

「加賀前田家の剣術師範富田越後守さまです。こちらは近江膳所戸田家の剣術師範古藤田勘解由左衛門殿です」

「唯心一刀流と聞いておりますが？」

「恐れ入ります。古藤田俊直でございます。富田さまには一度お会いしてご挨拶いたしたいと思っておりました。老師には若い頃にお会い致しまして、夏からこちらに厄介になっております」

「古藤田殿は伊藤一刀斎殿の門人と聞いておりましたが？」

「はい、塚原土佐守さまと伊藤一刀斎さまに学びましてございます」

「すると一刀斎殿の師、鐘捲自斎さまとも？」

「はい、何度かお会いいたしました」

富田重政と古藤田勘解由左衛門は中条流の同門ということにもなる。

それも鐘捲自斎を通してかなり近い門人なのだ。

重政は富田勢源の甥で、勘解由左衛門は富田勢源の弟子鐘捲自斎、その弟子伊藤一刀斎の弟子で曽孫弟子になる。

中条流は大きな流派だ。

この時、重政は四十三歳で勘解由左衛門より若かった。だが、流派では富田本家の御曹司で加賀百万石の剣術師範だ。

やがて前田家から大名待遇の一万三千六百七十石を貰うことになる。

「こちらは卜伝翁の門人師岡一羽さまのお弟子、土子土呂助殿とその門人二人です」

「師岡さまは亡くなられて何年になりますか？」

「十三年でございます」

「例の常盤橋の戦いは聞いております」

重信は岩国の錦川で根岸兎角を斬ったことは言わなかった。剣客の世界はそう広くはない。

どこで何があったか、剣客の噂は一年もすると各地に広がる。

その噂次第では相手にされない剣客も出てくる。

最も嫌われるのは根岸兎角のように卑怯な振る舞いをした者だ。そのため、信太朝勝などと名を変えて生きることになる。

四人の剣客は夜遅くまで剣の話で楽しく過ごした。

富田重政は前田利常の江戸入りに剣術指南役として同行したのだ。利常は前年に隠居した利長の弟である。

家康の指示で秀忠の次女珠姫と結婚した利常が、今年十四歳になって江戸の義父、将軍秀忠に会うため金沢から出てきた。

兄利長が統率に苦労した前田家も、利常が加賀百万石の当主になると、騒々しい家臣の騒ぎが収まった。

それはつまり迂闊に騒ぐと、珠姫の父将軍秀忠に対する反逆とみなされ処分されるからだ。

家康も秀忠も大名の中で最大の前田家の扱いには気を使った。

加賀百万石が安定したことは幕府にとって大きい。

富田重政はその利常の剣術指南役だ。

幼い利常の傍から離れないできた。

前田家は四千人を超える大行列を絢爛豪華に飾り立て、威風堂々と天下普請で築城中の江戸城に乗り込んだ。

利常の傍で警固している剣術指南役富田重政の責任は重い。

深夜近く、重政は上機嫌で本陣に帰って行った。

翌朝、まだ暗いうちに重信たちは、前田利常を見送るため本陣に出向いた。

重信が道端に片膝をついて頭を下げていると、本陣から出てきた大名駕籠が眼の前で止まった。

「殿、以前、お話し申し上げました神夢想流居合、林崎甚助殿が古藤田勘解由左衛門殿、土子土呂助殿とご挨拶のため控えておりますが？」

重政が駕籠の中に話しかけた。

「開けろ！」

駕籠の引き戸が開いて前田利常十四歳が重信を見る。

名人越後の重政が育てた前田家の御曹司だ。

「林崎か？」

「はッ、江戸入り、誠に祝着にて、謹んで賀詞を申し上げ奉りまする」

「うむ、大儀ッ、江戸で会いたい！」

「はッ、御意に適いまするよう、江戸藩邸に参上仕ります」

「よし、越後、よいか？」

「はい、そのように取り計らいまする」

「古藤田に土子と申したな、見送り大儀！」

「ははッ！」

若き百万石の御大将は控えている二人にも声をかけた。なかなか立派だ。

家康が見込んだ聡明な孫ということだ。

「立ちませいッ！」

号令がかかって大行列が動き出した。

「老師、また……」

「ご苦労さまでございます」

重信と重政が互いに一礼して別れた。

この八年後、前田利長は病の苦しさのため服毒自決する。

前田家の行列が去って数日後の夜、天下の総代官大久保石見守長安が騎馬隊五十騎ほどで大宮宿の本陣に入った。

本陣から使いが来て重信が呼び出され、すぐ出向くといつものように長安一行は酒盛りの最中だった。

どこから呼んだのか女衆が七十人ばかりいて賑やかにやっている。

「老師、こっちへ……」

長安がひょいと立って重信と二人だけ隣室に入った。

怪物の大久保長安は三年前から佐渡金山奉行、勘定奉行、老中など多くの役職を兼務している。

板橋や志村、蕨に一里塚を設置したのが長安だ。

「老師、これから佐渡に行き江戸まで金を運んでくるのだが、急なことで騎馬隊になった。十月十五日までに江戸に戻りたい。手伝ってもらえまいか？」

「はい、大久保さまのご命令では断れません」

「かたじけない」

「もしよろしければ、近江膳所城戸田家の剣術師範古藤田勘解由左衛門と、それがしの弟子土子土呂助という者を同道したいがいかがでしょうか？」

「その二人の腕は確かであろうな？」

「はい、腕も人柄も間違いございません」

「ならばお願いしよう。本陣の馬を支度させる。明け六つ、卯の上刻には出立する予定だ」

「承知いたしました」

大久保長安が重信のような剣客を必要としたのは、三年前、佐渡奉行になった時、長安は金採掘の効率を上げるため、佐渡金山を支配していた田中清六という実力者を罷免したからだ。

清六は廻船業者で酒田、佐渡など、西回り廻船を握っている豪商で、秀吉や家康に接近、家康が佐渡金山奉行の一人に命じた。

田中吉政の一族といわれ近江高島の生まれという男だ。

関ヶ原の戦い後、田中吉政は九州筑後柳川城三十二万石に移封され大大名になっている。

長安が豪商代官と呼ばれていた田中清六を罷免したのは、奉行の一人が年貢を高くして佐渡金山で混乱が起きたからだ。

長安の断固たる処分で、清六たちが不満を残したことも事実だった。

佐渡から海を渡って江戸まで金を運ぶ長旅の間に、どこで事件が起きるか分からない危険を長安は感じている。

翌早朝、本陣から騎馬隊五十数騎が駆け出した。

佐渡から金を運び出す方法は陸路と海路があったが、海路は季節にかかわらず危険が伴うため長安は陸路を好んだ。

いつもは金の運搬に長安は関わらないが、緊急に金が必要になり自ら出てきた。

騎馬隊でどんな長旅になるか、長安は知っておきたいとも考えている。江戸は大きくなり常に金を必要とした。

西国は銀が通貨だが東国は金を好んで使った。

江戸では小判や金貨が流通している。

一両の金の含有が四匁七分六厘と決まっている。他にも金貨は一分金があった。

そのため幕府は莫大な金を必要とした。

風を見て越後出雲崎から船で佐渡に渡る。出雲崎に二十人を残し他はすべてが佐渡に渡った。

勘解由左衛門と土呂助は出雲崎に残り、重信は長安と一緒に佐渡に渡った。佐渡は古くは砂金が取れた。

「三貫目の俵を五十俵作れ！」

江戸まで急ぐ旅で一騎に三貫目の金を積んで運ぶことにした。

多くを積めば馬が途中でつぶれる危険がある。もちろん、替え馬を用意する考えでいた。

疲れた馬から金を積み替えて先を急ぐ。

金百五十貫を江戸の金座までいかに早く運ぶかだ。

金座は家康が関東に入封して五年後の文禄四年（一五九五）に、京から後藤家を江戸に呼んで小判を鋳造させたのが初めだ。

この先、勘定奉行の支配下に金座、銀座、銭座ができて、各種の貨幣が大量に鋳造されていく。ちなみに金貨には、ほぼ十両に匹敵する大判金、五両判、一両小判があり、その一両小判は一分金四枚である。一分金は一朱金四枚で一朱金一枚が二百五十文という決まりだった。同じように銀貨もある。一分金が一分銀と同じで、一分銀は一朱銀四枚ということになっている。一朱銀が二百五十文だ。そのように定められる。

沸き立つような江戸の繁盛で、金銀銭はいくら鋳造しても足りない。

それに、金銀銭の貨幣は使い勝手がいいため、江戸だけでなく急速に地方にも広がっている。

幕府が開いて間もないこの頃、この金を握っているのが天下の総代官大久保長安だった。

金百五十貫は相川金山から小木湊に運ばれ、船に積み込まれると風を見て出雲崎に向かう。

船は順調に進んで三刻ほどで出雲崎に着いた。

出雲崎から北国街道を南下して善光寺宿で善光寺街道に出る。上田宿、小諸宿を通過して中山道追分宿に出る考えだ。

百五十貫の金は泊まる時には馬から降ろされる。

数を確認して交替で寝ずの番をする。重信と勘解由左衛門、土呂助の三人は積極的に寝ずの番に立つ考えだ。

出雲崎でなく寺泊に船をつけて、三国峠を越えて中山道に出る道もあるが、長安は善光寺街道を選んだ。

中山道には軽井沢宿と坂本宿の間、二里三十四町に最大の難所碓氷峠（うすいとうげ）がある。峠の熊野神社から坂本宿まで三百九十間の高さを一気に下る。登りも難所だが下りも馬には難所だ。

長安も重信も事故を恐れている。

一行は安中宿、本庄（ほんじょう）宿、大宮宿を通過して、予定の十月十五日より数日早く江戸に戻ってきた。清六一味や盗賊などは現れなかった。

道中何ごともなく長安は上機嫌だ。

金座の後藤家では小判師と呼ばれる職人が大勢働いている。

三人は金座で長安と別れると江戸城下を馬で行くのを遠慮、轡（くつわ）を取って歩き日本橋の三河屋に向かった。

一刀流

江戸は相変わらず人が多く、誕生したばかりの発展途上の城下だと感じさせる。

重信も勘解由左衛門も秋元格之進のことが気になっていた。三人が馬を店の前に止めると何ごとかと番頭が出てきた。

「これは、林崎さま、馬とは珍しい？」

「越後まで行ってきました……」

「それは、それは、ご苦労さまにございます。どうぞ奥へ……」

三人が奥の広間に案内されると、すぐ七兵衛がお志乃を連れて出てきた。

「老師、越後からとはずいぶん遠いところまで？」

「初めて佐渡へ行ってまいりました」

「ほう、佐渡ですか……」

何か訳ありだと感じてそれ以上は話をしなかった。佐渡と言えば金に決まっているからだ。七兵衛が扱っているのも金銀銭貨だ。

「お志乃、茶を頼む……」

「はい！」

お志乃が立って行った。

「七兵衛殿、古藤田勘解由左衛門殿と土子土呂助殿です」

「おう……」

「三河屋殿には秋元殿のことでお世話になりました。このご恩は決して忘れません……」

「古藤田さま、秋元殿は伊勢桑名に行きました。これは本多平八郎さまのお手柄にて恩などといわれては困ります」

「いや、老師と三河屋殿のお陰にございます。もちろん、仕官を許してくださった本多さまにも感謝いたします」

勘解由左衛門は剣客として不覚であり、重信と七兵衛に助けられたと思っている。

土呂助は七兵衛とは会ったことがある。

三人は七兵衛に挨拶し半刻ほど話をして、茶を馳走になると三河屋を辞し大宮に向かった。

その頃、京の鷹ヶ峰では大西大吾の妻お清と、梅木弥右衛門の妻お登喜が立て続けに出産する。

二人とも産んだのは女の子だった。

鷹ヶ峰の道場は上を下への大騒ぎで、今出川兵法所からお清の父吉岡憲法まで来て道場は大混乱だった。おめでたいことこの上なしである。

十一月になると重信の百姓家に江戸の前田家から呼び出しの使いが来た。

重信が前田利常と約束したことだ。

使いの若者をしばらく待たせ、重信と勘解由左衛門は支度を整えて百姓家を出た。

三人は蕨宿で泊まって、翌日暗いうちに出立して昼前に前田屋敷に着いた。四半刻もしないですぐ利常と面会する。

若い利常は指南役の富田重政に、神夢想流居合を詳しく聞いて、重信と再会するのを楽しみにしていた。

「林崎、よく来た！」

「お約束のお召しにより、よろこんでまいりました」

「そうか。越後から居合のことは何度も聞いた。それを見せてくれ！」

「はい、よろこんで仕ります」

「古藤田、今日は小野派一刀流を呼んである。共に一刀斎の弟子だそうだな？」

「御意……」

「柳生新陰流も呼んである。もう寒いが庭でよいな？」

御前試合の支度が整えられていた。

「はい、結構でございます」

「越後……」

利常が重政を見た。

「はッ、お二人には共に二試合をお願いする。先に古藤田殿、後に老師にお願いします。では、支度をされて庭へ！」

「承知いたしました」

重信と勘解由左衛門が別室で試合の支度を整え、利常の近習に案内されて庭に張られた陣幕の中に入った。

既に、二百人を超える前田家の家臣団が居並んでいる。

庭を見下ろす座敷には当主前田利常、家老篠原出羽守、柳生新陰流柳生宗矩、小野派一刀流小野次郎右衛門らが並んでいた。さすがは加賀百万石の前田家の御前試合であった。将軍家の指南役が二人も揃う。

勘解由左衛門の主家膳所戸田家の家臣も招かれている。

御前試合が決まった時、試合に出場したいと重政に申し込んできたのは二十人近かった。

神の剣士と噂される神夢想流居合林崎甚助や、将軍の剣術指南役小野忠明の兄弟子、古藤田俊直と立ち合えるなど剣士の名誉だ。

その生涯において一族や同僚たちに自慢できるというものだ。

意欲的で頼もしいが誰を出場させるか、わずか四人を選ぶとなると重政にはなかなか難しい。

　さすがに名人越後で、良い剣士を多数育てている。

「古藤田俊直殿ッ、横山三郎殿ッ！」

　重政が呼び出したのは意外にも十七歳の若者だった。

　呼ばれた三郎は家老横山長知の嫡男で、キリシタン高山右近の娘を正室に迎えたばかりだった。

　重政の門弟で若い家臣の中では実力者だ。

　後に、功績をあげ三郎は一万五千石を与えられる。

　二人は床几から立ち上がると、重政の左右に立って座敷の利常に一礼した。傍に柳生宗矩がいる。

　将軍の剣術師範小野派一刀流、小野次郎右衛門忠明も宗矩の傍で勘解由左衛門を見ている。二人は共に一刀斎の弟子だった。

　伊藤一刀斎の兄弟子が万に一つも負けることはないだろうが、前田家の家臣たちの間では富田流の達人、名人越後富田重政の門弟で強いと評判なのだ。

　数千人の家臣団から選ばれた四剣士は強いに決まっている。

　親子以上に年の離れた剣客の立ち合いだ。二人が一礼すると「始めッ！」と重政の声が飛んだ。

若き剣士は自らを励ます気合声を発して右へ回ろうとする。

それを制して勘解由左衛門が左に動いた。三郎の機先を押さえる厳しい動きだ。

唯心一刀流の開祖の剣は温くない。木刀の切っ先がぴりぴりと剣気を放って、いつ襲ってくるか分からない迫力だ。

「押される！」

三郎は押し込まれたら最後だとグッと強引に間合いを詰めた。

十七歳とは思えない気迫がある。

上段に木刀を上げたがすぐ中段に戻した。

勘解由左衛門は冷静に三郎の動きを見て、その剣の動きを確かめている。この若者は間違いなく強くなる。

素直で美しい品のある剣だと思う。間合いも良い。

瞬間、三郎が打ち込んできた。

三郎の木刀を撥ね返すと同時に、勘解由左衛門の木刀が三郎の胴に走った。

斬られたと誰もが思った一瞬、三郎は木刀の根元で受け止めていた。勘解由左衛門の剣の動きが見えている非凡な受け身だ。

そこに勘解由左衛門が身を寄せて三郎の動きを止めた。

勝負はそこまでだった。

勘解由左衛門の木刀が三郎の左脇腹を斬り裂いて後ろに抜けていた。三郎がよろめいて勘解由左衛門とぶつかった。

「それまでッ！」

「まいりました」

「良い剣でした……」

勘解由左衛門が三郎の剣を褒めた。

それに負けた三郎が照れるようにニッと笑って一礼する。

「次ッ、奥村孫十郎（おくむらまごじゅうろう）殿ッ！」

重政が呼んだのは前田八家の奥村宗家、百万石の家老の奥村永福（ながとみ）の嫡男河内守（かわちのかみ）栄明（はるあき）である。

「おう！」

立ち上がると六尺はあろうかという大男だ。

佐々成政（さっさなりまさ）に末森城を攻められた時、父永福と寡兵を率いて城を護り抜いた豪傑は、尾張荒子（あらこ）で生まれた前田家譜代の三十九歳の男盛りだ。

既に、一万六百石を知行されている。

「槍だ！」

河内守は三郎の戦いを見て木刀から槍に変えた。

相手を傷つけないよう槍の穂先を白布でグルグルに巻いた。その槍を立て重政の傍に立って利常に一礼する。

大きな顔に剛毛の髭が鼻の下にデーンと据わっている。何んとも言いようのない恐ろし気な醜男だ。本多平八郎も結構な醜男だが、河内守はその平八郎に負けていない。

老人の勘解由左衛門が噛みつかれそうだ。

「お願い申す！」

その勘解由左衛門に頭を下げドンと槍の石突きを突いて中段に構える。

「始めッ！」

「ウオーッ！」

雄叫びを上げ槍を頭上に上げて振り回す。

白布の穂先が勘解由左衛門の目の前を回って行く。槍が回り間合いは槍の間合いになった。

戦場往来の豪傑で強いと感じる。だが勘解由左衛門も何度となく戦場で戦ってきた北条家の剣士だ。

槍に触れると弾き飛ばされる。

勘解由左衛門は中段に構えて河内守の槍の動きを見ている。勝負は頭上の回転が止まってからだ。

その槍の回転を止めずいきなり勘解由左衛門の頭上から叩きつけた。

戦場の実戦を思わせる槍術だ。

バキッと木刀が槍の千段巻を弾いた。その槍をスッと手元に引いて河内守が中段に構える。

間をおかずに「オウッ、イヤッ！」と、槍が二段に突き勘解由左衛門を襲ってきた。

それを後ろに下がらず半身になって穂先をかわすと、今度は弾かずに木刀で槍の千段巻きを抑え込んだ。

ようやく豪傑の槍の動きを止める。

河内守が槍を引けば槍を抑えたままそれについていく。

勘解由左衛門が河内守に身を寄せて行くと同時に、河内守の右胴から後ろに抜けて背中まで斬り裂いた。

傍の家臣たちの中に二歩、三歩とよろけて河内守が踏み込んだ。

「それまでッ！」

「まいった！」

「久しぶりに戦場の槍を拝見いたしました」

勘解由左衛門が河内守に頭を下げる。

「ご指南、有り難く存じまする」

名人越後がそういった。二試合が終わり、利常の前に進んで勘解由左衛門が一礼した。

「古藤田ッ、唯心一刀流というそうだな？」

若く甲高い利常の声だ。

「はッ、唯心と号しております」

「そうか。小野派一刀流！」

「はいッ……」

「同じ一刀流だな？」

「古藤田さまはそれがしの兄弟子にございます」

「うむ、越後から聞いておる」

「本日は前田さまに良いものを見せていただきました」

小野次郎右衛門が利常に感謝の言葉を述べた。忠明は久しぶりに兄弟子の剣を見た。

「柳生はどうだ！」

「はッ、一刀流、恐るべし、次の神夢想流も楽しみにございます」

「そうだな。古藤田ッ、大儀である！」

「はッ！」

勘解由左衛門が機嫌上々の利常に一礼して席に戻り床几に座った。

「ご苦労にございます」

重信が勘解由左衛門を見て小さく微笑んだ。

「前田家には強い剣士が多いようです」

「はい、そのように見ました」

二人が話していると重政が寄ってきた。

「老師、お願いいたします」

「承知いたしました」

木刀を握って重信が立ち上がった。

五人の剣客

「林崎甚助殿ッ、前田(まえだ)正虎(まさとら)殿ッ！」

重政が指名したのは前田家一の暴れん坊、前田慶次郎(けいじろう)利益(とします)の嫡男正虎だった。

慶次郎は信長の重臣滝川一益(たきがわかずます)の一族だった。

その慶次郎は前田利家と不仲になり五十八歳の時、前田家を出奔したが、慶次郎の妻子は加賀前田家に残った。

正虎は慶次郎の一人息子でその時二十歳を過ぎていた。

前田家を出奔した慶次郎は上杉景勝に仕官、この前年の慶長十年に米沢で亡くなった。七十三歳だった。

重信は楯岡に戻る時に米沢を通っているが、前田慶次郎が米沢にいるとは知らずに会っていない。

生きていれば会いたい武将の一人だった。

加賀に残った正虎は、祖父の二千石を引き継いで従兄弟の利長に仕え、今は四十歳を超えていたが利常に仕えている。

父慶次郎の出奔のおかげで、正虎は前田家の中で母と苦労してきた。

その苦労のためか落ち着いた物静かな剣士だった。

重政を挟んで二人が傍に立ち利常に一礼する。利常は神の剣士と聞く重信をにらんでいる。

重政から神夢想流居合は一瞬にて瞬きする間に勝負が決まると言われていた。

どんな剣法なのか見損じないようにしようと思う。

「お願いいたします」

正虎が重信に頭を下げ中段に構えた。

「始めッ！」

重信も木刀を中段に置いた。何んとも静かな剣だ。

重政がなぜ正虎を選んだか重信はすぐわかった。

血気盛んに攻撃すれば、神夢想流居合の格好の餌食になる。重信の攻撃は防ぎようがないことを重政は知っている。

だが、正虎の剣はそういう荒々しい剣ではない。

殺気や剣気を消した静かな剣で、いつ、どこから襲ってくるかわからない不思議な剣法だ。重信は素早く見抜いた。

邪曲（じゃきょく）のない剣は怖い。

居合は立ち合いに非ず、不意の攻撃に対し、瞬時に抜刀して敵を制する技だ。その居合は林崎神夢想流が嚆矢（こうし）である。

重信は名人越後の意図を見抜いた。

居合は待つことにあり、抜くまでが勝負である。生死は鞘の内にあり。

重信の剣も正虎の剣に合わせてフッと気配を消した。切っ先にまとわりついていた剣気も消える。

それを不思議に思ったのか、正虎が戸惑ったように間合いを取った。

明らかに重信の先の先の攻撃を警戒した動きだ。

その間合いをスッと重信が詰める。

間合いは心にあり。

重信が気配を消したまま、またスッと間合いを詰めた。一足一刀の間合いより詰まった。

居合は人を斬るに非ず、己の邪心を斬るものなり。

正虎の顔に不安が浮かんだのを重信は見逃さない。来る。詰まった間合いに正虎は耐えられなくなっている。

スッとまた間合いを詰めた。

その瞬間、正虎が動いた。その踏み込みに重信の剣が動き、後の先を取ると正虎の左胴に木刀が走った。

「あッ！」

風のように気配のない切っ先が、ゆっくり左胴に入ってきたのが正虎に見えた。だが、防ぎようがない。

神伝居合抜刀表一本水月、左胴から入り横一文字に真っ二つに斬られた。

踏鞴（たたら）を踏んで正虎が地面に手を突いた。

「それまでッ！」

重政の策が破られた。

「まいりました……」

正虎はまったく手の施しようがなかった。剣が見えたのに防げなかった。

身を乗り出して見ていた利常が柳生宗矩の顔を見た。どういうことなのだと聞いている顔だ。

「恐れながら、父石舟斎が防ぎようのない天下一の剣と申しておりました」

「正虎が何んで棒立ちになった！」

「胴にきた剣が見え、斬られると分かったのです」

「斬られると分かっていてなぜ防げない！」

「後の先にて、攻撃を仕掛けている最中では防ぎようがございません」

宗矩が利常の問いに答えている。

「次ッ、村井(むらい)長次(ながつぐ)殿ッ！」

村井長次は前田八家の村井豊後守長頼(ぶんごのかみながより)の嫡男だ。

長頼は信長の命令で前田利家の家臣になり、利家が信長の家臣を斬って追放された時も、利家の傍を離れず、加賀前田家の家老として一万六千五百石を知行した。

前田家が家康ににらまれ、利家の妻まつこと芳春院(ほうしゅんいん)が人質になり、江戸に下った時も長頼が芳春院を守って傍を離れず江戸に行った。

その豊後守長頼は一年前に亡くなっている。

前田家は利家の重臣が次々と亡くなり代替わりしている。長次は三十九歳でそんな代替わりの一人だ。

剣は相当に強い。

重信は長次のゆったりした構えを見て強いことはわかった。

みっちり稽古を積んできた良い剣だと分かる。重政に鍛えられた前田家の自慢の剣士だろう。

正虎とは逆に剣気がピリピリ伝わってくる。

剣は理合にあり、自己を究明する道であり、仏家の禅と同じにて武道の根源なり。

重信は長次の動きを見ている。

打ち込んでくる気配がない。

長次は正虎の戦いを見て考えたが、攻撃を防ぐ手立ては見つからない。その迷いを既に重信は見抜いていた。

敵を前に生を忘れ、死を忘れて泰然自若たるべし、場に臨んで静中に動あり、動中に静あり、懸待表裏の技と残心を自得すること居合の妙理なり。

重信は眼を半眼に気配を消し禅の随息観に入った。剣を構えたまま死んだように呼吸さえ分からない。

長次の剣気が吸い込まれる。重信はまるで死人のようだ。

不思議な構えだ。

周囲の音も消えた。見ている者まで息を詰めている。

すでに村井長次は死んだ。

重信の剣先が五寸ほど右に動いて前が空きその切っ先が少し下がった。隙だ。

その隙を見逃さない。「ウオリャーッ！」と凄まじい気合と共に剣士村井長次が打ち込んだ。

その瞬間、頭上で長次の木刀を受けると同時に、重信は左に回り込んでいる。

木刀を振り下ろしたまま長次が動かない。重信が長次の目前から一瞬に消えてしまった。

長次は左脇の下から背中にザックリと斬り上げられていた。重信の木刀が天を突いてグッと伸びている。

見事な残心だ。

長次がガクッと膝から崩れ落ちた。

神伝居合抜刀表一本無明剣、神夢想流の表技の秘剣だ。

左脇の下から入った剣が心の臓を真っ二つに斬り裂き、必ず、敵の息の根を止めてしまう無明剣である。

真剣であれば血が一気に飛び散り、朽木のようにドサリと倒れ即死する。

シーンと静まり返っている。

「お見事ですッ！」

重政が秘剣の美しさに感動した。

「まいりました……」

村井長次は信じられない顔でつぶやいた。これまでに長次が経験したことのない恐怖だ。

「ご指南、有り難うございました！」

長次が重信に挨拶して御前試合が終わった。

座敷に上がって重信と勘解由左衛門は利常から盃を頂戴した。

柳生宗矩と小野次郎右衛門、富田重政という当代随一といえる剣客と、神の剣士の林崎、江戸の西、瀬田の唐橋を守る唯心一刀流の古藤田という五人が顔を揃えた。

さすがに前田家というしかない。こういう顔ぶれが揃うことはもうないだろう。

利常の義父が将軍秀忠で徳川一門の前田家だ。その将軍家の御前試合でもこれだけの剣客が揃うことはないと思われる。

半刻ほど剣の話をし、利常と重政に感謝して四人の剣客は前田家を辞した。

もう夕刻になっていて重信と勘解由左衛門は三河屋に泊まる。七兵衛は大喜びで二人を迎え入れた。

お志乃は重信を見ると、箱根の父親竜太郎を思い出すのか、ニコニコと安心したように微笑む。重信が強い剣士だとは聞いていたが、鹿島神宮詣の途中に利根川の渡しでその強さを見た。

あの時以来、七恵とお志乃は重信を信頼し尊敬している。

二人で男の子のように重信の剣の真似をしたりする。母親のお里に叱られても七恵はお志乃を相手に斬る真似をする。

「痛たッ、斬られた……」

お志乃が七恵に斬られて倒れると、「クックックッ……」と鳩のように笑い崩れて抱き合う。

二人は仲のいいおてんば娘なのだ。

それを見てお里は早く婿を取らないと、いつまでも子どもで困ったことになると、八兵衛に嘆くのだが。

だが一人娘には甘く「そのうちにな……」と取り合わない。

七兵衛もまた手を付けられないほど七恵を溺愛している。

翌朝、まだ薄暗いうちに、重信と勘解由左衛門は一ノ宮に戻るため三河屋を出立、お志乃は眠そうな顔で七兵衛と店の前に出て二人を見送った。

「あのお志乃殿はまだ若いのによく働きます」

「七兵衛殿が眼に留めた子ですからな……」

「箱根の竜太郎殿の娘と聞きましたが？」

「そうです。竜太郎には十一人の子がおりますので……」

「それは子沢山で結構です」

「その竜太郎は三河屋の仕事をしているので、七兵衛殿がお志乃を箱根から連れてきたようです」

「なるほど、そういうことでしたか……」

二人は話しながら本郷台から巣鴨、板橋宿へと急いだ。

「そろそろ、膳所に戻ろうかと思っております」

「そうですか……」

「ずいぶん長くお世話になりました。上洛の折には是非、膳所にお立ち寄りを願います る」

「はい、必ず伺いましょう」

重信は再会を約束した。

古藤田勘解由左衛門は最も古くに知り合った剣客だ。

板橋宿から志村を通って昼前に二人は戸田の渡しを渡った。

その河原は勘解由左衛門が秋元格之進との決闘に臨んで、高熱を発して昏倒し不覚を取った場所だ。

二人は蕨宿で昼餉を取り、浦和宿を通過して大宮宿の外れ、重信の百姓家に着いた時は冬の夕暮れが落ちてきている。

「ご苦労さまです！」

土呂助とその二人の弟子、それに老婆が出て来て二人を迎えた。

翌朝、旅支度をした勘解由左衛門が、百姓家の前でみなに見送られ中山道に出た。

急ぎ旅になる。

中山道にはいつ雪が来てもおかしくない季節だ。

勘解由左衛門は色々なことがあって、楽しい旅だったと思い出しながら、雪の来そうな信濃に向かって突き進んだ。

運よく信濃路、木曽路で雪は降らなかったが、鳥居本（とりいもと）でチラチラと落ちてきた。

湖東に出ると北からの風が強くなる。

中山道では関ヶ原辺りから湖東にかけては風雪が危険な地域だ。

勘解由左衛門は道を急いだが琵琶湖からの強風で、遂に吹雪になり愛知川（えちがわ）まで来て足が止まった。

膳所城まであと十里足らずだ。

愛知川で吹雪をやり過ごし十二月に入って勘解由左衛門は膳所城に戻った。

七兵衛の危機

慶長十二年（一六〇七）正月十一日に大坂城の豊臣秀頼が右大臣を辞任した。秀頼は十五歳になっていた。

その秀頼に嫁いだ将軍秀忠の長女千姫はまだ十一歳だった。

秀頼は父秀吉に似ず、母親の茶々に似て大男だ。母親が大きいと生まれてくる子が大きいと言われる。

秀頼は織田家の血を濃く引いているようで、お市と茶々の大柄をそのまま受け継いでいた。

女ばかりの中で育ち大柄な秀頼だが、千姫はまだ幼く妻としては不十分だった。

二人で遊ぶことはあるが、秀頼はすでに伊茶（いちゃ）の方と小石（おいわ）の方という二人の愛妾を持っていた。

この翌年に伊茶の方が国松（くにまつ）を産み、その翌年には小石の方が奈阿姫（なあひめ）を産む。

秀吉が亡くなった時、まだ六歳だった秀頼は成長し、後継者を残せるまでになっている。

大御所になった家康が最も恐れていたことだ。

子どもの成長は早い。子どもはいつまでも幼いままではない。西国の豊臣恩顧の大名がどんな動きをするか分からない。家康は年を取る一方だが、秀頼は間もなく成人する。

東国は徳川家で西国は豊臣家などと言い出しかねない。

朝廷は豊臣家を摂関家と位置付けていた。

家康が死んだ後に東は将軍、西は関白などと言い出すことも考えられる。秀頼の成長は東西のそれぞれの大名の気持ちを少なからず動かす。

秀吉の朝鮮出兵以来、断絶していた朝鮮との国交を回復すると、家康は伏見城から駿府城に移った。

江戸城には将軍秀忠、駿府城には大御所家康がいるという。

徳川幕府の二元体制が確立した。

将軍秀忠は幕府の直轄領と譜代大名を統括。大御所家康は外様大名と交渉し支配する役割を分担した。

二十九歳の若い将軍では、乱世を生き残った歴戦の荒武者大名を抑え込む力も貫録もまだない。

譜代の大名も急に大きな家になり、代替わりすると何かと問題が起きる。

外様大名と違い、譜代大名なら若い秀忠でも、将軍の威光で混乱させないことぐらいはできる。

直轄領の支配には総代官の大久保長安のような頼りになる役人がいた。

江戸幕府の統治体制が出来上がりつつあった。

二元体制でも将軍秀忠はひっきりなしに、駿府城へ早馬を出して家康の考えを聞いてそれに従った。

時には将軍として頼りないと思われることもある。

だが、家康の意向を大切に考え独断専行するようなことはなかった。

そんな将軍のもとで江戸城下は確実に整備されている。

重信は江戸にも出て行くが、多くの刻を道場で門弟の指南にあてた。二月になり土子土呂助は門人を連れて江戸崎村に戻って行った。

百姓家に一人になった重信は老婆の支度した朝餉を食べ、氷川神社に参拝してから道場に行く。

その前に境内で乱取備前を抜いて型を確かめ、時には神夢想流の裏二十二本を確かめることもある。

その頃、年が明けても江戸では巨大な江戸城の天下普請が続いていた。

日比谷入江の埋め立ても平川の流路を変えたり、築城残土を使っての埋め立てで天下普請になっている。

家康が関東に入封して始まった平川の整備も、江戸城の築城の一環として天下普請に組み込まれた。

二年後には家康の九男徳川義直の城として、名古屋城築城の天下普請が始まる。

信長の時代から洪水に悩まされた清洲城から、城と城下ごとの引っ越しだ。

武家、商家はもちろん、神社三社、寺百十院移転という名古屋城の築城が家康から命じられる。

家康は四十万石、五十万石、六十万石と外様大名に大国を与えて黙らせた。

江戸や京、大坂の周辺から、西国や九州などの遠国に追い払った外様大名に蓄財されては困る。

それには天下普請という名で浪費させるしかない。

九男義直の住む城など本来は徳川家が築城すべきものだ。

だが、天下普請という名の自前のお手伝いを拒否すれば、将軍に対する反逆とみなして大軍で攻め滅ぼすという。

名古屋城の巨大な石垣は全て外様大名が分担、石に大名の刻印を打って厳重に管理された。泣く子と地頭には勝てぬというが、家康の命令には勝てないということである。

細川家、毛利家、黒田家、福島家、鍋島家、池田家、浅野家、前田家などが総がかりで、高度な技術を必要とする天守台の石垣は加藤清正に分担された。

幕府に対する各大名家の忠節は石垣の完成の速さで分かる。

のべ五百五十八万人がわずか四ヶ月で、名古屋城の巨大な石垣を完成させる。凄まじい勢いで石垣を築いた。

天下普請は江戸城や名古屋城だけではなかった。

やがて駿府城、彦根城、二条城、大坂城、越前福井城、越後高田城、膳所城、伊賀上野城、丹波亀山城、美濃加納城、丹波篠山城などが天下普請と称して築城され、その莫大な費用を外様大名は出した。

それだけでなく日比谷入江の埋め立て、神田川の開削、京橋川の開削、駿河安倍川、木曽川、長良川、揖斐川、大和川などの治水にも、手伝普請などといって広がっていった。

何でもかんでも外様大名に押しつけるやり方だ。

美濃一ノ宮南宮大社、日光山、上野寛永寺、芝増上寺、禁裏造営や、それらの修復、改修、手直しなどにまで広がって切りがない。

普請は大名家の自腹負担だから、幕府に命じられた大名はいい迷惑だ。

断ればお家断絶だからなお恐ろしい。領地は徳川家から知行されたもの、どんな厳しい命令にも従うしかない。

兎に角、家康と幕府は外様大名の蓄財が嫌いだ。軍資金がなければ幕府に反抗することなど不可能だと考える。この考えが江戸期を貫く政策であった。

江戸はいつ終わるのか分からない普請が続いて、どこに行っても活気に満ちていた。

そんな三月の春爛漫のある日、日本橋の三河屋に大問題が勃発した。

伊勢桑名にいるはずの秋元格之進が店の前に立っている。青ざめた顔で二十六歳の若者とはとても思えない。店の者が見つけて中に入れたが、どういう事情なのか全く話さない。

店の者は本多家で不始末を仕出かしたのかと緊張した。

格之進が戻ったことはすぐ七兵衛に伝えられ、奥に引き入れて七兵衛と八兵衛が話を聞こうとしたがうつむいて答えない。

本多家から格之進が出奔してきたことは事実で、事の重大さに七兵衛は一ノ宮へ重信を呼びに行く早飛脚を出した。

大宮宿の百姓家まで一刻半余りで走りきる飛脚の韋駄天男に、「行ってくれ！」と頼んだ。

三河屋が急ぎの仕事で時々使っている頼れる男だ。

走ることでは江戸一と折り紙付きの男だった。

「秋元殿、事情を話してくれなければ打つ手がない。出奔した理由だけでも話してくれぬか？」

八兵衛が何んとか聞き出そうとする。

「人でも斬りましたか？」

それには格之進が首を振って否定した。

人を斬ったのでなければ一安心だが、いずれにしても主家を出奔するとは穏やかではない。

それも、その主家は泣く子も黙る本多平八郎忠勝なのだ。

格之進の仕官を七兵衛が保証したのだから大問題だ。とんでもないことになった。

場合によっては三河屋七兵衛が責任を取って、本多平八郎に首を差し出さなければならない。

そんなことは絶対にできないと八兵衛は思う。

そこへ、韋駄天を送り出した七兵衛がニコニコと戻ってきた。

「格之進殿、そなた、ずいぶん痩せたな。ゆっくり休め……」

そういうと八兵衛を連れて部屋を出た。格之進を一人にして少し冷静に考えさせようというのだ。

「お志乃、格之進殿に白湯を出してあげなさい。長旅で喉が渇いているようだ」

「はい……」

　お志乃が座敷から出て行った。

「明日にでも本多さまからお話があろうよ」

「それからでは遅くありませんか？」

「三河屋にいるとお知らせするのもおかしなものだろう……」

「そうですが、人は斬っていないようですから、何が原因なのか？」

　七兵衛と八兵衛が親子でヒソヒソと密談する。

「話したくなるまで仕方なかろう。あの顔は相当深刻な顔だが、悪いことをしてきた顔ではない。まだ若いからな……」

「何か心当たりでも？」

「ない、全ては、老師が来てからだ。ところで、今、蔵にいくら入っている？」

「本多さまへ？」

「そうなるかも知れぬ……」

「金で二万三千、銀は三十五貫ほどです」

　本多平八郎に首を差し出せと言われたら、その首を黄金で買い取るしかないと八兵衛は思った。全財産をはたいても本多平八郎から首を買う。

　格之進は一言も口を利かず、夕餉も取らないで部屋に座っている。

今頃、本多家では大騒ぎになっているだろうと思うと、八兵衛はいてもたってもいられない気持ちだ。

本多家から話があるだろうなどと、悠長なことで手遅れにならないか落ち着かない。

その日は三河屋がどことなく落ち着かない一日だった。

その頃、重信は脇本陣から馬を借りて、韋駄天と一緒に江戸に向かって馬を走らせていた。格之進が戻ってきた話の筋がまったく見えない。

戸田の渡しを夕方の最後の舟で渡り、志村の急坂を上り板橋宿を通過、本郷まで来て馬を下りた。

江戸の中を馬で駆けるのは遠慮して、韋駄天が馬の轡を取った。

「旦那、ここまでくれば、三河屋さんまではすぐですが、着くのは真夜中頃になりますぜ……」

「そうだな。急ごう」

「馬はうちの店で預かりますよ」

「うむ、二、三日頼もう……」

「がってん承知！」

二人は急ぎ足で日本橋に向かった。

重信が三河屋に着いた時は夜半だったが、七兵衛と八兵衛は起きていた。

お志乃も重信がくるというので七兵衛の傍で眠そうにしている。

「老師、まずは休んでいただいて、明日の朝にいたしましょう……」

「格之進殿は？」

「さっきまで起きていたのですが、ずいぶん痩せておりまして、疲れておるようなので休ませました」

「そうですか……」

「お志乃、老師の世話を頼みますよ」

「はい……」

重信をいつものように三河屋の離れの寝所にお志乃が案内した。その時、重信は困った顔のお志乃の気配を見逃さなかった。

お稲の婿選び

三月の夜はまだ寒い。

重信は刀架に乱取備前と二字国俊を置いた。

「お志乃、眠いだろうがそこに座りなさい」

「はい……」

「そなた、何を知っているのだ？」

お志乃が泣きそうな顔でうつむいてしまった。

「格之進のことだな？」

「あの……」

重信がお志乃をにらんだ。格之進が本多家を出奔したということは重大事なのだ。

「そなたなのか、相手は？」

厳しい重信の問いにお志乃が激しく首を振った。

「七恵殿か？」

お志乃は答えず両手で顔を覆った。

「お志乃、泣くな。もう遅いから寝なさい。悪いようにはしないから心配するな」

「うん……」

重信はお志乃を見てすべてを悟った。

重信が戸田の渡しの決闘が不成立になった後、格之進を三河屋に連れて来て数日預けたことがある。

その時、格之進と七恵が話をして何かを約束したと重信は感じた。

その約束の内容を知っているのは、本人たちとお志乃だけなのだろう。

ところが格之進が現れ、事の重大さに気づき、それでお志乃は苦しくなったのだと理解した。若い者にはありがちなことだ。

お志乃が離れから出て行くと重信は横になった。

格之進の振る舞いは武家としては許されないことだ。上意によって討手を向けられても仕方のない危険な振る舞いだ。

どんな処置がいいか考えながら眠りに落ちた。

翌朝、重信のいる離れに七兵衛が現れると二人は庭に下りた。

「七恵殿はどうしておられますか？」

「七恵が何か？」

「何か格之進殿と約束されたのではないかと？」

七兵衛はお志乃が重信に何か話したと直感した。一瞬ですべてを悟った。

「やはり、そうでしたか……」

「心当たりでも？」

「実は、昨日から七恵が部屋に籠って出てこないのですよ」

「なるほど……」

重信は若い二人が一目ぼれして、夫婦約束でもしたのだろうと想像した。

若いということは無分別と同意だ。若さゆえに暴走することもある。だが、武家ではことと次第によると、命をかけることになりかねない。

「老師は二人が何を約束したと、まさか……」

「おそらく、そのまさかでしょう。駆け落ちでもされては厄介なことになります」

「駆け落ち？」

「若い者には恐れるものが何もない」

「まさか生きるの死ぬのと……」

「あり得ないことではないかと……」

七兵衛は七恵が駆け落ちするとは思えないが、好き合った男女が理屈ではなく恋に溺れることを知っている。そんな噂を聞かないではない。

「老師、何か策はありますか？」

「ある！」

「では早速、その策で……」

「七兵衛殿、七恵殿の婿はお決まりか？」

「いや、まだですが……」

「ならば、格之進殿では駄目であろうか？」

「お武家が……」

「武家では不都合ですか？」

「不都合ということはないが、武家と商家では……」

七兵衛は武家が商家に婿に入るという話は聞いたことがない。だが、武士が商人になれないということではない。

京の三大豪商の一人茶屋四郎次郎などは、家康の家臣だったと七兵衛が考える。武家が大小を置いてもすぐ商人になれるということではない。

下手な商売をすればどんなに大きな身代でもたちまちひっくり返る。そういう商家は少なくない。はたして格之進に商人としての才があるのか。

武家と違い商家は商才というものがないと難しい。

三河屋には以前、勾引かしにあった男子がいたが、はやり病で幼くして亡くなり跡取りは七恵一人なのだ。そんな孫にいきなり武家の婿といわれても困るというものだ。

三河屋ほど大きな商家になると婿を入れることが難しいのが実情だ。

いざとなれば三河から親戚の子を呼ぼうと七兵衛は考えていた。

「武家でもその気になれば商人になれると思うが？」

「確かにそうですが……」

「本多さまのことや三河屋の将来を考えれば、そのように収めるしか方法はないと思う。どうだろう……」

「それで本多さまにはどのように？」

「ここは割り切って、本多さまから三河屋の婿を買うということでどうか？」

「婿を買う……」

ここは兵法を使うしかないと重信は思ったのだ。

「天下の本多平八郎さまの度肝を抜くということです」

「それはおもしろいッ！」

七兵衛がニッといたずらっぽく笑った。

平八郎の怒りを鎮めるのは黄金しかないと七兵衛は覚悟していた。

その黄金で自分の首ではなく、平八郎の怒りと婿を買うとなれば、天下の平八郎の度肝を抜くだけではない。

江戸中の大名や町人の度肝を抜ける。大御所の家康も大喜びしそうだ。

たちまち三河屋の名が天下に鳴り響くだろう。一石三鳥、四鳥になる。神夢想流居合林崎甚助の天下無敵の兵法で、本多平八郎を倒そうという老人二人の話だ。

徳川四天王の一人本多平八郎と、家康肝いりの商人三河屋七兵衛の一騎打ちの大勝負になる。その軍師が重信ということだ。

こんな愉快なことはない。

危機が一転して七兵衛の一生に一度の大歌舞伎に変わった。

もし、大御所の家康に聞こえ「三河屋七兵衛、やりおるわ……」とでも言えば、三河から出てきた商人として面目躍如だ。申し分なし。

槍の平八郎と黄金の七兵衛の勝負だ。

「老師、その策でやりましょう」

「よろしいか？」

「五千両が一万両でも出しましょう」

年甲斐もなく七兵衛が体に力が漲るのを感じた。

「お爺、ありがとう……」という七恵の顔が見たい。わがままに育ててしまった大きな付けだ。それが一万両でも二万両でも付けは払う。

「それがしが格之進の真意を聞いて覚悟させましょう。七兵衛殿には七恵殿の気持を確認してもらいたい」

「承知……」

「本多家の使いが来る前に決着をつけましょう」

二人の考えがまとまり、重信の得意な後の先で攻めることになった。

悪戯好きの七兵衛はおもしろいことになったと、まるで子どものようにワクワクしている。

天下の平八郎を倒せるかだ。

孫娘の七恵はことの重大さを分かっていて、「お爺、助けて……」と泣き崩れ、格之進が好きだと易々と七兵衛に告白した。

問題なのは本多家から出奔してきた格之進だ。

重信は部屋に入ると黙って格之進の前に座り左側に乱取備前を置いた。それを見て格之進が重信に斬られると緊張する。

武家は太刀を左側に置くことはない。斬らないという意思表示で右側に置くことが礼儀だ。

それを重信は「斬る！」と無言で左側に置いた。

「言葉を改める。格之進殿は事の重大さを分かっておりますな？」

「はい……」

七兵衛や八兵衛と違い重信とは武士同士で沈黙していることはできない。

「ならば話が早い。本多家から故障が入る前にここで腹を斬るか、それとも刀を捨て武士を捨てるか二つに一つしかないと思うが返答は？」

「切腹……」

格之進がガックリとうなだれた。

「そなた七恵殿を好きなのであろう」

ハッと驚いた顔で格之進が重信を見た。

「ここで武家を捨てれば、本多家に話のしようもあるが、後はそなたの首を差し出すしか、三河屋を助ける手立てはない。わかるな？」

「大御所さまに命じられて三河から江戸に移った商家だ。三河で生まれたそなたに大御所さま、本多さま、三河屋がどういうつながりか分からぬはずがないと思う」

「はい……」

「ここで腹を斬れば武家として潔いが、三河屋と七恵殿のために生きるのも辛いが恥ではない。それがしも力を貸そう」

「老師……」

「覚悟を決めることだ。腹を斬ればそれがしが介錯し、首を本多家にお届けする」

「老師、七兵衛さまと七恵のために……」

腰から脇差を鞘ごと抜きとり、大小を揃えて重信に差し出した。

「この身は老師にお任せいたします……」

「そうか、承知した」

その時、襖が開いて七兵衛と七恵とお志乃が入ってきた。

「秋元さま、良く決心なさった。有り難く思いますぞ……」

「三河屋殿、面倒をおかけします。この命、老師にお預けいたしました……」

「格之進さま……」

「七恵、すまぬ……」

七恵とお志乃が両手で顔を覆って泣いた。

「さて、庭で腹を斬りますか？」

重信の言葉で二人の娘が泣くのを止め、怒った顔で重信をにらんだ。それに七兵衛がニッと笑う。

「七恵殿、格之進殿はそなたのために生きるそうだ。どうなさる。断るか？」

七恵が重信を怒り顔のままにらんだ。

「どうなさる？」

「格之進さまと一緒に……」

「生涯、三河屋のため苦労する覚悟だな？」

「はい……」

「七兵衛殿、今夜、二人の祝言をお願いできましょうか？」

「承知しました。お志乃、八兵衛とお里を呼んできておくれ……」

「はい！」

格之進と七恵の話はまとまったが、問題は本多平八郎にどう挨拶するかだ。二人を八兵衛に任せ重信と七兵衛が別室で額を寄せた。

「先手必勝……」

「それがいいでしょう」

「ここからは商人の取引ですから、手付で一万両……」

「結構です」

「あとは本多さま次第で……」

「一万でも二万でも。それがいいでしょう。本多さまが何んと仰せになられるか？」

「これから出かけますが、老師もぜひ本多さまにお会いください……」

七兵衛は格之進の話を本多家に持って行った時、神夢想流林崎甚助の名を出し、その推挙であると平八郎に伝えた。

平八郎は神の剣士という重信を知っていた。

「参りましょう……」

重信は天下の猛将本多平八郎に会ってみたいと思う。

七兵衛は蔵から千両箱を運ばせ、荷車に一万両を積むと番頭に「本多家に納めてくるように……」といって先に店から送り出した。

するとと半刻もしないで本多家から使いが来て呼び出された。

二人は既に支度をしていてすぐ店を出た。

「早かったですな……」

「相当、怒っておられるのでしょう」

醜男の平八郎が怒ると家康も恐れる。

信長が本能寺で倒れた時、家康は本多平八郎らわずか三十四人だけで堺見物をしていた。

京の茶屋四郎次郎が駆け付けて信長の死を告げる。

さすがに三十四人では明智光秀と戦えず、逃げ切れないと家康はあきらめ、京の知恩院に入って腹を斬ろうと覚悟を決めた。

その時、平八郎が猛烈に怒った。

戦いもしないで死ぬなど納得できない。何んとしても三河に逃げ帰る。

兵を引き連れて反転、明智軍と戦うと主張して家康に反対した。これに家康が折れて伊賀越えで逃げると決めた。

後に家康が九死に一生の伊賀越えだったという決死の逃避行だった。

七兵衛はそんな平八郎を若い頃からよく知っている。

その平八郎に小松姫という長女がいた。

醜男の平八郎に似ず姫は美人で、才色兼備、文武に優れた姫だった。武芸を好み男勝りといわれた。

項羽と劉邦の鴻門の会を描いた枕屏風を立てて寝るような姫だった。

これにはさすがの荒武者本多平八郎も困り果てた。

溺愛する小松姫は嫁に行こうともせず、万策尽きて平八郎は家康に泣きついた。

「そうか、お稲は嫁に行こうとしないか、いいだろう余が何んとかしよう、明日、連れてまいれ……」

小松姫は稲という名だ。

家康は小松姫の婿探しを請け負った。

翌日、姫を連れて登城すると家康の前に十人ほどの若武者が並んでいる。みな緊張して家康に平伏していた。

「お稲、この中から婿を選べ！」

家康にしては乱暴なやり方だ。

だが、こうでもしなければ姫は嫁に行かないだろう。自分で選んだのであれば異存はないはずだ。

家康の厳命だ。

平伏した若武者は本多の鬼姫に選ばれたいような、選ばれたくないような複雑な気持ちで座っている。

婿を選べと言われた小松姫は立ち上がると、家康の前で一人ひとり髷を摑んで顔をあげ確かめる。

そんな姫の検分が真ん中を過ぎた時、若武者の髷に手を伸ばすと「バシッ！」と鉄扇が綺麗な顔に飛んできて、小松姫は家康の傍まで転がった。

「無礼者ッ、武士の髷に手をかけるとはただでは済まさぬぞッ！」

怒って鉄扇で小松姫を殴り倒したのは真田昌幸の嫡男信之だった。

この信之の叱責に姫はコロッと惚れ込んでしまった。

その場で本多の鬼姫の婿は真田信之と決まる。

だがこの時、信之には長篠の戦いで、信長の鉄砲隊に撃たれて亡くなった伯父信綱の娘が正室にいた。

その正室を側室に落として、家康の養女になった小松姫が正室に座った。

何んとも強引な姫さまなのだ。

その後も、家康や秀忠に自分の考えを堂々と主張するなど、誰をも恐れない小松姫だった。

信之不在の時、義父真田昌幸が家康の敵になり、城を乗っ取りに来ると鎧を着て長刀を持ち追い払う。

そんな小松姫は信之と相性がよく次々と三男二女を産んだ。

三河屋七兵衛はそんな姫と平八郎をよく知っていた。三河者同士、平八郎の泣き所を知っている。

蜻蛉切

二人が本多家に到着するとすぐ奥の広間に通された。

平八郎は仏頂面で明らかに怒っている。

座敷には家臣と近習が数人いた。二人が平伏すると大きな目で平八郎が重信をにらんだ。

「お呼びにより、三河屋七兵衛、神夢想流林崎甚助さまと謹んで罷り越しましてございます……」

「三河屋、この一万両はどういうつもりだ。詫び料のつもりか。平八郎を虚仮にしおって！」

「恐れ入りましてございます。その一万両は三河屋のただ一人の孫娘に、本多さまから婿を一人買い求めたく、手付としてお持ちいたしました」

「何ッ、余から婿を買う手付だとッ？」

「御意ッ、この三河屋の跡取りには、目に入れても痛くない孫娘が一人しかおりません。その孫娘の婿に本多さまの言い値で買い取りまする！」

驚いた家臣たちが平八郎を見た。

お家を出奔した秋元格之進を孫娘の婿に言い値で買うという。これにはさすがの平八郎も驚いた。

大御所家康が見込んだ商人だけに腹が太い。

迂闊な対応をすると家康に聞こえて笑われる。

平八郎は平伏している二人をにらんで次の言葉が出ない。

七兵衛は腹の中で何んとかなりそうだと思う。しばらく沈黙が続き、部屋に緊張が走った。

「二人とも面を上げろ！」

「林崎、これはそなたの策か？」

さすがに歴戦の大将は二人の策を見破った。

「恐れながら、孫娘を思う七兵衛殿と、秋元殿を死なせたくないそれがしの苦衷の愚策にございまする。好き合った者は添わせてやりたく存じまする」

「何ッ、二人が好き合っているだと……」

「殿さま、この三河屋、一生の不覚にて孫娘を甘やかし過ぎまして、このような不始末を仕出かしました。お腹立ちはこの七兵衛がいくらの値でも買い取りまする。商人にはそのようなことしかできませんので……」

「三河屋ッ、家中に示しがつかぬ。お家を出奔した者を銭で買うとは不届きだぞ」

そういうと平八郎の側近が激高して七兵衛をにらんだ。

「中根さま、その怒りを三河屋が二万両で買いましょう」

「に、二万両だと……」

「二万両では足りませぬか？」

「い、いや、そのようなことはない……」

「三河屋ッ、そなた、余の家臣を二万両で買い、この平八郎を天下の笑い者にするつもりか？」

「いいえ、そのようなことは考えておりません」

「そうか、ならばこのようにせい。余は誰にも家臣は売らぬ。大御所さまが特別に三河から江戸に招いた商人の孫娘に、惚れた馬鹿な家臣が逃げてしまってはいかんともしがたい。腹を斬らせるのも哀れ、娘があとを追いかねぬ。このことは大御所さまに余から届けておくゆえ、三河屋の将来のためその孫娘に乱心者を下げ渡して進ぜる」

「ははッ！」

七兵衛が平伏した。重信も平八郎に深々と頭を下げた。

「その一万両は詫び料に直せ、その上で、一万両は二人の婚儀の祝い金として余から授ける」

「はッ、有り難く、拝領いたします」

さすがに天下の本多平八郎だ。

この勝負は負けだと重信は思った。誰も傷つかない鮮やかな捌きだ。家康も聞けばニッと笑うだろう。

「平八郎も味なことをするものよ」

そんな言葉が家康からあるかも知れない。

平八郎には七兵衛の必死さが伝わった。

溺愛する孫娘のために、身代を傾けてもいいという覚悟を、武家が腹を斬ることと同じだと思う。

それを覚悟させた神の剣士林崎という男の剣法にも興味を持った。

平八郎の怒りは消え、むしろ、清々しい朝だと上機嫌の様子になった。

「林崎、余に神夢想流を見せてくれぬか？」

「はい、よろこんで仕ります」

「よし、中根、蜻蛉切を庭に持ってこい」

「殿ッ……」

「いいから持ってこい。関ヶ原以来だ。蜻蛉切を外に出してやらねばな……」

平八郎が立ち上がると、重信と七兵衛が続いた。三人が庭に出ると家臣たちもゾロゾロ庭に出てきた。

「この辺りでいいだろう」

　立ち止まって平八郎が足場を確かめた。

「支度をさせていただきます」

「うむ、襷を持ってこい」

　近習に命じ平八郎も支度を始めた。重信はいつものように下げ緒で襷を掛け、懐から紐を出して鉢巻をしめた。

「真槍でいいな？」

「はい、結構でございます」

　天下の三名槍の一本、蜻蛉切で平八郎は重信に挑むつもりだ。

　蜻蛉切の名は戦場で槍を立てていると、蜻蛉が飛んできて穂先に止まろうとして、真っ二つに切れて落ちたことからつけられたという。

　別に、本多平八郎は槍の名人で、槍を持つとその技は乱舞する蜻蛉を次々と切り落としたからとも言われる。

　場所が決まり二人の支度が整うと、二人がかりで慎重に蜻蛉切が運ばれてきた。通常の槍とは全く違い異様に槍の穂先が長い。

　薙刀のように反りはないが、笹穂（ささほ）の刀身は一尺四寸五分と脇差のように長い。刀身の幅は一寸二分と刀より広い。

刀身の厚さである重ねは三分半と厚く、笹穂は三角で茎（なかご）一尺八寸、茎を差し込む黒漆に青貝螺鈿（らでん）細工の柄は二十尺余の大槍だった。だが、年を取った今は体力が衰え十三尺にまで切り取って短くしている。

三河文殊（もんじゅ）派の刀工藤原正真（ふじわらまさざね）の作と伝わる。

藤原正真は伊勢楠木（くすのき）の一族で、名刀工千子村正（せんじむらまさ）の高弟という。

酒井忠次（さかいただつぐ）の愛刀猪切（いのししぎり）や石田三成の愛刀笹（ささ）の露（つゆ）も正真の作というが、正真という銘の人は千子正真、金房（かなぼう）正真、貝三原（かいみはら）正真、文殊正真など八人ほどいて、藤原正真が誰なのか正しくは不明だ。

宝蔵院胤栄の十文字鎌槍三本を作ったのも正真の弟子だという。

謎の名工たちと言えるのかも知れない。

蜻蛉切の刀身の中央の溝には、仏の名を彫った梵字が五字、真言断魔の三鈷剣（さんこけん）、傍に王者の龍が彫られている。

平八郎が蜻蛉切の石突をザクッと土に突き刺した。石突は白銀で菊桐の紋が彫られていた。まさに天下一の槍といえる。

重信は名槍に傷をつけないように配慮しなければならない。二度と作れない宝物の槍である。

「行くぞッ！」

「はッ！」

重信は槍の間合いで腰の乱取備前の鞘口を切った。

蜻蛉切が平八郎の頭上で回転する。

風を切る音がシューッと重信の目の前を通っていく。平八郎の動きは堅い体をほぐしているようだ。

大きな目で重信をにらみ、さすがに隙はない。

間合いは心にあり。

正中を斬るべし。

重信は平八郎の足の動きと蜻蛉切の動きを見ている。身をかがめ飛び込む構えでスッと間合いを詰めた。

すると蜻蛉切は回転を止め中段に下りた。

重信の目の前に蜻蛉切がある。

その蜻蛉切の威圧に重信でなければ間合いを取りたくなるだろう。スッと一尺も突かれれば蜻蛉切に串刺しにされる。

だが、重信の間合いは九寸五分あればいい。

乱取備前はまだ鞘の中にある。

柄を握った手にまだ力は入っていないが、蜻蛉切はピリピリと重信の剣気を感じている。

平八郎はこの圧迫感は何んだと思う。

蜻蛉切が押されることなどあり得ない。

「来る！」

平八郎が突こうとわずかに蜻蛉切を引いた。槍は引かなければ突けない。そのわずかな動きの隙を重信は見逃さない。一瞬にして後の先、乱取備前がスルスルと鞘走った。

そこに蜻蛉切が突き刺さってくる。

間一髪、穂先をかわすと素早い乱取備前が平八郎の左胴を捉えた。行き違いざまに胴を深々と斬り抜いた。

「アッ！」

平八郎は蜻蛉切の柄を握ったまま倒れそうになった。それを重信が支えた。

「御免！」

「こ、これは……」

「胴を斬りましてございます」

「そうか……」

珍しく平八郎がゾクリッと恐怖を感じた。

神伝居合抜刀表一本引返（ひきかえし）、峰でなければ乱取備前が平八郎の胴を真っ二つにしていた。

「殿ッ！」

「中根、心配ない。もう一本だ！」

「承知いたしました」

息の切れている平八郎が松の木の下の床几に座って蜻蛉切を見上げる。

何度も平八郎の命を救ってきた槍だ。その槍が負けた。

猛将平八郎も六十歳になった。この三年後、平八郎は死ぬがその傍で重臣中根忠実（ただざね）は腹を斬り殉死する。

その中根と三河屋が並んで床几に座っている。

昔、武田信玄は信長を倒して上洛するため甲斐から遠江に出てきた。その時、二俣城に向かう武田軍と徳川軍が偶然に接触した。

戦って勝てる相手ではない。

「引けッ、引けッ！」

徳川軍が逃げた。その好機を武田軍は逃さない。

「追えッ、家康を捕まえろッ！」

徳川軍は馬場信春（ばばのぶはる）隊に追われ、絶体絶命の危機に陥った。

その時、平八郎は家康の本隊を逃がすため、大久保忠佐と殿に残って防戦、家康本隊が川を渡ったのを確認して殿軍に撤退を命じた。

時すでに遅く本多隊と大久保隊は一言坂の上と下を塞がれ、武田の大軍に包囲されてどこにも逃げられなくなっていた。

「忠佐殿、ここまでですな？」

「いかにも、こう上と下から挟まれては行き場がない。今生ではずいぶん世話になり申した。泉下にて酒盛りいたそうぞ！」

「よし、大滝流れで坂の下に突っ込もう。そこで討死しようぞ！」

「承知ッ！」

「行くぞッ、突っ込めッ！」

「突撃だッ！」

大久保忠佐隊が怒濤の突撃で、一斉に一言坂を逆落としに突っ込んで行った。

「われらも行くぞッ。忠義の者は生きて殿の傍まで走れッ！」

「おおうーッ！」

「南無八幡大菩薩ッ、蜻蛉切ッ、行くぞッ！」

二十余尺の大槍を振り上げ、一言坂の中腹から平八郎は馬を走らせた。すると不思議なことが起きた。

坂下の道を塞いでいた武田軍が左右に割れて徳川軍を通したのである。それを指揮している大将の前で手綱を引き平八郎は馬を止めた。

「道を開けていただきかたじけなく存ずる。ご尊名をお聞かせ願いたいッ！」

「おう、蜻蛉切の大槍と本多平八郎殿かッ、それがしは名乗るほどの者ではござらぬ。乱心者でござるゆえお気になさらぬようにッ！」

信玄の家臣小杉左近（こすぎさこん）は名乗らなかった。

「恐れ入ってござるッ、では、これが天下の名槍蜻蛉切でござる。ご覧あれッ！」

味方にも見せない蜻蛉切の刀身を左近に差し出した。

「おう、この梵字は仏の名、断魔の三鈷剣ッ！」

「さよう、ではご免ッ！」

「良いものを見た。眼福でござった。さらばでござるッ！」

平八郎と左近は一礼して別れた。

中根忠実

この話を聞いた信玄が左近を本陣に呼んだ。

「左近、よい機転であったな。包囲されて逃げ場のない平八郎は死兵だ。何をするか分からぬ。死兵は戦場では最も恐ろしい敵だ。あの蜻蛉切で百人や二百人は傷ついていたところだ。よく、逃げ道を開けることに気づいたな。戦いではそういう機転が兵との信頼につながるのだ」

左近は信玄から最高の誉め言葉をもらって面目躍如だった。

その頃から、蜻蛉切は天下一の槍として敵味方に知れ渡っていた。

平八郎は息を整えるとゆっくり床几から立ち上がった。重信も立ち上がると腰に乱取備前を差した。

「もう一本だ！」

「畏まって候……」

重信が乱取備前の鞘口を切った。

蜻蛉切がスッと重信の目の前に下りてきた。中段の構えだ。その槍がツッと重信に誘いの突きを入れる。引くのが早い。槍首を押さえられない。

二尺ほど突いてサッと引く。

鞘の中の乱取備前は鞘走る瞬間を狙っている。

平八郎がゆっくり右に回ってくる。それを押さえて重信は左に動く。天下一の猛将と天下一の剣客の静かな動きだ。

「家康に過ぎたるものが二つあり唐の頭と本多平八」と詠われた。

信長は花も実もある武将と褒め、秀吉は東に本多平八郎という天下無双の大将がいると称えた。

その平八郎は難に臨みて退かず、主君と枕を並べて、討死を遂げることこそ侍というものだと言い残して亡くなる。

「ウオーッ！」

年老いた平八郎が叫び蜻蛉切が鋭く突いてきた。

瞬間、乱取備前が鞘走ると重信が平八郎の懐に飛び込み、右胴から右脇の下を背中まで斬り抜いた。

神伝居合抜刀表一本秘剣夢想、平八郎の視界から重信が一瞬消えた。

空を突いてしまった平八郎は棒立ちになった。

「まいった！」

「恐れ入ります！」

「中根……」

平八郎が息を切らし蜻蛉切を家臣二人に渡して床几に腰を下ろす。

「見えなかった……」

「神伝居合抜刀夢想と申します」

「防ぎようがないな？」

「はい、居合は立合ではございませんので、後の先ですから敵は攻撃中にて防御はできません」

「良いものを見た。二度、斬られたな……」

醜男の平八郎がニッと笑うと不気味な迫力がある。七兵衛が床几から立って近付いてきた。

「殿さま、蜻蛉切を拝見させていただき感謝いたします」

「三河屋、見たか……」

「拝見いたしました」

「不思議な剣法を見せてもらった。神の剣士とは聞いていたがやはり強い。そなたのお陰だ……」

「恐れ入ります」

「秋元格之進を将軍さまの眼に適うよう育ててみろ……」

「はい、お約束いたします」

「林崎、格之進の後見人を命ずる。江戸一番の商人にな……」

「はッ、確かに承りましてございます。御意に適いますよう仕りまする」

二人は格之進の将来を平八郎と約束して本多屋敷を辞した。

江戸の喧騒の中を昼前に三河屋へ戻ると、心配していた八兵衛と店の者が飛び出してきた。

「祝言の支度はどうした？」

「大急ぎでやっている最中です」

「兎に角急げ、客も多い方がいいぞ。三河屋のただ一度の祝言だからな……」

「すみません……」

八兵衛がボソッと父親の七兵衛に謝罪した。七恵一人しか跡取りを残せなかったからだ。

それは痩身のお里が、病がちであまり丈夫でなかったから三人目は無理だった。

「本多さまの方は心配ない」

「そうですか。それは良かった」

「二人はどうした？」

「それがその、手をつないで離れないので、本多さま次第で心中するのではと、お里が見張っています」

「そんな心配はいらぬわ、二人にもさっさと支度をさせろ。もたもたするな！」

八兵衛を叱るように言う。

元気のいい七兵衛が戻ると三河屋は上を下への大騒ぎになった。

祝い事で誰もがうれしいのだが、あまりに急なことで、顔色を変えて支度に駆けずり回っている。

「銭に糸目はつけるな」

溺愛する七恵のために何でもしてやりたい七兵衛なのだ。

祝言に必要なものが次々と運び込まれ、急に、三河屋に呼ばれた商人が八兵衛から必要なものを聞き、慌てた顔で何人も三河屋から走り出て行った。

そんな騒々しい中で重信のいる離れに格之進が呼ばれた。

もう離れられなくなった七恵が格之進の手を握ってついてきた。その後ろに金魚の糞のようにお里とお志乃がついてくる。

八兵衛も呼ばれた。

「格之進殿に本多さまからのお言葉を伝える。将軍さまのお眼に適うよう、江戸一番の商人になれと仰せになられた。有り難いお言葉だ。切腹を命じられても仕方ないところをすべてお許し下さった。このご恩を忘れぬように……」

「はい……」

格之進が両手をついてポロポロと涙をこぼした。

その腕を七恵が摑んで一緒に泣いている。

「泣いている時ではないぞ。本多さまから老師が二人の後見人を命じられ、大御所さまにお会いできないような腑抜けであれば、二人を重ねて叩き斬れと命じられた」

七兵衛の激しい言葉にギョッとした顔で身を引き七恵が泣き止んだ。

「いいか七恵、武家が商人になるのだ。本多さまはその難しさを仰せなのだ。そなたがしっかりしないと格之進殿は商人になれない。分かるな?」

「お爺……」

「七兵衛の名は格之進殿に譲る。七恵をよろしく頼む」

「三河屋殿……」

「二人が老師に斬られては困るでな、二人で力を合わせればいいだろう」

七兵衛がニッと微笑んだ。

「父上、すべてを教えていただきたく願い上げまする」

格之進が平伏して八兵衛を父上と呼んで挨拶した。

覚悟を決めた格之進が武家を捨てた瞬間だ。傍でお里が両手で顔を覆って泣いた。

「承知しました……」

八兵衛がうなずいて親子が決まった。

夕刻になって、荷車に「三河屋娘祝言祝金一万両本多平八郎忠勝」と表札を立て、本多平八郎の旗紋、丸に本の定紋入りの旗指物に包まれた祝金が、中根忠実に率いられて三河屋の前に到着した。

本多平八郎の大歌舞伎だ。

頑固者の平八郎はこういう歌舞伎は好きではないが、三河屋七兵衛のために一肌脱いだ。

天下一の猛将の粋な計らいである。

「おい、本多平八郎だとよ……」

「一万両の祝い金とは豪勢だな……」

「さすが三河屋の娘の祝言だ。本多の定紋入りの荷車だぜ……」

黒山の野次馬が三河屋の前に集まって騒いでいる。定紋入りの旗指物が戦場以外に出てくることなどない。

三河屋の家宝になる。

「三河屋の娘、七恵はいるかッ?」

中根が大声で三河屋の店に聞いた。中根忠実の大歌舞伎だ。

番頭以下が店の外に飛び出して道端に平伏した。

「七恵はいるかッ?」

「はッ、ただいまッ!」

七兵衛、八兵衛、お里、七恵、格之進が外に飛び出した。

「そなたが七恵か?」

「は、はいッ……」

中根忠実が七恵を覗き込んだ。

「殿からのお言葉だ。そなたに秋元格之進を下げ渡すが、子が生まれたら格之進と子を連れて挨拶にまいれとのことだ。いいな……」

「は、はいッ……」

「このこと、駿府の大御所さまと将軍家に伝えられる。心しておけよ」

「はいッ……」

「将軍さまに召されたら城に上がるのだぞ？」

そう小声でささやかれて、七恵は思わず顔をあげて中根を見た。怖い顔が眼の前にある。

「そんな……」

「いいか、勝手は許さぬからな……」

中根が七恵の耳につぶやいて、七恵を覚悟しろというようにグッとにらんだ。

たちまち七恵の顔から血の気が消えた。平八郎が中根に授けた策なのだ。平八郎は七恵のわがまま勝手を見抜いていて、七兵衛に手を貸した。

「将軍さまに召されたら城に上がれ、いいな……」

七恵にはその意味が分かっている。

将軍の伽（とぎ）に召されたら二度と江戸城からは出られなくなる。嫌なら死ぬしかない恐怖のお召しということだ。そっと七恵が格之進を見た。だが、誰にも聞こえていないようだ。

「七兵衛、殿からお下げ渡しの祝いである」

「はい、有り難く拝領仕ります」

「七恵、幸せになれよ」

格之進に言葉はない。

幸せになれと言われても、将軍さまに呼ばれたらどうなるのと、七恵の頭の中は大混乱になった。

木鶏庵

江戸日本橋三河屋の一人娘七恵と、本多家から出奔した秋元格之進の婚儀が済むと、重信は大宮宿の百姓家に戻った。

道場に腰を据え、門弟の稽古を見ながら、老婆と二人で春の畑の支度を始めると近隣の農家から、種やら苗などが老婆に集まってくる。

「旦那さま、今年は畑を広げたいんだがね?」

「そうか……」

「いいですかい？」

「いいだろう」

「道場の高松さまが畑の物をもらうと助かると言っておりやしたで、少し多めに作ろうかと……」

「道場には若い者が多いからそうであろう」

門弟の数人が内弟子として道場に住み込んでいる。食べ盛りの若者で老婆が毎日のように畑の物をなにかしら運んでいく。

門弟たちは重信の畑だと知っていて手伝いにも来る。

そんな日が、雨の季節も過ぎ夏まで続いた。

夏が過ぎた八月二十六日に宝蔵院胤栄が亡くなった。八十七歳だった。その後継者には胤舜がなり、宝蔵院流槍術の二代目になる。

重信は六十六歳になっていた。

次々と剣豪、剣客が亡くなる。

宝蔵院胤栄の死は一ヶ月ほどで重信に聞こえてきた。神夢想流居合を認め受け入れてくれた十文字鎌槍の名人は重信の恩人だ。

奈良に行っても柳生石舟斎と宝蔵院胤栄にはもう会えない。

人は間違いなく年を取る。それは徐々に孤独になるということでもある。そして人は必ず死ぬ。諸行無常だ。

重信が目指すのは「一剣を以て大悟する」という剣の究極だ。

剣禅一致、それが神夢想流居合を授けてくれたスサノオに対する答えだ。

「まだ遠いか……」

重信が小さくつぶやいた。

九月も過ぎようかという秋の盛りに、三河屋七兵衛が丁稚の小僧を一人連れて、重信の百姓家にひょっこり現れた。

「老師、ご無沙汰をしております」

「無沙汰は互いさまです」

「店は八兵衛と七兵衛に任せて、本郷台の白山神社の近くに隠居所を作りましてな……」

「ほう……」

「お招きしようかと、お迎えに来てみたのですよ」

「そうですか、折角ですから伺いましょう」

「七兵衛を格之進に譲ってしまったので名を六助と改めました」

「六助？」

「三河屋代々の名前です」

「なるほど、三河屋六助殿ですか……」

二人の話がまとまり「二、三日行ってきますよ」と老婆に畑仕事を任せて、翌朝早く、重信は七兵衛改め六助と丁稚小僧の三人で百姓家を出た。

三河屋の隠居所は本郷台だが、白山神社は武蔵豊島小石川村と駒込村の境にある。隠居所と白山神社は五、六町ほど離れていた。この白山神社は古く、天暦二年（九四八）に加賀一ノ宮から分祀したものだ。

三人はゆるゆる歩いて夕刻には本郷の隠居所に着いた。杉皮屋根の数寄屋門に木鶏庵という額が掲げてある。

「ほう、木鶏庵とは良い名にございます」

「徳を以て木鶏の如く泰然自若としていたいとの願いで木鶏としました」

「それがしもそのようにありたいと思いますが、なかなか……」

荘子の木鶏の故事による。

木鶏庵は茶室のような造りだが、庭が広く夕景に溶け込んでいる。武蔵野の林間に寂として佇む良い住まいだ。

お志乃と若い女が飛び出してきた。

「元気であったか？」

「はい……」

お志乃は重信の顔を見るといつもうれしそうな笑顔で迎える。

「老師、お志乃は日本橋にもどりますので、わしを世話してくれる近所の農家の娘でお吉(きち)です。近々、近所の爺さんと婆さんに手伝いで来てもらいます」

その老人は広い庭を世話するだけでも大仕事になる。

「どうです。ここで道場を開いてみませんか？」

以前にも道場を開かないかと誘われたが断った。それを七兵衛こと六助が蒸し返した。

「有り難い話ですが考えていません……」

重信はいずれ旅に出ると考えていた。

「おう、来ておったのか、みな元気そうだな……」

「よくお出で下さいました」

庵に日本橋の三河屋一家が来ていた。座敷で八兵衛とお里、格之進こと七兵衛と七恵が重信に挨拶した。

一家が揃って重信を迎える。

その夜は賑やかな身内の宴会になった。お志乃とお吉、丁稚小僧も加わって楽しい夕餉だった。

翌朝、重信は八兵衛たち四人と、お志乃と丁稚小僧を加えた六人を日本橋まで送って行き、昼過ぎに本郷へ戻ってきた。

「お早いお戻りで、旦那さまは茶室におられます」

「そうですか……」

重信はお吉に教えられた通り、庭を回って茶室の躙り口から三畳ほどの小部屋に入った。

「一服いかがですか？」

「頂戴いたしましょう」

茶室は日本橋の三河屋にもあった。七恵とお志乃はそこで手ほどきを受けた。

「実は、お志乃を欲しいという話が来ておりまして……」

「商家からですか？」

「はい、同じ日本橋で太物を扱っている近江屋です」

「近江屋とは確か、三河屋の筋向いでは？」

「そうです。近江屋の跡取り息子がお志乃を見初めたようで、人を立てて正式に申し込んできたということです」

茶を点てながら六助がお志乃のことを話した。この頃の江戸はひどい女不足で女一人に男が五、六人などといわれていた。

「七恵が寂しくなると、お登喜の時と同じようなことを言いまして、どうぞ……」

重信の前に茶椀が置かれた。

「頂戴いたします」

秋の静かな茶室だ。飲み干してから茶碗を六助の前に戻した。

「近所の近江屋であれば京へ行ったお登喜とは違う。七恵殿が会いたければいつでも会えるのでは？」

「はい、老師の考えをそのように伝えれば決まりましょう。お志乃を近江屋に嫁に出すことにします」

「よしなに……」

重信が了承してお志乃の嫁入りが決まった。

二人は茶を喫しながら話が弾んだ。

江戸城の天下普請や江戸城下の整備が順調で、三河屋の両替の商売も、銭がいくらあっても足りないほど繁盛していた。

最も苦労しているのは新しい七兵衛の商人修行だった。

武家が商人になるのは思いの外厄介で、挨拶一つから難しく八兵衛と番頭が付きっきりで指南している。できなければ、腹を斬らなければならないのだから半端な気持ちではない。

七恵も人が変わって八兵衛とお里が大喜びなのだ。将軍さまのお召しが効き過ぎた。

「お吉殿はずいぶん若そうで……」

「老師も感じましたか、初めて会った時、生娘かと思いましたがあんな子どものような顔でもう二十八ですよ」

「やはりそうでしたか、落ち着いてなかなかよい娘さんだと思いました」

「出戻りです」

「ほう……」

「子ができずに戻されたようですが、それは表向きのことでどうも義母とうまくいかず返されたようです」

「なるほど……」

「気の利いた働き者です」

二人は色々な話をし、重信は茶を馳走になると木鶏庵を出て一ノ宮に向かった。

秋も深まり、刈られた稲の稲架(はさ)がけが済んで、乾き切った稲は取り入れるだけになっている。

重信はいつものように志村坂下の百姓家に泊まった。

このところ重信は板橋宿より、戸田の渡しに近い志村の百姓家に泊まることが多くなっている。

この辺りは武蔵豊島志村といい志一字が村の名前という。

古くは豊島一族の志村家が城を築いていた。江戸から三里の一里塚が設置され、隣には小豆沢村がある。

その夜、小豆沢村の名主に盗賊が入ったと騒ぎになった。

その騒ぎに気付いて目を覚ましたが、そのまま眠って一番の渡しに間に合うよう、支度をして暗いうちに百姓家を出た。

戸田の渡しの一番舟は上りも下りもほぼ満席である。

「詰めてくだせい。みんなを乗せたいんで、お願いしやす！」

船頭の声に客が席を詰める。

「お武家さま、失礼いたします。座らせていただきますよ……」

「どうぞ……」

白髪の老人が重信の隣に席を取った。

「よい秋日和になりそうでございます」

老人が夜の明けた川下の空を見上げた。

その時、重信は老人の着物の袖口からチラッと刺青が見えるのに気付いた。品のいい老人には似つかわしくない刺青だ。

「さよう、この天気だと稲の取り入れも進むであろう」

老人が稲の取り入れを心配する重信に驚き、興味を持ったのかニッと微笑んで親しげに話しかけてきた。

「お武家さまはどちらまで？」

「それがしは大宮宿までまいる。老人はどこまで……」

「長旅でして、大坂までまいります」

「ほう、商いですかな？」

「小間物問屋をやっております」

「なるほど……」

眼光鋭くとても商人とは思えない。以前は武家だったはずだと思った。

「足弱で、なかなかはかどらない長旅でございます。今日は大宮宿か上尾宿で泊まりましょう……」

「それでは、それがしの百姓家に泊まられてはいかがか？」

「お武家さまの百姓家？」

「さよう、大宮宿の外れで百姓をしております」

「ああ、それで取り入れのことを？」

「それがしは畑だけで稲は作っておりません」

「そうですか。それでは一晩、世話になりましょうか？」

老人は警戒するふうもなく、重信の百姓家に泊まることを了承した。

不思議な老人

その夜、大宮宿に役人が入って宿改めの人別調べが行われた。

大宮宿のそんな騒ぎを重信の世話をしている老婆が聞き込んできた。

「旦那さま、盗賊調べだそうで、大宮宿と上尾宿に泊まっている客を一人ひとり調べているそうです……」

「ほう、盗賊とは珍しいのう」

重信と老人は囲炉裏端に座って、老人は煙草の煙をくゆらせている。

煙草は天正三年（一五七五）頃に南蛮人（なんばん）によって、嗜好品というよりは薬としてこの国に持ち込まれた。

中毒性があり武家や商家に高価で贅沢なものとして普及する。

煙草は南蛮人が持ち込んで三十年ほどしか経っていなかった。それを悠々と吸っている老人は明らかに只者とは思えない。

「小豆沢村の名主が千五百両も盗られたそうでやす……」

「ほう、それは大金だな……」

夕餉が済んで重信と老人は囲炉裏に火を入れて白湯を飲んでいた。

「さて、ぼちぼち休ませていただきましょうか。お武家さま、わしは大坂の小間物屋の主で河内屋庄兵衛（かわちやしょうべえ）といいます。大坂の人たちは河庄（かわしょう）などと呼びます。明日の朝は早立ちで……」

「庄兵衛殿、二、三日はここにおられたほうがよいのでは？」

重信に言われ庄兵衛は小さくうなずいた。舟で誘われた時に正体を見破られたと庄兵衛は感じた。

それであえて誘いに乗ったのだ。

庄兵衛も伝わってくる気迫から重信を相当な人物だと見抜いた。

「お武家さまのお名前を伺っておりませんが？」

「それがしの名は林崎甚助という」

「林崎さまとはどこかで聞いたような……」

「庄兵衛殿は武家だったはず、神夢想流をご存じないか？」

「あッ、居合の林崎さま……」

「思い出しましたか？」

「これは恐れ入りました。とんでもないお方と会ってしまったものだ……」

「どうなさる？」

「それがしは西国のある大名の足軽大将でした。関ヶ原でほぼ全滅したが、生き残った配下を食わせるために、こんなことをしておる仕儀で、主家とそれがしの名前の儀はご容赦願いたい……」

「それで庄兵衛殿はこれからもこの稼業を続けられるか？」

「そこが難しいところです」

「いずれ捕まって処刑ということになりますぞ」

「そうなのだが食わねば飢え死にするのが道理でしてな……」

「仕官の口はござらぬか？」

「ある。あるにはあるのだが……」

庄兵衛が囲炉裏の火を見つめて考え込んだ。難しい仕官先のようだ。秋の夜は火がないと寒い。

「仕官の口は大坂城なのです」

「秀頼さま……」

「秀頼さまの側近、大野さまが人を集めておられるのです」

「大野さまとは？」

「大野治房さまですが、徳川将軍を相手にもう一度、関ヶ原をやり直すという噂がござってな……」

「関ヶ原をやり直すとは穏やかではない……」

重信が言葉に詰まった。

時々聞く噂だが大御所の家康が健在なうちは、不可能な話だろうと重信は思う。

家康が亡くなればその先はわからない。将軍は秀頼の義父だが大坂の謀反はあり得る話かもしれない。

「林崎さま、この度の分はお返ししましょう」

二人の話を聞いていた老婆が何んの話か分からず、コックリコックリと居眠りを始めた。

「食うのに困るのではござらぬか？」

「林崎さまに知られては返すしかあるまいかと、盗賊にも矜持（きょうじ）がござるでな。誰も傷つけてはいないので……」

庄兵衛があきらめたようにニッと笑った。

「大坂城に入ればなんとかなりましょう」

「よろしいのか？」

盗賊はよくないことだが重信は庄兵衛に同情的だ。

「生き残りの配下は十二人、若い者ばかりだから仕官と決まればそれなりに……」

庄兵衛は気に入らない仕官のようだ。だが、この期に及んでそんなことは言っていられない。

「今月末、こちらにお届けしましょう」

「承知しました。それがしと脇本陣の栗原次右衛門殿の二人で受け取るようにしましょう」

「お願いいたします」

もう十月に入っている。

庄兵衛は重信の百姓家に二晩泊まって中山道を下諏訪に向かった。

その庄兵衛の配下は足の遅い庄兵衛を残し、それぞれが奪った黄金を持って下諏訪に急いでいた。

重信は老婆と秋の畑の後始末が忙しい。

来春まで畑は五ヶ月ほど眠るのだが、荒れ放題にしておくわけにはいかない。

いつでも再開できるように畑を整えて眠らせる。

重信は庄兵衛が下諏訪に去って数日後、日本橋の三河屋八兵衛に脇本陣から使いを出して、百両を用意してくれるよう願った。

すると重信が三河屋に行くまでもなく、すぐ百両が重信の百姓家に届いた。

そんなある日、重信は脇本陣の栗原次右衛門を訪ねた。

二人だけの密談だ。

「小豆沢村の名主の件だが……」

「例の千五百両？」

「さよう、この脇本陣に戻ってくることになりました」

「な、何んと……」

「そこで次右衛門殿に相談だが、小豆沢村の名主の家では、誰も傷ついていないということだが……」

「ええ、そう聞いております」

「訳があって、罪を問わず放免してもらいたい」

「放免ですか？」

「知らぬ間に戻ってきたということです」

次右衛門は重信を見てしばらく考えていたが、「わかりました。林崎さまの頼みとあれば承知いたしましょう」と目をつぶることになった。

「千五百両が戻れば、ことを荒立てることもないでしょう。小豆沢村からも何か言ってくることもないでしょうから……」

「実はこういうことなのです」

重信は戸田の渡しで乗り合わせた老人の話をした。

庄兵衛という名前や宿の人別調べを知っていたことなどは伏せた。

十数日後、十月も終わりになって、重信の百姓家に夜陰に紛れ庄兵衛の配下三人が現れた。

重信と次右衛門が会った。

「これが千五百両にございます。この書状を林崎さま、こちらを脇本陣の栗原さまへお渡しいたします。それではこれで……」

「しばらく、これを河庄に渡してもらいたい」

「か、河庄……」

「それがしの知人でな……」

「は、はい、お預かりいたします」

三人は重信の百両を握りしめ、素早く百姓家を出ると闇に消えた。

すぐ、次右衛門が千五百両を確認、一両も不足していないことが分かった。それぞれの書状には庄兵衛の感謝が述べられている。

人生には不思議なことが多い。

重信は庄兵衛への書状に仕官の支度のために百両を使ってくれるようにと、大坂城に入ってからの武運を祈願すると書いた。

二度と会うことのない不思議な邂逅(かいこう)であった。

その頃、出雲から京に出てきた阿国一行は、幕府に招かれ江戸に向かっていた。江戸城で出雲の大社の勧進歌舞伎を踊るためだ。

阿国は三十六歳になっている。

その歌舞伎踊りは円熟味を増し、西国だけでなく東国にも広く知れ渡っていた。

あちこちから招かれてもすべてを回ることはできない。江戸には阿国も行きたいと思っていた。

この頃、京の勧進歌舞伎は以前のような賑わいが減り少し陰りを見せている。

東海道のあちこちで勧進歌舞伎を踊り、箱根を越えて小田原に入ると八王子に向かった。

八王子の領主である天下の総代官大久保長安に招かれていたのである。

長安は祖父の代から金春流の猿楽師で、父信安（のぶやす）は大蔵流を創始した。長安と父信安は武田信玄のお抱え猿楽師として仕えた。

長安は信玄にその才能を育てられ、徳川家でどんなに出世してもその恩は忘れていない。

武田家の生き残りで、織田中将信忠の正室と言われる信玄の娘、松姫（まつひめ）が出家剃髪して信松尼（しんしょうに）となって八王子にいる。

大久保長安は松姫に信松院という寺を寄進したり、家康の許しを得て、甲斐から逃げてきた武田家の下級武士を集めて、西への守りという名目で五百人同心を千人同心にしたり、それとなく信玄への恩返しをしていた。

自らも猿楽の舞手である長安は、松姫と千人同心のために阿国を招いたのだ。

「阿国、そなたは京では林崎甚助と親しいそうだな？」

「はい、神夢想流の弟子にございます」

「そうか、夫婦だという者もおったぞ……」

「はい……」

「そういうことなのか。今、その林崎甚助は大宮宿の外れで百姓をしておるようだ。余も早くそういう身分になりたいものよ」

「殿さまはどうして老師のことを？」

「阿国、ここはどこだ。余は天下の総代官と言われる大久保長安だぞ。関東のことは草木一本まで知らぬことはないわ」

「恐れ入りましてございます」

阿国が長安に頭を下げた。

「三右衛門、勧進は五百両でいいか？」

「有り難く存じます」

「江戸城からは百両も出ればいいと思え、足りない分は余が出して遣わす……」

死んだら黄金の棺に入れて葬れと命じるほど、家康の家臣一裕福な男は莫大な黄金を持っていた。それは百万両を超えているという。

「阿菊、余の伽をするか？」

「殿さま……」

阿菊が怒った顔でにらんだ。

「余には八十人の側室がいるのだぞ……」

「まあ……」

阿菊が驚いた顔で長安に頭を下げる。

「今日は楽しい一日であった。松姫さまも同心たちも楽しんでおった。大儀であったな」

「お招きをいただき、感謝申し上げます」

阿国が挨拶し、三人は長安から一献ずつ酒を頂戴して御前を下がった。

翌日、八王子を発った阿国一行は甲州街道を江戸に向かった。

「父上、大久保さまはずいぶんご寄進くださいました。びっくりしました……」

阿菊はまさか五百両も勧進してくれるとは思わなかった。それは三右衛門も阿国も考えていないことだった。

「この国の金山銀山を一人で切り盛りしておられるという噂のお方だから……」

「やっぱり、そういうことなんだ……」

「側室八十人というのも本当のことらしい」

「そう、本当なの……」

「老師のことも詳しく知っておられたな」

「驚いたわ……」

阿国は重信の名が出て仰天した。会いたい。すぐ近くに重信がいると思うと血が騒ぐのを感じる。阿国は重信に会いたい。

「大久保さまのような腹の太い方がいるとはな……」

三右衛門も怪物大久保長安に驚愕した。

阿国の失踪

評判の阿国一行は江戸城に招かれた。

幕府は阿国の歌舞伎踊りを、慶長八年（一六〇三）頃から快く思っていなかった。

それを阿国は感じ取っていた。阿国は江戸にきてみたいと思ってはいたが、江戸城に招かれたことを喜んではいない。

むしろ嫌な予感さえしている。

将軍はもちろん天下普請で江戸にいる大名や、幕府の家臣団など大勢の見ている前で歌舞伎踊りをする。

この慶長十二年の江戸城での阿国の踊りが大きく影響した。

勧進歌舞伎から遊女歌舞伎に変貌し、女の歌舞伎踊りは禁止されるようになる。

若衆歌舞伎や野郎歌舞伎へと、歌舞伎踊りは男のするものへと大きく変化していくことになった。

その理由は風紀紊乱（ふうきびんらん）という。

阿国はこの江戸城での踊りの後に行方不明になってしまう。

この日の江戸城勧進歌舞伎以来、阿菊が二代目阿国になり、五年後の慶長十七年四月に京の御所で行われた勧進歌舞伎は、二代目阿国が天覧に供したのである。

行方不明になった阿国は二度と踊ることはなかった。

その行先は父親の三右衛門しか知らない。阿国が消え、阿菊が二代目阿国になったことは秘密にされた。

阿菊は舞台に立つ時は加賀（かが）という。

阿国と阿菊は年も同じで、幼い頃から顔や容姿がよく似ていた。

双子ではないのかという者もいたほどだ。ただ性格は阿国が静かに本を読んだり和歌を詠ったり、剣を学んだりするが、阿菊は幼いころから派手やかで男好きのする娘だった。

その阿国が江戸城から消え、姿を現したのは武蔵一ノ宮の大宮宿外れの百姓家だった。もう十一月も半ばで朝夕は寒かった。

重信が老婆と畑から戻ると、百姓家の庭に立っていた阿国が飛んできて重信に抱きついた。

「どうした阿国……」

「来てしまいましたの……」

「三右衛門殿は？」

「江戸に……」

「そうか、みんなで江戸に出てきたのか、明日には戻るのか？」

「もう、戻らないの……」

「戻らない？」

「うん、ずっとここにいるから……」

重信はわけがわからず阿国を見つめる。後ろに立っていた老婆が気を利かしてどこかに消えてしまった。

「ここでは寒い。兎に角、中に入ろう」

「うん……」

うれしい阿国は重信の腕をつかんで離さない。老婆が囲炉裏に火を入れ、阿国に白湯を出す湯を沸かしている。

「近所から来てもらい、畑や身の回りの世話をしてもらっている」

「お世話になります」

「奥方さまで？」

「そう、出雲からきましたの……」

「まあ、出雲とは遠いところから……」

男装の阿国を老婆は驚いて見ている。その上、三十六歳になるが阿国の美貌は衰えていなかった。

「綺麗な奥方さまで、男かと思いましたよ」

皺深い老婆がおもしろいというようにニッと笑った。

「これ、斬れるんですよ……」

「本物の刀で？」

「そう……」

「奥方さまは旦那さまのお弟子ですか？」

「そうなの……」

「まあ、怖いこと……」

女はすぐ友だちになる。

老婆は気さくな阿国を気に入ったようで、阿国も皺深いが元気のいい老婆を好きになった。親子ほども年の違う重信と阿国を、少し風変わりな夫婦なのだと老婆が認めた。

その夜遅くまで、重信と阿国は話し合った。

阿国はもう出雲の巫女の阿国ではないといって泣いた。それを重信はよく頑張ったとやさしく受け入れた。

七、八歳の頃から出雲の巫女舞をし、旅を続けて三十年近くが過ぎている。

その苦労を重信は見てきた。決して楽な仕事ではなかったはずだ。よく頑張ったと思う。

旅を続けることは男でも難儀なことだ。

出雲で幼い阿国と出会って長い年月が過ぎた。巫女舞の勧進などは出雲の神々の加護がなければできない仕事でもある。

「もう、踊りを止めても出雲の神さまは怒らないだろう」

「うん……」

囲炉裏端で阿国は重信にもたれて眠そうだ。その肩を重信が抱いてやる。

「こうしていると幸せなの……」

老婆は寝てしまった。老婆は家を息子夫婦に任せて、重信の百姓家で寝てしまうことが多かった。

「これからは好きなようにすればいい……」

「うん……」

阿国はしばらく重信と暮らしてから、五歳になった可奈のいる出雲に戻るつもりでいた。

もちろん阿国は重信を愛しているが、その何倍も可奈を愛している。

いつも可奈を出雲に置きっぱなしで旅をしてきた。母親としてはすまないという気持ちでいっぱいなのだ。

翌朝、まだ暗いうちに起きて阿国は老婆と朝餉の支度をした。

そんなことをしたことのない阿国は、老婆にすべて教えてもらわないと何もできないのだから困る。

神さまの巫女舞を踊ることだけで生きてきた。

朝餉が終わると阿国は腰に大小の太刀を差して、重信と一緒に百姓家を出て氷川神社に向かう。

夢にまで見た重信との生活だ。

いつものように重信は氷川神社から高松道場に行った。

男装の美女の入来に門弟たちはビックリしている。

「やるか?」

重信の誘いに阿国が首を振った。

木刀を振り回したら門弟の稽古の邪魔になると思った。そんな日が二日、三日と過ぎると、宿外れの百姓家に美しい人がいると評判になった。

狭い大宮宿でも一ノ宮でもその話が広がり、老婆が「あの方は旦那さまの奥方さまなのだ」と言って歩く。阿国があまりにも美しいので妙な噂が立ちやすい。

老婆が言いわけをして歩く忙しい日が続いた。

家にいる時は女物の着物を着ることもある。

だが、外に出る時はいつも男装する。それが阿国なのだ。

京で天下一の美女と言われた阿国は、女物を着ると娘のように、男装すると妖艶(ようえん)な美しさがこぼれた。

阿国にとってこんな幸せな日がないと思える日々が続いた。だが、一日として出雲の可奈を忘れたことがない。阿国は母親なのだ。その可奈の存在を重信は知らないと思っている。

だが、可奈の存在は軒猿加藤段蔵から聞いて重信は知っていた。

ずいぶんになるが阿国が可奈のことをいつ話すのか待っている。

二人の穏やかな日々が続いた。

そんな時、重信は母志我井(しがのい)や薫(かおる)のように、阿国を神が連れて行くのではと不安になった。

人は誰かを愛さなければ生きていけない。

遠くなった母と薫の面影だが、重信の脳裏にくっきりと浮かんでくる。

日々に薄れゆく面影もあるが、濃縮されてよりくっきりと鮮やかになる面影もあるのだ。

それに何もしてやれなかったお道がいる。

柳生の郷の磨崖仏に野辺の花を飾り、無心に祈るお道の姿が重信の脳裏からいつまでも離れない。

神とまで呼ばれる天下に名だたる剣客でも子を愛する親だ。

「やるか？」

「うん……」

二人は夕暮れ近い冬枯れの庭に出て稽古をする。

四半刻もすると阿国は汗をかいて息が上がってしまう。踊りを止めてからそれをはっきり感じる。

もう若くないのだと実感する時だった。

近頃、阿国は道場にも行かない。阿国がいると門弟たちの稽古に身が入らないのを感じ取ったからだ。

若い門弟は阿国が何者なのか興味津々。絶世の美女が男装して剣を握るのだから、興味を持つなという方が無理な話で、誰も噂の阿国だとは気づいていない。

出雲の阿国がこんなところにいるとは誰も思わなかった。

阿国がいなくなった二代目阿国一行は、江戸のあちこちで歌舞伎踊りや念仏踊りを披露。東海道沿いでも踊りを披露しながら京に向かった。

三右衛門は阿国の行先を知っていたが誰にも話さない。出雲の杵築大社の勧進のためとはいえ長い間娘に苦労をさせたと思う。

せめてわずかな間でも人並みの幸せを手に入れて欲しいとの親心だ。

出雲には可奈がいるのだから戻ってくるだろうと信じている。まだ五歳の可奈は母親が恋しい年だ。

それを忘れる阿国ではないと思う。その可奈も巫女舞を習い始めている。

急に寒くなって慶長十三年（一六〇八）の年が明けた。

重信が大宮宿の百姓家に住んで三年目になった。近所はもちろん大宮宿でも一ノ宮でも重信を知らない者はいない。誰もが老師という。

年が明けて重信は六十七歳になり、阿国は三十七歳になった。

ちらちらと雪の降る寒い正月だった。

阿国は出雲に戻りたいと思うが、折角、一緒になれた重信と別れがたい。悩ましい日々が続いた。

重信を愛する気持ちが膨らんできてしまう。

そんな時、江戸の三河屋から使いが来て、近江屋に嫁ぐお志乃の祝言に出席して欲しいと伝えてきた。

重信は阿国に三河屋のことや箱根の竜太郎の話をし、京の鷹ヶ峰の道場にいるお登喜の妹がお志乃だと説明した。

「そう、お登喜さまの妹さんがお志乃さまというの……」

「一緒に江戸へ行くか？」

「いいのかしら……」

「お志乃に京のお登喜の話をしてやればいい。喜ぶだろうから……」

「うん……」

重信は祝言の前日に阿国と江戸に向かった。

男装した阿国は大小を腰に差して網代の塗り笠をかぶっている。笠をのぞかないとどこから見ても男の拵えだ。この頃、江戸の中を笠をかぶって歩くことが禁止されていた。

道に人がいないとそっと重信の手を握る。

二人は暗いうちに百姓家を出て本郷の木鶏庵に向かう。街道に雪はなかったが周囲の田畑から山まで真っ白だ。

「寒くないか？」

「うん、大丈夫……」

「今頃は京も出雲も大雪だろう？」

「そうかも知れない……」

阿国は雪を投げて遊ぶ可奈を思い浮かべていた。重信を連れて帰ったらどんなに可奈が喜ぶだろうと思う。

夜が明けて朝日が昇ってくると、冬の陽光が雪に跳ね返って眩しい。江戸に向かう人びとが、続々と戸田の渡しに集まって河原は混雑した。

「ずいぶん人が多いこと……」

「吹雪だったから、出そびれていた人たちが一斉に出てきたようだな」

「みんな江戸へ行くのかしら？」

「旅支度をしているからそうだろう」

「うん、戻ってきた舟に乗れそうだね……」

二人は順番待ちをして舟に乗った。

その二人が志村から板橋宿を通り、本郷台の木鶏庵に着いたのは、陽がだいぶ傾いてからだ。

六助とお吉が大喜びで迎えた。

木鶏庵には庭を世話する老人と、台所をする老婆の夫婦が住み込んでいる。

楽隠居の六助は、冬の間は好きな釣りに行けなくて、囲碁などをやって暇を持てあましていた。

春になればまた近くの小石川や、平川に鯉や鮒を釣りに行ける。

平川は日比谷入江に流れ込んでいた。

日比谷入江の埋め立てが進んで、江戸湾にある江戸前島という大きな半島が消えていた。

「おいでになるのを、お待ちしておりました」

「六助殿、それがしの妻です」

「おう、奥方さま、京からおいでになられましたのかな？」

「はい、ご厄介になります」

阿国が男のような挨拶をする。

「老師の奥方さまは美しい方と思っておりましたが当たりました。それにしても、剣士の衣装とは驚きましたな……」

「旅をする時はいつもこうしております」

「老師の門人のようで、誠に結構でございます」

おもしろそうに六助がニッと笑った。風変わりな阿国を気に入った。

だが、眼の前にいるのが江戸城に上って勧進歌舞伎を踊り、評判になったがどこかに消えてしまった出雲の阿国だとは気づいていない。

お志乃の祝言

重信と阿国は木鶏庵に泊まり、翌日の昼前に三人で日本橋の三河屋に向かった。

江戸は行き交う人々の顔が活気に満ちて相変わらずの喧騒だ。

三河屋の離れで重信と阿国が一休みしていると、近江屋夫婦とお志乃を見初めた息子の亀三郎（かめさぶろう）が挨拶に現れた。

三人は重信とお志乃の関係を聞き、お志乃にも三河屋にも大切な人だとわかった。

夕刻、あと半刻もすると祝言が始まるという時に、お志乃の父親の竜太郎が三河屋に到着する。

鎌倉まで荷を運ぶ仕事があって、配下を箱根に帰し一人で竜太郎は江戸に出てきた。

「老師、お登喜とお志乃が厄介になりまして心から感謝しております」

離れに現れた竜太郎が他人行儀な挨拶をした。

「箱根のみなは元気かな？」

「お陰さまで病に罹る者もなく……」

「十二人目はどうだ？」

「それがどうもまた……」

「そうか、できたか。お満を大切にしないといけないな」

「はあ……」

「十二人目？」

　阿国が重信に聞いた。

「うむ、お登喜とお志乃の兄弟だ」

「まあ、お登喜さまの兄弟が十一人……」

　驚いて竜太郎を見ると照れたようにニッと笑う。

「奥方さまで？」

「ええ、京から出てきました。鷹ヶ峰のお登喜さまとは何度もお会いしております」

「そうですか、お登喜と……」

「この度はお志乃さまが嫁がれるそうでおめでとうございます。先ほど近江屋さまと亀三郎さまが挨拶に見えられました……」

　気さくな阿国に竜太郎はニコニコしている。

「老師の奥方さまは綺麗なお方で……」

「そうか……」

何んとも答えようがない。

そんな重信を阿国がにらんだ。

それを見てまた竜太郎がニッと笑う。女は幾つになっても美しさにこだわるものだと思う。

その夜、近江屋で盛大な祝言が行われた。

並んで座った竜太郎に六助が「三人目はどうかのう？」とつぶやいた。お登喜、お志乃に続いて三人目を三河屋に奉公に出せという催促だ。

「お小夜(さよ)というのがおりますんですが、まだ九歳でして奉公ができますか……」

「案ずるより産むがやすしと言いましてな。世の中に出ると親が心配するよりしっかりするものですよ。春になったら湯治にいきますので……」

「わかりました。それまで言い含めておきます」

「そうしてくだされ……」

二人の間でお志乃の後釜にお小夜を三河屋に奉公させると決まった。竜太郎の子は男も女も次々と奉公に出せる。

賑やかな祝言が終わると飲み足りない人たちを残して、竜太郎と四人で近江屋から筋向いの三河屋に戻り、竜太郎は三河屋に泊まり三人は夜の道を本郷台の木鶏庵に向かった。

日本橋から上野不忍池(しのばずのいけ)まで歩いた。

この辺りは本郷台と上野台の間の低地で、古くから忍ヶ丘(しのぶがおか)と呼ばれ、大きな池を不忍池と呼んでいた。

男女が忍んで池の畔で逢瀬を重ねていたからともいう。

三人は根津権現の傍を本郷台に急坂を上って行った。

鬱蒼とした森の中の道で月明かりも、星明かりも届かない暗さの坂道だ。

ちょうど坂を上り終わった時、森の中から人影が二つ、重信の前に立ち三つが後ろに回った。

五人が無言で太刀を抜いた。

以前、この坂の下で重信は戦ったことがある。

「六助殿を守れ……」

「はいッ！」

重信が阿国につぶやき鞘口を切って身構えた。

阿国と六助は道端に寄って見ている。星明かりがわずかに道を白くした。五人は武家だ。

一対五の勝負で、阿国と六助には見向きもせず五人が重信を囲む。

いつでも抜けるようにして間合いを詰めた。

相当に質の悪い五人のようで、端から三人を斬り殺すつもりのようだ。無言で薄気味悪い。

重信は殺さずに二度と太刀を持てないよう右腕、右肩を峰で砕くことにした。

これまでも相当な悪さをしてきたと思える。おそらく斬り殺した人は五人や十人ではないだろう。こういう浪人が江戸に増えている。

少々痛い思いをするが自業自得だ。

突然、前方に重信が突進する。

慌てて二人が太刀を上段に上げた時にはすでに遅く、一人が右腕を折られ、一人は右肩を砕かれ「ギャーッ！」と悲鳴を上げて道に転がった。

反転した重信が後ろに突進する。

「逃げろッ！」

三人が坂下に逃げようとしたが遅かった。

一人は右腕を折られ、一人は右足の膝下を折られた。最後の一人は後ろから右肩を砕かれた。

五人が道に転がっている。中には悶絶して死んだように動かない者もいる。

このような悪党は役人に捕まれば処刑されるが、命までは取らずに剣さえ握れなくなれば、悪さはできないだろうと重信は考えた。

ところがこういう根っからの悪党は、剣が使えなければ違う悪さを考える。知恵を悪にしか使えない。

哀れだが人に悪さをする者は当然の報いだ。

悪党五人を道に放置して木鶏庵に行き、仮眠をとると重信は明け方に五人を見に戻ってきた。

だが、すでに姿を消し一人も道に転がっていない。

念のため根津権現に行って見ると足を折られた男が、遠くまでは逃げられず社の軒下に転がっていた。

重信を見ると昨夜の武士だとわかるのか、怯えた顔で震えながら後ずさりする。

そこに神社の若い社家が出てきた。

「すまぬが、近くに医師はいないだろうか？」

「怪我人ですか？」

転がっている男を覗き込んだ。

「ずいぶん痛そうですが、この参道を出たところに呑兵衛の医者がいます。そこに行きましょう……」

社家の男は親切で浪人を立ち上がらせ肩を貸した。

重信と二人で歩けない浪人を医者に連れて行った。

「呑兵衛ですが腕は確かです」

「それは安心だ」

早朝で呑兵衛医者は寝ていたが、社家の男がドンドンと叩き起こすと眠そうに起きてきた。

「何んだ。怪我人か、銭は持っているのか？」

呑兵衛はめんどくさそうな顔でまず銭の催促だ。

「これでお願いしたい」

重信は懐から一両を出して呑兵衛に握らせた。

「おう、これだけあれば充分、ずいぶん飲めるわ。充分でござるよ。怪我は綺麗に治してやる。任せてくれ……」

効果覿面(てきめん)で呑兵衛の態度が一変、ニッと愛想笑いなどをする。

足を折られた男はまだ恐怖の顔で重信を見る。一瞬で五人を倒したのだから信じられない。

重信は浪人を医者に任せ、木鶏庵に戻ると朝餉を馳走になって阿国と一ノ宮に向かった。

「あの辻斬りたちはどうでしたか？」

「もう、いなかった……」

「あの怪我で逃げたのかしら？」

「一人だけ足を折られた者は逃げられずに、坂下の根津権現にいたので近所の医師に預けてきた」

「そうなの、悪いことをするからよ。自業自得……」

阿国は重信が辻斬りたちを殺さなかったことにホッとしている。祝言があって血は見たくない。

早朝の街道を二人は急ぎ足で北に向かった。

雪の降った寒い日が嘘のように、早春の良い天気が広がり雪は消えはじめている。日陰の残雪だけはまだ寒々しい。

阿国は重信との旅がうれしくてたまらない。

だが、阿国の気持ちはいつも出雲の可奈に向けられている。母親としては当然至極である。阿国はなんとか出雲に重信を連れて行きたい。

二人が大宮宿の百姓家に戻るといつもの生活に戻った。

その頃、大坂城では異変が起きていた。

豊臣秀頼が十六歳で父親になったのだ。

られた。

その子どもは男子で国松と名付けられた。だが、国松は生後すぐ若狭京極家に預けられた。

秀吉の孫の誕生は秘密にされた。母親は十二歳の千姫ではなく、秀頼の母親茶々姫の傍に仕えている侍女の伊茶である。

秀頼は大坂城の奥で、女たちばかりの中で育ってきた。

母親の茶々姫に似て体も大きく早熟だった。正室の千姫はまだ幼く一緒に遊びをするだけだ。

武家では十六歳で父親になるのは、早いことでも珍しいことでもない。

武田信玄などは十三歳の時に、武蔵川越城から十三歳の姫をもらいすぐ子ができたが、幼い姫は出産に失敗し母子ともに亡くなっている。こういう悲劇があちこちで起きていた。

信長の養女も武田勝頼に嫁ぎ、子は生まれたが母親が産後に亡くなっている。

国松の存在は駿府城の大御所や、江戸城の将軍に知られたくない。厳重に隠され大坂城外で産み育てられる。大坂城内でも詳細はごく一部の関係者しか知らない秘密にされた。

そんな秘密も駿府城の大御所に数日後には注進されている。

そういう通報者を家康は大坂城内に何人か持っていて、小さな動きでも詳細に摑めるようになっていた。

「秀頼が父親になったか……」

秀頼の成長に家康は穏やかではいられない。

秀吉が秀頼に残した遺産金が黄金で七十万枚、小判にすれば七百万両という莫大なものだ。

大坂城の金蔵には黄金がぎっしり積まれていた。

さすがの家康でもこの黄金にだけは手を出せない。そこで家康がその黄金を減らすために考えたのが、秀頼と茶々に浪費させることだ。

亡き秀吉の供養のためといって、神社仏閣の建立や修復に膨大な黄金を使わせる。秀吉の供養といわれては茶々も断れない。それでも七百万両の黄金が底をつくほど使わせるのは至難だった。

金の重さで金蔵の梁が折れそうだったという。

それに大坂城には太閤蔵入地という直轄領が、摂津、河内、和泉にまだ六十五万石も残っている。

秀吉の領地二百二十万石からみれば相当小さい。

だが、七百万両の遺産金と合わせれば、難攻不落の大坂城もあって大きな勢力に間違いない。

豊臣家は六十五万石だが決して小さくなかった。

それは西国を中心に豊臣恩顧の大名が、四十万石、五十万石の領地を持って生き残っているからだ。

家康の頭が痛いのはそのためだ。

あまり無慈悲なことを秀頼にすると、重大な事態を招きかねないと家康は警戒している。江戸幕府はまだまだ盤石とはいえなかった。

大坂城から秀頼を出そうとしても、茶々姫や側近たちが絶対に出ようとしない。

秀吉が築いた難攻不落の大坂城にいれば安心だと信じ込んでいる。

「そうか、秀頼に子ができたか……」

家康は考え込むと子どもの頃から親指の爪を嚙む癖がある。

「あの小童(こわっぱ)を何んとかしないと、枕を高くして眠れないな……」

何度も考えてきたことだが、良い策が見つかっていない。今、戦いを仕掛けても関ヶ原のようにうまくいくとは限らない。

関ヶ原の戦いは家康と石田三成の戦いだが、家康と秀頼の戦いとなると話は別で危険が大きい。

それを一番よくわかっているのが家康だ。

徳川家と豊臣家の戦いになると、豊臣家を慕う勢力は意外に多いと家康はわかっている。

無理押しすることは危険だ。

「まずはあの遺産金を使わせて、足腰を弱らせておくことだな……」

大坂城から軍資金さえなくなれば策はある。

難攻不落の城といえども人が作ったもので、落とせない城などないと家康は思っていた。

できればあまり大きい犠牲を出さないで落としたい。

家康は六十七歳になり日に日に老いて行く自分と、十六歳になり日々成長しているだろう秀頼に神経をとがらせている。

その家康は幕府のいわば寺社奉行で足利学校九世の庠主（しょうしゅ）、佶長老（きつちょうろう）こと三要元佶（さんようげんきつ）に薬草学を学び自ら漢方を処方して飲むなど、周囲が心配するのも意に介さず異常なほど健康に気を使った。

困ったことに、家康は自分で処方した漢方薬を周囲の家臣に下げ渡すのだから、拝領した者は震え上がる。

ありがた迷惑な話で毒ではないかと疑う者までいた。

中には家康が、佶長老から毒の処方も聞いていると、まことしやかに真顔でいう者までいる。

確かに、漢方は毒草も使う。

女剣士

江戸から失踪した阿国は重信と別れられず、ずるずると大宮宿の百姓家で暮らしている。

これまでにない幸せな日々だ。

夏になり一ノ宮の道場に岩国の片山松庵（かたやましょうあん）と甥の片山久安（ひさやす）が現れた。

居合を重信に、秘剣磯波（いそなみ）を松庵に伝授された久安は、関白豊臣秀次に招かれ剣を指南した。

関白秀次は秀頼が生まれると、太閤秀吉の妄想によって高野山で切腹させられ、その一族は秀吉によってことごとく殺されてしまう。

片山久安は三十四歳になる。

九州肥後熊本など西国を廻国修行中だったが、重信に会うため伯父の松庵と江戸に出てきた。

久安は九州にいる無二斎と武蔵を知っていた。この時、乱暴者の武蔵は二十五歳で武者修行の最中だった。

無二斎も九州でまだ健在である。

武蔵の周りには父無二斎を始め、片山久安や丸目蔵人佐、東郷重位(とうごうしげかた)など剣豪、剣客たちがいた。

だが、それを学ばず我流の喧嘩剣法で諸国を回っている。

京の吉岡流に挑戦して、天下に名を揚げることに失敗してからは、諸国を回りながら二流、三流の武芸者しか相手にしていない。一流の剣客がどんなものか吉岡憲法に思い知らされたはずなのだ。

天下に名の知られた剣客で、武蔵の喧嘩剣法に負ける者など一人もいない。

そこをまるでわかっていない武蔵は、二十五歳にもなって未熟者というしかなかった。

「老師、久安の手を見ていただきたく連れてまいりました」

「そなたに居合を伝授して十五年ほどになるかな？」

「はい、老師にまたお眼にかかりたく、京からまいりましてございます」

修行を積んできた三十四歳の剣士は気迫と自信に満ちている。

重信はなかなかに成長したと見抜いた。

剣には剣士の人格、品位や風格が現れる。剣は矢鱈と振り回せばいいというものではない。

むしろ剣は抜かないことが大切なのだ。

「では、道場で拝見いたしましょう」

「お願いいたします」

三人が道場に出て行くと朝稽古が終わっていた。

「信勝殿、岩国の片山松庵殿と片山久安殿だ」

「よくお出で下さいました。道場主の高松信勝と申します。老師とは従兄弟ですが、ずいぶん年が離れております……」

信勝がニッと微笑んで二人に頭を下げた。

稽古の終わった門弟は何が起きるのか興味津々で、羽目板の前に座って重信と客の二人を見ている。

客が来ると重信が相手するのを何度も見てきた。

若き剣客の久安は正座したまま下げ緒で襷を掛けると、太刀を松庵の傍に置いて立ち上がった。京の鷹ヶ峰の道場で初めて会った十九歳の時とは別人のようだ。

刀架の木刀を握ると素振りをして、重さを確かめ道場の中央に出た。

重信は使い慣れた木刀を握って久安と対峙する。その久安の所作を見ただけで重信は良い修行をしたと思う。

「まいります！」

中段に構えた久安の構えはなかなか良い。落ち着きと風格がある。

「居合は人を斬るに非ず、己の邪心を斬るものなり」

「はいッ！」

重信は呼吸を整えると、息をしているのかしていないのかわからない随息観に入った。半眼で久安の動きを見ている。

久安はこの構えは誘いなのかと思った。

隙のようにも見えるが一瞬で襲ってくるようにも見える。そう思う久安はすでに重信の構えに誘い込まれている。

木刀の切っ先が五寸ほど右に動いて、わずかに重信の前が空きその切っ先が五寸ほど下がった。

道場の開いた窓からスーッと風が吹き込んできた。その風に久安が乗った。

凄まじい気合で久安が一瞬の勝負に出る。木刀が重信に届く間合いだ。その瞬間、眼の前の重信が消えた。

カツッと久安の木刀を頭上で受けると同時に、沈んだ重信の体が久安の左に回り込んでいる。

久安が木刀を振り下ろしたまま動かない。

重信が目前から消えた時、久安は斬られたとわかっていた。左脇の下から背中にザックリと斬り上げられている。

重信の剣が久安を斬って天を突いて伸びた。

久安がガクッと膝をついた。

「まいりました……」

神伝居合抜刀表一本無明剣、神夢想流表技の秘剣だ。左脇の下から心の臓を真っ二つに斬り裂き、必ず敵を倒す無明剣。

久安は妙な気分だ。なぜ剣の下に誘い込まれたのかわからない。

「間合いは心にあり」

「はい！」

「神夢想流の秘剣、無明剣だ。見えたか？」

「はい、見えましてございます」

「松庵殿の磯波と共に大切にするがよい……」

「有り難く存じます」

この後、片山久安は片山伯耆流の開祖となる。

松庵と久安は二ヶ月ほど道場に滞在して、重信から神夢想流の指南を受けた。

久安の剣は美の田宮こと田宮平兵衛に似て、品位と風格のある実に筋のいい美しい居合となっていく。

その素直な人柄を表わしていた。

秋になると二人が道場から去り、重信は阿国と畑仕事に忙しくなった。

夕刻に畑から戻ると老婆が夕餉の支度をするまで、重信は阿国に稽古をつけることにしている。夫婦の稽古でもなかなか厳しい。

百姓家の庭に近所の子どもたちが集まっていることがある。

二人の稽古を地べたに座って見ていた。

そんな時、阿国は出雲の可奈のことばかり考えて稽古にならない。それを重信は叱ることはなかった。

そういう時は娘のことで頭がいっぱいなのだとわかる。

大宮宿は江戸を発った旅人には、一日目の宿泊地であることから、色々な人が重信の客として訪ねてきた。

それだけ神夢想流居合を慕う剣士が多くなったということだ。

数日道場に滞在する修行者もいれば、大宮の旅籠に宿を取り百姓家に訪ねて来る知人友人もいる。

重信の神夢想流は居合として広く知れ渡っている。

廻国修行をする剣客で、重信の名と居合を知らない人はほとんどいない。

重信の「居合は人を斬るに非ず、己の邪心を斬るものなり」という考えも、剣の目指す究極として受け入れられている。

江戸幕府が誕生して戦いがなくなった。

戦場往来の人を斬る殺人剣から、逆に剣士の理想は精神性を求める活人剣に変わってきている。

柳生石舟斎の無刀取りもそんな活人剣だった。

重信の神夢想流居合も、そんな高い精神性を求めて高みにのぼろうとしていた。

「人に斬られず人斬らずただ平らかに受け止めて勝つ……」

そこには剣を持つ剣士の高い精神の世界がなければならない。

刀に手を触れることなく、人格、識見、威厳、徳行によって、戦わずして相手と和合する。

それこそが居合の神髄であり極意と知るべきだ。

重信の目指す活人剣の居合道だ。居合は殺人剣ではない。むしろ心身の錬磨なのだ。

人を愛せない者に居合道は開かれない。

無敵の神夢想流居合の開祖として、重信は一剣を以て大悟する居合道に肉薄しつつあった。

年が明けて六十八歳になった。

鍬を持ったまま野辺に倒れようとも悔いはない。重信の剣は究極の高みに昇り詰めようとしている。

剣は技と心の同行二人であり両翼なのだ。

片翼ではどんな鳥も飛べない。

技量だけ磨いても剣士として高潔な心が伴っていなければ、それは片翼でしかなく大空を飛ぶことはできないだろう。

剣士は優れた技量と高潔な精神を持たなければならない。それぞれの剣に位があるように人にも品位があり品格というものがある。

慶長十四年（一六〇九）の正月は雪もなく、重信の心のように広く深く澄み渡っていた。晴耕雨読の日々でもある。

重信が心から愛する阿国も百姓家に来て三年目になる。その美貌もすでに三十八歳になった。

囲炉裏の傍に座り重信に抱かれている時が阿国の幸せな時だ。

老婆は目のやり場がないほど二人は仲がいい。

「奥方さまは本当に旦那さまが好きなのですね？」

図々しくなって老婆が平気で阿国にそんなことを聞く、すると阿国もなかなかのもので、「そうなの好きでたまらないの、七歳の時から……」と、子どものようにのろける。

「まあ、七つの時から……」

「そう、旦那さまだけが好きなの、ずっと……」

「そうですか、出雲で？」

「きっと、出雲の神さまが縁を結んでくださったのよ」

「そうだね、出雲は縁結びの神さま方が集まるところだから、困った神さまだ……」

「神さまの悪戯かしら、出雲は海の傍で綺麗なところですよ」

「そうなんですか、海ってとても広いそうだね。見たことないからわからないけど……」

老婆は一ノ宮から出たことがない。

親子のような二人は日がな一日、そんな話をして過ごしている。

重信は早朝、暗いうちに百姓家を出て、氷川神社に参拝してから道場に向かう。阿国はもう道場に顔を出さない。

武蔵一ノ宮の氷川神社の祭神は、重信に神夢想流を授けたスサノオである。

いつも昼過ぎに重信は道場から帰ってきた。時には待ちかねて阿国が迎えに行くこともある。

腰に剣を差した阿国を、大宮宿の人々は女剣士と呼ぶ。

いまだに出雲の阿国だとは誰も知らない。

そんなある日、道場の帰りに重信と阿国が大宮宿を歩いていると、急に重信が路上に立ち止まった。

笠をかぶった旅人を見ている。武家だと阿国にもわかった。

重信に気づいた旅人が近づいてきた。剣客だとわかると阿国は不安な顔で重信の手を握った。

重信の前で剣客が笠を取った。

「やはり、無二斎殿でしたか……」

「老師、ご無沙汰をいたしております」

「九州から？」

「出てまいりました」

「この方はそれがしの古い知己にて新免無二斎殿、九州から出てこられたのじゃ」

「遠いところから、ご苦労さまにございます」

「老師の奥方さまですか、大小がよくお似合いです」

「まあ……」

無二斎の追従（ついしょう）に阿国が困った顔でニッと微笑んだ。

「立ち話もここでは、この先まで……」

重信が百姓家に誘い、白髪の無二斎が「厄介をおかけします」とうなずいて応じた。

新免無二斎は、諸国を巡って修行中の武蔵の振る舞いを心配して、重信に会うため九州から出てきた。

炉端に座って無二斎がぽつぽつと話し始めた。

息子の武蔵が野試合を続け、名もない武芸者を次々と殺していると無二斎に聞こえている。

武蔵は西国や九州を廻国しているという。

京で名を揚げることに失敗して以来、武蔵の剣は益々荒々しくなり、野試合という殺人を繰り返していた。

後に、二十九歳までに六十回の勝負をしたと五輪書に記すほど、武蔵は多くの野試合をした。そんなことは自慢にもならないことだ。

真っ当な剣客はそのような喧嘩のような野試合はしない。

その野試合で多くを一撃で殺した。それが武蔵の自慢だろうが、殺人剣だと自ら告白しているようなものだ。

殺さず敵を捕縛する無二斎の十手術や捕縛術や、人を斬るに非ず、己の邪心を斬るものなりという重信の居合の思想とは相いれない。

真逆の殺人剣でしかない。

「武蔵（たけぞう）が最初に人を殺したのは十三の時、野試合で有馬喜兵衛（ありまきへえ）という新当流の武芸者を倒した時です」

「十三の時……」

重信は驚いた。だが考えてみれば、あの大男の武蔵が喧嘩剣法で、武芸者を叩き潰したとしてもおかしくはない。

殺人剣

武蔵が倒したという新当流の武芸者と言えば塚原卜伝翁の弟子だ。

しかし、卜伝翁は武蔵が産まれる十三年前に亡くなっていて、武蔵が十三歳といえば卜伝翁が亡くなって二十五年が経っている。

重信はその有馬喜兵衛の名を知らず、卜伝翁の直弟子とは思えない。武蔵がそう言っただけなのかもしれない。

重信のまったく知らない名前だった。

「それ以来、二十六歳の今日まで三、四十人は叩き殺したものと思われます」

「なるほど……」

「老師の前にはまだ現れませんか?」

「九州で無二斎殿と一緒の時に会って以来、武蔵とは会っておりません」

「もし、老師の前に現れ勝負を挑むようであれば、斬ってくださって結構です……」

「無二斎殿……」

「これから先、何人を殺すかわかりません。斬ってくださるよう願います……」

新免無二斎は武蔵の育て方を間違えたと思っている。喧嘩剣法の殺人剣を無二斎は認めていない。

武蔵は生まれる時を間違え、遅れて生まれてきたと思っていた。

もし五、六十年前の乱世に生まれていれば、毎日の戦いの中で一軍の将なり、一城の主になっていたかも知れない。だが、今は乱世が終焉し徳川幕府ができて泰平に向かおうとしている。そんな時に殺人剣を振り回し次々と人を殺すようでは、斬り捨てるしかないと父親はつらい決断をしたのだ。

「必ず、老師の前に現れます。あの殺人剣の武蔵を斬れるのは老師しかございません。なにとぞ、斬り捨ててくださるよう……」

次々と人を斬り殺す息子を誰も止められない。その無二斎の親としての苦しみが重信に伝わってきた。

息子を斬ってくれという無二斎の気持ちが重信にはわかる。

剣は清浄でなければならない。

「心までねじ曲がった武蔵の殺人剣は、斬り捨てない限り止められません……」

無二斎は黒田家を辞して九州豊後日出城三万石、領主木下延俊の城下に住んでいた。木下延俊は秀吉の妻高台院お寧の兄木下家定の三男で、細川忠興の妹加賀を妻に迎えている。

そのため、関ヶ原の時は義兄忠興と一緒に家康に味方した。

高台院お寧はそれに反対しなかった。延俊はお寧に最も愛された甥であるといわれている。

高台院お寧は京の東山に高台院を建立して、秀吉の菩提を弔いながら健在だった。

武蔵はその豊後日出城下にも現れない。

良くない噂だけが無二斎の耳に聞こえてくる。人の親としても剣客としても、武蔵の振る舞いを無二斎は許せなかった。

これから先、何人を殺すかわからないと思う。剣士というよりは殺人鬼だ。

覚悟を決めて無二斎は九州から出てきた。

上洛した無二斎は、鷹ヶ峰の道場で大西大吾から、重信が武蔵一ノ宮の大宮宿にいると聞いてきた。

「無二斎殿、武蔵のことはそれがしに任せていただけまいか？」

「斬っていただけますか？」

「それも含めて、それがしに任せてもらいたいが……」

「そうですか。武蔵は卑劣な手を使っても勝とうとします。相手を倒すことのみが剣の本懐と思っている愚か者です。ご迷惑をおかけします」

「武蔵の幼い頃から知っておりますので……」

重信は無二斎に斬るとも斬らないとも言わなかった。ただ、任せてほしいとだけいった。

無二斎の願いを受け入れる形にはなった。

あの乱暴な大男がどんなふうに成長したのか、見てみたいという気持ちが重信にはある。

阿国は、自分の息子を斬ってくれと、重信に懇願する老いた無二斎を見て、どんなにつらいだろうと涙がこぼれそうになった。

「暖かくなる春まで逗留されてはいかがですか？」

「有り難く存じます」

白髪の無二斎は感謝した。

「老師のお心遣いに深く感謝いたします。江戸に出てあちこちへ挨拶をして、東海道の名所を見物しながら行けば、豊後に着くのは夏頃になりましょうほどに……」

「一ノ宮はよいところです。ごゆっくりされてください」

阿国も無二斎を誘った。

「奥方さまにもお礼申し上げます。それでは四、五日お世話になりましょうか……」

重信も無二斎もここで別れれば、今生の別れになるとわかっていた。

無二斎は心配な武蔵を重信に託し、安心したのか数日道場に出て、大宮宿で出会った時とは別人のように、ニコニコと江戸に向かって行った。

「無二斎殿は死に場所を求めておられる……」

「死に場所？」

「うむ、老いた剣客には死に場所が大切だから……」

「あなたは？」

「わしか……」

重信は阿国を見てニッと笑う。

「わしはどこかの野辺で倒れるのかもしれない……」

「出雲で、出雲に行きましょ？」

「そうだな。出雲はいいところだから……」

年を取ってからの長旅は無理ができなかった。旅先で何が起きるか分からない。

重信と阿国は浦和宿まで無二斎を見送った。

「武蔵さんを斬りますの？」

「わからぬ。会って見てからだな……」

「まだ、二十六歳でしょ？」

「うむ、どこにいるかもわからぬし、いつ現れるかわからない男だ」

阿国は斬り殺すには若くて可哀そうだと思っている。

「六尺を超える大男でな。鬼のような顔の怖い男だ。一度寝ているところを襲われたことがある」

「まあ……」

「無二斎殿から何も学ばずに、野性のまま成長したようだ」

「良い父親なのに……」

「親子というものはなかなかに難しいものだ。男でも女でも……」

「うん……」

阿国はすぐ出雲の可奈を思い出す。悪い母親だと思う。

だが、もう重信の傍から離れられない。可奈のことを思い出すと胸が張り裂けそうになるのだ。

阿国も悶え苦しむ悲しみを背負っていた。

そんな阿国が大宮宿に戻って数日すると、可奈に会えない苦しさから重信と喧嘩をした。

仲のいい二人の喧嘩に老婆は狼狽え驚いている。

喧嘩といってもいらついた阿国の一方的な言いがかりだ。重信は原因が可奈だとわかっているだけに叱らない。

「出雲に帰るから……」

小娘のように駄々をこねる。

「ここから出雲までは一ヶ月はかかるぞ。一人で帰れるか？」

「いいもの、送ってくれなんて頼まないから……」

「奥方さま、一人で出雲までは無理ですよ」

「大丈夫、お世話になりました」

プリプリ子どものように怒って、旅の支度をすると大小を腰に笠をかぶって、百姓家をプイッと出て行った。

「旦那さま……」

「うむ、そうだな……」

老婆が出す草鞋を履き、笠をかぶって百姓家を出て上尾宿に向かった。阿国も七、八町先を上尾宿に向かっている。

百姓家を勢いよく飛び出し、上尾宿まで二里をサッサと歩いた。

上尾宿から桶川（おけがわ）宿までは三十四町で、一里足らずでまだ元気がいい。桶川宿から鴻巣（こうのす）宿まで一里三十町も歩き切った。

大宮宿から四里二十八町だ。

重信は見え隠れしながら阿国を追っている。

鴻巣宿から熊谷（くまがや）宿までは四里六町とかなり歩かなければならない。本格的な旅になってしまう。

鴻巣宿で宿を取るかと重信は見ていたが阿国は通り過ぎた。

一人で旅籠に泊まったことなどない。

ところが、鴻巣宿から一里ほど歩いて阿国の足がピタッと止まった。そして踵を返すと考えることなくサッサと引き返してきた。

これ以上先に行けば大宮宿に戻れなくなる。

まだここからなら夜には百姓家に戻れると判断して引き返した。

女の一人旅は強気な阿国でも無理だ。

重信はスッと大木の後ろに隠れた。笠をかぶった阿国は悲壮な顔で今にも泣きだしそうだ。

その後ろに重信がついた。後ろを振り返る余裕は阿国にはない。

戻ると決めてから急に怖くなった。

重信がいてこその強気だと後悔するが、暗くなってしまったらどうしようと心配している。

一人で旅籠に泊まる勇気もない。腰の刀の鯉口を握っている。

「そこの武家ッ！」

間を詰めてきた重信が怒ったような大声で阿国に呼び掛けた。

ドキッとして阿国はよろけそうになり立ち止まった。

「どこまで行くッ！」

「あのう……」

恐怖で言葉が続かず恐るおそる阿国が振り向いた。そこには笠を取った重信が立っている。

「このう！」

阿国が怒って重信に抱きついた。

「女の一人旅など無理だろう」

「うん……」

「桶川で泊まろうか？」

「うん、いいよ……」

ニコニコと機嫌が直って阿国が重信の手を握る。旅人が来るとサッと手を放す。

「旅籠に泊まる銭はあるか？」

「あるよ。いっぱい……」

「そうか。わしは何も持たずに出てきた」

「フフッ……」

阿国は重信が慌てて追ってきたと思い大いに満足だ。愛しているのだ。

二人は桶川宿まで引き返して旅籠に入った。阿国はむきになってずいぶん来てしまったものだと思う。

だが、出雲まで帰るにはこの何十倍も歩くことになる。

それぐらいのことは阿国にもわかっていた。

重信が心配して迎えに来てくれたことがうれしい。子どものように駄々をこねたことなど忘れている。

何とも暢気な阿国だ。

桶川宿は江戸から十里十四町と定められ、江戸を発った旅人はどんな健脚でも、桶川宿までが一日の里程のギリギリで、夕刻か夜には旅籠に入った。

江戸からの旅の一日目では無理をせず、上尾宿か大宮宿に泊まる旅人が多い。中には足慣らし程度を歩き浦和宿あたりで泊まる者が少なくない。阿国のようにむきになって歩くと先が続かないのだ。

この後、桶川宿は紅花の集積地となって大いに栄える。

江戸の小間物問屋柳屋から桶川の百姓七五郎が、紅花の種を譲り受けて植えると土地柄に適した。

良い紅花が取れ、米は一反から二両の収穫なのに、紅花は高価で一反から四両の収穫になった。まさに黄金に等しい紅の花である。

重信の故郷である出羽の最上紅花に次いで質も良く量も採れた。

その上、桶川は出羽より温暖で江戸に近いという利点があり、出羽より早い時期に江戸へ売りに出せて有利だった。

翌朝、重信と阿国はゆっくり旅籠を出て、天気もいいことから阿国は遊山気分で、ブラブラと一里を一刻近くで歩く暢気さで大宮宿に戻ってきた。そんな阿国を重信は気ままにさせている。

「お帰り、良い旅でしたか？」

老婆がにこやかに言う。

「うん、気が晴れました。桶川宿に泊まったの……」

「それはようござんしたね。どこまで行ったのかと心配していましたよ」

「ご免なさい……」

家出をした娘を迎えたような二人の話だ。

重信は炉端で火をいじりながらそんな話を聞いている。そろそろ出雲に帰さなければならないと思う。

この年も大坂城の秀頼に子が生まれた。母親は小石の方である。

女の子で奈阿と名付けられた。この子は後の天秀尼(てんしゅうに)で千姫の養女になり、秀頼亡き後、命だけは助けられ鎌倉の東慶寺(とうけいじ)に入る。

秀頼は十七歳になり、大男で太っていた。

小男の秀吉にはまったく似ていない堂々たる御曹司に育っている。

その秀頼のことは逐一、駿府城の大御所に報告されていた。家康は決して大坂城から目を離していない。

かねがね家康は秀頼がどんな男になったか見てみたいと思っていた。

だが、大御所たる者が駿府城を出て、気楽に大坂城の秀頼に会いに行くこともできない。

秀吉の命令で伏見城にいて政治を見ていた時とは立場が違う。

天下の将軍の上に立つ大御所であり、秀頼の正室千姫の祖父という立場で、家康が秀頼に頭を下げることはあり得ない。

以前、会見を申し込んで大坂城から断られたことがある。

本来であれば、戦いになるところだが秀頼が幼く、家康も大坂城を攻め落とす自信がなく踏み留まった。

二人まで子が産まれたとなると少々心配だ。

その家康は秀頼と会って自分の目でどんな男になったか確かめたいが、会う口実が見つからなかった。

こうなると早々に大坂城討伐をしたいくらいだ。

だが、家康はまだその時ではないと考え、じっくり大坂城対策を進めている。

大坂城がどうしても江戸幕府に従わなければ、その時は大坂城と共に豊臣家も滅ぼすしかないと腹を決めていた。

その時は一気呵成に叩き潰す。

もたもたと手間取り二年、三年と長引けば、どこで逆襲されるかわからないと家康は慎重だった。

そういう警戒心は人一倍持っている家康だ。臆病な男でもある。

どうしても外様大名に蓄財されたくない家康は、この年も名古屋城の天下普請を諸大名に命じた。

諸大名は家康に忠誠を誓う証しとして、割り当てられた普請に全力を尽くすしかない。黄金で買える忠誠なら安いものだ。

その大名たちは家康が何を恐れているかわかっていた。

豊臣恩顧の大名で関ヶ原の時、家康に味方した加藤清正、福島正則、池田輝政、浅野幸長、島津義久、細川忠興、黒田長政など、歴々の武将たちはみな家康より若く健在である。

徳川幕府をいつ裏切ってもおかしくない外様大名たちが、大坂城の秀頼と結びつくことだけは断固として阻止しなければならない。

もう一つ、家康が熱心なことがある。

それは外国との交易だ。信長や秀吉の時はキリスト教の宣教師が中心で、貿易商人は二次的な存在だった。

それはスペインやポルトガルなどが、キリスト教を布教して日本国内にキリシタンという協力者を作り、その上で日本を支配する軍を送り込む政策を取っていたからだ。日本を植民地にしたら、その日本軍で明へ侵攻するという世界戦略をスペインは持っていた。

信長はそれをわかっていて「攻めるならいつでも攻めて来い。余がすべて沈めてくれる！」と自信を見せる。

世界に先駆けること三百年前に、鉄甲船を海に浮かべた信長の頭脳は南蛮を凌駕するものだった。

その頃、スペイン無敵艦隊の一部は呂宋(ルソン)まで来ていたが日本には向かわない。乱世で大量の兵と武器を持つ日本を強敵と見ていた。

秀吉は九州征伐で南蛮の野望を見せつけられ、恐怖と怒りで伴天連(ばてれん)追放令など宣教師を追放する。

だが、儲かる貿易は継続したいという不徹底さで追放はうまくいかなかった。

それらを見てきた家康は発想を変えた。

キリスト教の布教を第一義とするスペインとの交易から、キリスト教の布教はせず、貿易だけをしたいというイギリス、オランダへ貿易相手国を切り替えることだ。

この考え方はやがて吹き荒れるキリシタン弾圧や鎖国政策に向かう。

その第一歩がこの慶長十四年七月二十二日に実施される。

幕府はオランダに通商の許可を与え、長崎の出島に正式なオランダ商館を開設することを認めた。

家康は交易による利の太さをわかっている。

江戸城の秀忠はまだ家康の力に頼らないと、多くのことを決定できなかった。

家康にお伺いを立てるための早馬が、江戸城と駿府城の間をひっきりなしに往復している。

幕府の中心は江戸城だが政治の実権は駿府城にあった。

この頃の江戸幕府の政権基盤は、家康がいなくなればすぐ不安定になると思われるほど弱いものだった。

そんな危うさなど一ノ宮には聞こえてこない。

江戸城下の拡大が止まることなく、城を中心に東西南北に武家地や商人地が広がっている。

その拡大は異常に速かった。

北は千住、南は品川、西は四谷大木戸から板橋、東は大川があるため少し遅れてしまうが、川向こうの深川村はまだ漁村だった。

江戸の喧騒は半端ではなかった。

日比谷入江の埋め立てでつながった江戸前島にも、続々と人が移り住んで幕府の銀座なども設置されている。やがて明暦の大火後には築地ができる。築地とは埋立地という意味で浅草から本願寺が移転して築地本願寺となった。江戸の拡大は止まることをしらない。

重信は阿国と本郷台の木鶏庵に出て行くことはあっても、日本橋の三河屋まで足を延ばすことは滅多になかった。

ただ、箱根からお小夜が出てきたと知らせをもらった時は、阿国と一緒に三河屋に向かった。

お小夜はお登喜に顔も気性もよく似ている。

重信と阿国は日本橋の三河屋からの帰りに本郷台の木鶏庵に立ち寄った。

大きな森に包まれた木鶏庵もうだる暑さと、降りしきる蟬の声に六助とお吉がうんざりしている。

「この暑さには手を焼いております。こう暑い時は熱いものを食すのが一番、どうです泥鰌汁(どじょうじる)などは？」

「泥鰌汁とは結構な……」

「お吉、いつものように少し酒を入れて頼みますよ」

「はーい……」

お吉が立って行くと阿国が後を追った。お吉は若いが料理が上手で食道楽の六助は大いに気に入っている。

この泥鰌は庭の手入れをしている老人が、夜のうちに田んぼの傍の小川に、竹で編んだ泥鰌筒を仕掛けて獲った。

「暑さ寒さにかかわらず、泥鰌汁はいつでもうまいものです」

「好物でございまして、水を変えながら四、五日で泥を吐かせ、醬油と酒で軟らかく煮て、韮(にら)と葱(ねぎ)を入れ、卵をかけるとこれが絶品、五辛(ごしん)と言って葱や韮を嫌う向きもあるが、これが薬でして体が温まり、実に精がつきます」

「なるほど……」

六助の言う五辛とは葱、韮、辣韮、大蒜、興渠など、寺などの精進料理では避けるべきという禁葷食のことだ。

寺院に不許葷酒入山門の碑を見かけるのは、葷酒山門に入るを許さずといい、肉や臭いの強い野菜を食した者や、酒を飲んだ者は山門に入るなということだ。仏さまが本当に五辛を嫌うのかわからない。

庵に酒の匂いが漂うと阿国がフラフラと戻ってきた。

「どうしたのだ？」

「うん、酒に酔ったみたい……」

「これは、奥方さまは酒が駄目でございましたか？」

阿国は一滴も酒を飲まない。気分が悪くなり苦手なのだ。

それが泥鰌汁の酒に中った。酒を入れると柔らかく美味しくなる。それを阿国は知っていた。

結局、阿国は食べられず重信と六助だけが美味そうに食べた。

日が傾いてサワサワと少し風が出てくると、六助が重信を夕涼みに行こうと不忍池へ誘った。

まだ蒸し暑さが夕暮れに淀んでいる。

六助はお吉を連れ、四人で木鶏庵を出て森の道を歩き、根津権現の坂道を下りて行った。

この頃、六助はお吉に手を付けようか考えていた。色恋に年は関係ない。

不忍池の道に出ると道の左側は田んぼと湿地で、上野台地の下まで涼しげな池が広がっている。

道端に近くの百姓家の老婆が昼だけ出している茶屋がある。

もう茶店を閉めようとしていた。

四人が茶屋の縁台に座って熱い茶を喫していると、重信の前に薄汚れた浪人が一人ヌッと立った。

「待っていたぞ！」

浪人がそういうと重信が茶碗を置いて立ち上がった。

「その右腕は動かないようだな。ということはあの夜、それがしに肩を砕かれた辻斬りだな？」

「うるさいッ！」

「その右手で剣は使えまい。相手は誰だ？」

「兄者ッ！」

道の反対側の楠木の巨木に呼ぶと、髭を伸ばした人相の良くない四十がらみの男が現れた。

ゆっくり貫録を見せて重信に近づいてくる。

その後ろから同じような浪人が二人ついてきた。この暑いのに何ともむさ苦しい浪人たちだ。ひと目で質(たち)の悪さがわかる連中だった。

「よくも弟を片端(かたわ)にしてくれたな！」

「そなたがこの者の兄か？」

「そうだ！」

「ではこの者が何をしておったか知っておるな？」

「知らぬ。知る必要もない！」

弟が弟なら兄も兄で似たような無頼の兄弟だ。話の通じるような兄弟ではなかった。

「そうか、弟の仇を取るということだな？」

「そうだ！」

そこに六助が縁台から立ってきた。

「ご浪人さま、この方をご存知ですか？」

「知らぬ！」

「神夢想流の林崎甚助さまです。弟さまはこの先の根津権現で深夜にわたしどもに襲い掛かり、逆に打ち据えられたのです……」

「ほう、居合の林崎か、弟が勝てないのも道理だな……」

「あなたも勝てませんよ」

「爺さん、やってみなければわからないぞ！」

「爺ッ、すっこんでいろッ！」

右腕の動かない弟が怒鳴ったが兄の方は冷静だ。

「六助殿、この者たちに話は通じないようです。それがしを待っていたようだから、居合というものを見せてやりましょう」

重信は髭面の男を見ている。その時、この男が使うのは剣ではないと気づいた。

「ここでは狭い。そこの広い池の端がいい！」

「いいだろう」

場所を変えることに重信が同意した。そこで場所が狭いといった男の武器が鎖鎌ではないかと思った。浪人の左手が袖の中で懐の武器を握っているように見えた。

浪人四人が先に池の端で支度を始める。やはり、男の武器は鎖鎌だった。

「老師、あの武器は？」

「鎖鎌というものです」

重信は浪人を見ながら下げ緒で襷をし、懐から紐を出して鉢巻を締める。草鞋の鼻緒を確かめた。

「阿国、二人を頼むぞ」

「はい……」

うなずいた阿国はこれまで見たことのない鎖鎌を見て不安になる。なんとも異様な形状の武器だ。

鎖鎌は鎌と鎖と分銅(ふんどう)によってできている。

片手使いのものと両手使いの鎖鎌があって、分銅の重さや鎖の長さは色々だ。

この武器は帯刀を許されない百姓や商人が、野鍛冶(のかじ)に頼んで護身用に作らせたものが始まりで古くからある。

武器としてはかなり危険なものだ。

鎌の大きさも色々で鎖鎌術というものがあった。鎌のない鎖術などは鎖の両端に分銅をつけて武器にしている。風魔の幻海が得意とする鎖だ。

重信はその鎖鎌で強いといわれる武芸者を知らない。

武蔵の物語には宍戸梅軒(ししどばいけん)なる者が登場するが、実在ではなく架空である。それも武蔵の死後に加筆されたという。

髭の男が懐から取り出した鎖鎌は、両手使いで鎖の長さは二間半ほどだ。男にとってもっとも使いやすい長さなのだろう。もっと長い鎖を使う者もいる。

鎖鎌は平地の武器で林の中や藪の中では使うのが難しい。

「下がっていろ……」

「兄者！」

「心配するな。負けぬ！」

重信はこの髭の男は弟より腰の据わった悪党だと思った。

どんな悪さをしてきたか分からないが、筋肉質の五体から殺気と血の匂いを漂わせている。

何人殺してきたかわからない男だ。

鎖鎌は相手に分銅をぶつけて、怪我をさせて戦闘不能にしたり、鎖を太刀に絡ませたりして戦う技だ。

重信の弟子の古藤田勘解由左衛門の、古藤田一刀流にも鎖を使う技がある。

重信はその勘解由左衛門から、鎖鎌のことは詳細に聞いているが、真剣で初めて戦う武器だ。

「抜けッ！」

男は鞘口を切っても刀を抜かない重信をにらんでいる。

右手で鎖の先端の分銅が、一尺ほどでグルグル回っている。左手に鎌を握っていた。

一尺ほどの鎖が伸びてくると勘解由左衛門から聞いている。

分銅の回転が変化するのを見ていると、スルッと分銅の鎖が二尺ほどに伸びて回転が緩んだ。

その分銅に当たっただけで大怪我をする。

重信が間合いを詰めた。

太刀がまだ鞘の中なのに間合いを詰める重信に驚いたようだ。顔を引きつらせた男は居合の名は知っていても見たことはないようだ。

重信が間合いを詰めた。

男はなぜだという顔で考えていた。間合いは心の中にあり。

すでに鎖鎌の男は死んでいる。

刀は鞘の中なのだから隙だらけといえば隙だらけだが、眼光鋭く男をにらんでいる重信の構えに隙があるとは思えない。

重信がまた間合いを詰めた。

その瞬間、慌てた男が唸りを生じて回転する分銅を重信に投げつけた。勝負はその一瞬だった。

分銅が重信の顔の傍を後ろに飛んだ。

後の先で動いた重信の乱取備前が、分銅を投げ終わった男の右腕を二の腕から斬り上げた。

血が噴き出し斬られた右腕が宙を舞って、池の傍の草むらにドサッと落ちた。

凄まじい悲鳴で男が草むらにもんどりうって転がった。

見ていた誰もが鳥肌が立ち、血飛沫の光景に凍り付いた。もう二度と鎖鎌を使うことはできない。

神伝居合抜刀表一本稲妻（いなずま）、倒れた兄に弟が飛びついた。二人の浪人が斬られた腕を紐で縛り血止めをする。

いつの間にか二十人ほどの野次馬が池の畔（ほとり）に立っていた。

「老師……」

「あの者は相当に悪い男だ。斬っても良かったが後は役人に任せます」

「それが良い、それが良い……」

六助が納得した。お吉は六助の腕を摑んで震えている。阿国はあまりの凄さに呆然と重信を見ていた。

幼い日に出雲で見た強い剣士だ。

「逃げれば斬るッ！」

血振りをした乱取備前を鞘に戻しながら悪党どもをにらんだ。

「誰か、役人を呼んできてくれないか！」

六助が野次馬に願う。

「さっき、若いのが呼びに走って行ったぞッ！」

「おう、そうか。それは有り難い……」

四半刻もしないで二人の役人が、十人ほどの捕り方を率いて駆け付けた。

この頃既に、江戸には南北奉行所ができていた。五年前の慶長九年三月に一奉行制が南北二奉行制になった。

一奉行制の時は大名が務めていたが、二奉行制になって大身旗本が務めるようになった。

町奉行は寺社奉行、勘定奉行と並び三奉行といわれる重職で、奉行が出歩く時は駕籠で二十五人ほどの従者を連れて歩くことになっている。奉行は評定所の一員でもあり旗本の最高位の役職だった。

町奉行が駕籠にも馬にも乗らず、従者をも従えずに市中を一人で歩くことなど決してない。

江戸城下の行政と司法と治安を預かるのが町奉行で、その責任は非常に重かった。中追放までは町奉行が裁断するが、それ以上の死罪や遠島などの重罪は、老中に上申する決まりになっていた。

「北町の松野(まつの)さま、ご苦労さまです……」

「おう、ご隠居、こんなところでどうした？」

「この騒動に関係がございまして……」

「松野殿、この斬られた男はくちなわの丹兵衛ではありませんか？」

「どれ……」

三人が縛り上げられ、斬られた鎖鎌の男は歩けず戸板に乗せられた。

「これは大手柄だぞッ、丹兵衛に間違いない。運んで行け！」

役人の松野喜平次がニコニコと機嫌がいい。

「ご隠居、あれは浪人だが札付きの悪党で、くちなわの丹兵衛というのだが、ゆすりたかりは朝飯前で盗賊でも人殺しでも何でもやる。三人はその仲間だ。頭のくちなわは鎖鎌の達人で手の付けられない連中だ。仲間はまだいるはずだが、くちなわを斬ったのはこちらの方で？」

「そう、神夢想流の林崎甚助さまだ……」

六助が自慢げに言った。

「あッ、あの居合の？」

「厄介をおかけする」

「いやいや、探しておった悪党でして……」

「松野さま、お奉行さまはお元気で？」

「元気すぎるぐらいだ……」

松野喜平次がニッと微笑んだ。

「明日、老師と一緒に、お奉行さまへご挨拶に上がります」

「おう、そうしてくれると有り難い。お奉行は午前中に登城するので昼過ぎが良いと思う……」

「そうですか。ではそのように……」

「うむ……」

松野が走ってしょっ引かれる罪人たちを追って行った。

六助がお奉行といったのは、慶長九年三月に初代北町奉行に就任した米津勘兵衛田政のことだ。

米津勘兵衛は三河碧海の生まれで徳川家の譜代の名門である。同じ三河で六助は四十六歳の米津勘兵衛をよく知っていた。

家康の小姓をしていて、家康の関東入封後に、上総印旛に五千石を知行した大身旗本だ。この後、二十年間も北町奉行を務め、江戸の治安に厳しく、市中で笠をかぶり、顔を隠すことを禁止している。

江戸の町奉行を作ったのが米津勘兵衛だ。

最上家の相続争いで騒動が起きて改易されると、米津勘兵衛が領地接収のため出羽に赴くことになる。

「老師、明日は木鶏庵から行きますか、それとも、これから日本橋まで行って泊まりましょうか？」

「さて……」

重信は阿国とお吉を見た。するとお吉が日本橋に行きたいのだと気づいた。

「まだ明るいので日本橋にまいりましょうか？」

お吉が嬉しそうにコックリとうなずいた。

やがて、江戸は不忍池に近い本郷台のかねやすまでとなる。

〈『剣神　水を斬る』へ続く〉

本書は書き下ろしです。

中公文庫

剣神(けんしん)　竜(りゅう)を斬(き)る
——神夢想流(しんむそうりゅう) 林崎甚助(はやしざきじんすけ) 5

2023年 3 月25日　初版発行
2024年 2 月20日　 3 刷発行

著　者　岩(いわ)　室(むろ)　忍(しのぶ)

発行者　安 部 順 一

発行所　中央公論新社
〒100-8152　東京都千代田区大手町1-7-1
電話　販売 03-5299-1730　編集 03-5299-1890
URL https://www.chuko.co.jp/

ＤＴＰ　ハンズ・ミケ
印　刷　大日本印刷
製　本　大日本印刷

Published by CHUOKORON-SHINSHA, INC.
Printed in Japan　ISBN978-4-12-207335-7 C1193

中公文庫既刊より

各書目の下段の数字はISBNコードです。978－4－12が省略してあります。

あ-59-4
一路（上） 浅田次郎
父の死により江戸から国元に帰参した小野寺一路は、参勤道中御供頭のお役目を仰せつかる。家伝の行軍録を唯一の手がかりに、いざ江戸見参の道中へ！
206100-2

あ-59-5
一路（下） 浅田次郎
蒔坂左京大夫一行の前に、中山道の難所、御家乗っ取りの企てなど難題が降りかかる。果たして、行列は期日通りに江戸へ到着できるのか――。〈解説〉檀　ふみ
206101-9

あ-59-6
浅田次郎と歩く中山道 『一路』の舞台をたずねて　浅田次郎
中山道の古き良き街道風景や旅籠の情緒、豊かな食文化などを時代小説『一路』の世界とともに紹介します。いざ、浅田次郎を唸らせた中山道の旅へ！
206138-5

あ-59-7
新装版　お腹召しませ 浅田次郎
幕末期、変革の波に翻弄される武士の悲哀を描く傑作時代短編集。書き下ろしエッセイを特別収録。司馬遼太郎賞・中央公論文芸賞受賞作。〈解説〉橋本五郎
206916-9

あ-59-8
新装版　五郎治殿御始末 浅田次郎
武士という職業が消えた明治維新期、行き場を失った老武士が下した、己の身の始末とは。表題作ほか全六篇に書き下ろしエッセイを収録。〈解説〉磯田道史
207054-7

あ-59-9
流人道中記（上） 浅田次郎
「痛えからいやだ」と切腹を拒み、蝦夷へ流罪となった旗本・青山玄蕃。ろくでなしであるはずのこの男には、弱き者を決して見捨てぬ心意気があった。
207315-9

あ-59-10
流人道中記（下） 浅田次郎
奥州街道を北へと歩む流人・玄蕃と押送人・乙次郎。旅路の果てで語られる玄蕃の罪の真実。武士の鑑である男はなぜ、恥を晒してまで生きたのか？〈解説〉杏
207316-6

各書目の下段の数字はISBNコードです。978-4-12が省略してあります。

き-17-12
悪党の裔(すえ)(上)新装版
北方謙三
目指すは京。悪党の誇りを胸に、倒幕を掲げた播磨の義軍は攻め上る！　寡兵を率いて敗北を知らず、建武騒乱の行方を決した赤松円心則村の鮮烈な生涯。
207124-7

き-17-13
悪党の裔(下)新装版
北方謙三
おのが手で天下を決したい――新政に倦み播磨に帰った円心に再び時が来た。尊氏を追う新田軍を食い止めるのだ！　渾身の北方「太平記」。〈解説〉亀田俊和
207125-4

き-17-14
道誉なり(上)新装版
北方謙三
毀すこと、それがばさら――。後醍醐帝との暗闘、実弟直義との対立で苦悩する将軍足利尊氏を常に支え南北朝動乱を勝ち抜いた、ばさら大名佐々木道誉とは。
207150-6

き-17-15
道誉なり(下)新装版
北方謙三
足利尊氏・高師直派と尊氏の実弟直義派との抗争は一触即発の情勢に。熾烈極まる骨肉の争いに、将軍尊氏はなぜ佐々木道誉を欲したのか。〈解説〉大矢博子
207151-3

き-17-16
楠木正成(上)新装版
北方謙三
乱世到来の情勢下、大志を胸に雌伏を続けた悪党・楠木正成は、倒幕の機熟するに及んで寡兵を率い強大な六波羅軍に戦いを挑む。北方「南北朝」の集大成。
207178-0

き-17-17
楠木正成(下)新装版
北方謙三
巧みな用兵で大軍を翻弄。京を奪還し倒幕を果たした正成だが……。悲運の将の峻烈な生を迫力の筆致で描いた北方「南北朝」感涙の最終章。〈解説〉細谷正充
207179-7

た-58-21
さむらい道(みち)(上)最上義光(よしあき)　表の合戦・奥の合戦
高橋義夫
山形の大守・最上義守の子として生まれ、父との確執、天童・白鳥・伊達氏らとの峻烈な内憂外患を乗り越え、名藩主として君臨した最上義光の実像に迫る！
206834-6

た-58-22
さむらい道(下)最上義光　もうひとつの関ヶ原
高橋義夫
甥の伊達政宗との確執から、天下分け目の戦における上杉軍との死闘までを克明に描き、義光が追求した「さむらい道」の真髄に迫る著者渾身の歴史巨篇！
206835-3

と-26-38
白頭の人　大谷刑部吉継の生涯
富樫倫太郎
近江の浪人の倅はいかにして「秀吉に最も信頼される男」になったのか——謎の病で容貌が変じ、周囲に疎まれても義を貫き、天下分け目の闘いに果てるまで。
206627-4

な-65-1
うつけの采配（上）
中路啓太
関ヶ原の合戦前夜——。誰もが己の利を求める中、ただ一人、毛利百二十万石の存続のため奔走した男・吉川広家の苦悩と葛藤を描いた傑作歴史小説！
206019-7

な-65-2
うつけの采配（下）
中路啓太
小早川隆景の遺言とは正反対に、安国寺恵瓊の主導により天下取りを狙い始めた毛利本家。はたして吉川広家は家を守り抜くことができるのか？〈解説〉本郷和人
206020-3

な-65-3
獅子は死せず（上）
中路啓太
加藤清正ら名だたる武将にその武勇を賞賛された武将・毛利勝永。関ヶ原の合戦で西軍についたため、領地没収をされた男が、大坂の陣で最後の戦いに賭ける！
206192-7

な-65-4
獅子は死せず（下）
中路啓太
誰より理知的で、かつ自らも抑えきれない生命力を有し、家族や家臣への深い愛情を宿した戦国最後の猛将の生涯。『うつけの采配』の著者によるもう一つの傑作。
206193-4

な-65-5
三日月の花　渡り奉公人 渡辺勘兵衛
中路啓太
時は関ヶ原の合戦直後。『もののふ莫迦』で「本屋が選ぶ時代小説大賞２０１５」に輝いた著者が描く、反骨の武将・渡辺勘兵衛の誇り高き生涯！
206299-3

な-65-6
もののふ莫迦
中路啓太
豊臣に故郷・肥後を踏みにじられた軍人・岡本越後守と、豊臣に忠節を尽くす猛将・加藤清正が、朝鮮の戦場で激突する！「本屋が選ぶ時代小説大賞」受賞作。
206412-6

な-65-7
裏切り涼山
中路啓太
羽柴秀吉が包囲する播磨の三木城。その壮絶な籠城戦を舞台に、かつて主家を裏切って滅亡させた男・涼山が、唯一の肉親を助けるために、再び立ち上がる！
206855-1

各書目の下段の数字はISBNコードです。978-4-12が省略してあります。

し-6-31
豊臣家の人々
司馬遼太郎
北ノ政所、淀殿など秀吉をめぐる多彩な人間像と栄華のあとを、研ぎすまされた史眼と躍動する筆でとらえた面白さ無類の歴史小説。〈解説〉山崎正和
202005-4

し-6-40
一夜官女
司馬遼太郎
「私のつきあっている歴史の精霊たちのなかでもいちばん気サクな連中に出てもらった」(「あとがき」より)。愛らしく豪気な戦国の男女が躍動する傑作集。
202311-6

い-138-1
剣神 神を斬る 神夢想流 林崎甚助1
岩室 忍
出羽楯岡城下で闇討ち事件が起こった。父を殺された六歳の民治丸は仇討を神に誓う。居合の始祖・林崎甚助の生涯を描く大河シリーズ始動！ 文庫書き下ろし。
207226-8

い-138-2
剣神 炎を斬る 神夢想流 林崎甚助2
岩室 忍
仇討を果たした甚助を待ち受けていたのは、荒ぶる神の怒りであった。神の真意を悟った甚助は、廻国修行に身を投じ、剣豪塚原卜伝を訪ねる。文庫書き下ろし。
207256-5

い-138-3
剣神 鬼を斬る 神夢想流 林崎甚助3
岩室 忍
信長の天下が近い。甚助は神夢想流居合を広めながら、出羽に不穏な軋みを見ていた。その軋みはやがて甚助の故郷楯岡城を巻き込んでいく。文庫書き下ろし。
207278-7

い-138-4
剣神 風を斬る 神夢想流 林崎甚助4
岩室 忍
関ヶ原の戦い、始まる。甚助はその時、薩摩の島津が睨みを利かせ、加藤清正、黒田如水、立花宗茂ら猛将智将がしのぎを削る九州にいた。文庫書き下ろし。
207303-6

い-138-6
剣神 水を斬る 神夢想流 林崎甚助6
岩室 忍
巌流小次郎と宮本武蔵の決闘。徳川家康が仕掛ける大坂の陣。武を以て名を揚げる覇道の時代が終わりを告げ、甚助は最後の修行の旅に出る。文庫書き下ろし。
207363-0

い-138-7
剣神 心を斬る 神夢想流 林崎甚助7
岩室 忍
神に与えられた剣技を磨く旅もついに終わる。全国を巡り、故郷楯岡に帰った重信は、奥の院に庵を結ぶ。居合の源流を描く歴史大河、堂々完結！ 書き下ろし。
207386-9